La memoria

1025

DELLO STESSO AUTORE

Questa non è una canzone d'amore
Dove sei stanotte
Torto marcio
Follia maggiore
I tempi nuovi
I cerchi nell'acqua
Flora

Alessandro Robecchi

Di rabbia e di vento

Sellerio editore
Palermo

2016 © Sellerio editore via Enzo ed Elvira Sellerio 50 Palermo
e-mail: info@sellerio.it
www.sellerio.it
2021 Undicesima edizione

Questo volume è stato stampato su carta Arena Ivory Smooth prodotta dalle Cartiere Fedrigoni con materie prime provenienti da gestione forestale sostenibile.

Robecchi, Alessandro <1960>

Di rabbia e di vento / Alessandro Robecchi. – Palermo : Sellerio,
2016.
(La memoria ; 1025)
EAN 978-88-389-3496-4
853.92 CDD-22

CIP – *Biblioteca centrale della Regione siciliana «Alberto Bombace»*

Di rabbia e di vento

Non metterti tra il drago e la sua rabbia.

WILLIAM SHAKESPEARE

1

Il giro delle luci.
Quattro interruttori, prima quelli in fondo al salone, poi i due in ufficio, un cubo trasparente che dà su quello spettacolo di carrozzerie lucenti, di curve fluide, di cromature costose.
Poi il computer, arresta il sistema, sì. Poi l'impianto antifurto. Poi l'ultimo pulsante, quello che accende le luci delle vetrine, piccoli led al livello del pavimento puntati verso l'alto, che illuminano le macchine come opere d'arte, come statue preziose. Come quello che sono, insomma.
È solo il rito della chiusura serale. Una procedura. Una routine meccanica, rassicurante, consueta, che niente può rompere.

Invece la rompono dei passi sul marmo del salone.
Andrea Serini non alza nemmeno lo sguardo:
«Siamo chiusi».
«Ma no, che siete aperti», dice una voce.
Non può essere.
L'uomo guarda quello che ha parlato, ma il salone è buio, i led fanno una luce che serve a rendere ancora

più sexy le curve delle Porsche in esposizione. Non è un visitatore fuori orario.

E in più, i lineamenti dell'uomo che ora sta in piedi in mezzo al salone non si distinguono. Il cabrio bianco interni rossi appena arrivato brilla come un diamante della corona, ma la faccia del tizio no, non si vede.

Però quella voce...

«Ciao, Andrea».

Un attimo di sospensione. Un attimo lungo.

«Tu?».

«Io».

«Ma...».

«Lo so».

«Ma tu...».

Se in quel buio appena sezionato da piccole lame di luce bianca si potesse vederne il volto, l'uomo che balbetta avrebbe la maschera dello stupore assoluto. Lo stupore, la sorpresa, la paura, non sono cose che fanno rumore, si avvicinano piano. Il problema è quando non se ne vanno.

Ora quindi c'è silenzio, qualcuno dovrà riempirlo.

«Tranquillo, Andrea, sono solo di passaggio. Lo sai, io sono sempre di passaggio».

Sì, un uccello di passo. E di rapina.

Ora l'uomo cammina piano nel salone. Accarezza con le dita la linea del cabrio bianco, la pelle del sedile con le cuciture a mano. Sembra un cliente, anche se la faccia ancora non si vede. È un'ombra.

Apre la portiera di guida, la richiude. Fa un rumore solido e morbido. Un clac preciso che significa: guardami, sono bella, potente, sono la perfezione, dai, prendimi, andiamo.

«Bella bestia», dice l'uomo.

«Bella bestia se la vendo», dice Andrea Serini, che si è un po' ripreso, «quelle bestie lì non le comprano più neanche i calciatori».

E poi, ora che ha preso coraggio:

«E dunque che devo dire? Bentornato? Perché sei qui? Che vuoi?».

Ha sparato le sue domande in fretta. Ma non è alle risposte che sta pensando. Quel che sta pensando è: non erano questi i patti. Si era detto nessun contatto, mai più.

«I miei soldi, Andrea. Nient'altro», dice la voce.

«I tuoi soldi? Non ne so niente... andiamo in ufficio», fa per voltarsi, forse pensa che seduti, con la luce accesa, sarà più facile.

«No, restiamo qui».

Così si volta ancora verso quell'ombra tra le lame di luce che guardano in alto.

«Ma... i tuoi soldi... non li aveva Angela?».

«Angela, sì».

«E allora?». Ha cercato di tenere ferma la voce, non saprebbe dire se ci è riuscito.

«E allora Angela non si trova. Sparita. Niente tracce, niente di niente. È una settimana che sono tornato, che chiedo in giro... E ora chiedo a te».

«Non ho idea, davvero... saranno anni che...».

«Andrea, lei ti portava i fessi che compravano...», fa un gesto circolare con un braccio, «quelli che comprano 'sta roba... Eravate in affari, può essere che te la scopavi pure...».

«Ma che dici!».

L'ombra fa una piccola risata fredda:

«Credi sia questo il problema? Il problema non è Angela, sono i miei soldi. Un milione, Andrea. Tu mi dici dov'è, io vado a trovarla, le porto un mazzo di fiori, prendo la mia roba e me ne vado... veloce, indolore».

«Io... Io non so...».

Ha balbettato. L'ha capito pure lui. Ha capito di aver mostrato paura, e quindi ora ha paura davvero. È una cosa che si autoalimenta, cresce, si moltiplica. Prima un piccolo tremore, poi paura vera. Ci vuole poco perché arrivi il terrore. Da zero a cento all'ora in cinque secondi e quattro, come il cabrio bianco.

Ora quello ha in mano una pistola.

Andrea Serini non vede bene, non c'è nulla che luccichi o che appaia minaccioso. Nessun buco nero da fissare inebetiti, nessun braccio teso, nei film si vedono un sacco di cazzate. Potrebbe essere un telefono, ma sa che raccontarsela non serve. Non con quello lì.

«Non la vedo più da anni, dico sul serio».

«Un nome, un posto, quello che sai, ma subito, ora», dice l'ombra.

Non ha un telefono in mano.

«Anna. Anna Galinda. So solo questo... due... no, tre... tre anni fa venne qui a dirmi che se ne andava, che aveva cambiato nome... mi diede un biglietto, ma chissà dov'è... Voleva che lo sapessi nel caso mi mandasse qualche cliente... per le macchine, sai... mi ricordo perché sul biglietto c'era quel nome... solo il nome... Anna... Galinda... Galindi... No, c'era stampato anche il disegno di due labbra, rosse, sai... e scritto a penna qualcosa...».

«Un indirizzo? Un numero?».

«No... solo il nome e quelle labbra... rosse... e una frase tipo... solito regalo, Andrea... Io le davo tre-quattromila per ogni affare, lei lo chiamava così... regalo... Ma dopo quella volta non è mai più successo».

«E se fosse successo dove le avresti mandato i soldi?».

«Non lo so... appunto... ma credo che si sarebbe fatta viva lei, nel caso...».

«Anna Galinda».

«O Galindi... credo Galinda, ma... posso cercare il biglietto, forse a casa, da qualche parte...».

«Ma no, Andrea, va bene così. Grazie, anzi», e fa per girarsi.

Andrea Serini si sente come uno che ha posato un sacco da due quintali. Espira come se avesse trattenuto il fiato fino a quel momento, e chissà, forse lo ha fatto davvero.

«E allora... come si dice... addio».

«Sì, ecco, addio», sussurra quell'altro.

Poi alza un poco il braccio e fa fuoco. Una piccola fiammata gialla, un rumore attutito.

La testa di Andrea Serini scatta indietro, il corpo la segue dopo una frazione di secondo. La fiancata del cabrio bianco si stria di rosso. Il corpo è a terra, la testa appoggiata tra la ruota anteriore e il parafango. L'ombra si china e spara un altro colpo, la canna a pochi centimetri dalla fronte. Pensa che la striatura rossa sulla portiera ha lo stesso colore degli interni in pelle cuciti a mano.

Poi mette la pistola nella tasca del cappotto, si gira e raggiunge la porta del salone, la apre con la mano che tiene in tasca, usando la fodera come un guanto, ed esce nel buio.

Non corre, non accelera, non respira affannato.

Tira un vento freddo, chissà, forse se piovesse sarebbe neve. Invece il cielo è sereno.

Nero, gelido e sereno.

2

«Metti qui, Alfredo, grazie».

Katia Sironi ha parlato con gentilezza e un lieve sorriso sulle labbra, ma sanno tutti che in bocca a lei una frase così può voler dire: «Levati dai coglioni, che dobbiamo parlare».

Alfredo, che apprezza quella cliente schietta e gigantesca, sorride anche lui, appoggia il cestello del ghiaccio con la bottiglia di Ribolla Gialla e se ne va con il passo felpato che hanno solo i camerieri di lungo corso e certi ghepardi giovani.

Sorride anche Carlo Monterossi, che gioca con le posate seduto di fronte a quella matrona immensa. Tra le abilità di Katia Sironi, che sono parecchie, c'è senza dubbio quella di scegliere i ristoranti, e così ora sono in una trattoria vicino Porta Romana, in una veranda chiusa che dà sulla strada e li ripara da un vento gelato che trapassa le ossa di Milano, in attesa delle ordinazioni.

Le parti sono scritte: lei deve dire, lui deve ascoltare.

Il problema sarà tecnico, Carlo è curioso di vedere come farà Katia a parlare divorando una bistecca grande come il Molise e alta come un guardrail dell'autostrada.

Lui spilucca la sua insalata di pesce – per quello ha preteso il vino bianco –, poco convinto; lei sembra una squadra di lottatori di sumo digiuni da due settimane.

«Allora?», e questo è lui.
«Allora ti ho fatto il solito capolavoro, Carlo», dice lei prendendo il bicchiere. «Cazzo, dovresti farmi un monumento».
«Non basterebbe tutto il marmo di Carrara», dice lui, e sorride ancora. È la seconda volta in pochi minuti, e di questi tempi, con l'umore che ha, è davvero un record.

Il fatto è che quella donna, quella tonnellata di energia concentrata dietro due tette monumentali, è forse la persona che lo conosce meglio al mondo. È la sua agente, e va bene. Ma Carlo pensa a lei piuttosto come a una grande raffineria. Lui porta il petrolio grezzo, qualche idea, qualche bozza di programma tivù, qualche format, come dicono quelli bravi. E lei fa il resto. Elabora, modifica, trasforma in tabelle, analizza target, punta il suo indice largo come un palo della luce verso capistruttura intimoriti, o capi del personale, o responsabili dei palinsesti della Grande Tivù Commerciale – la Grande Fabbrica della Merda – e ne trae benzina raffinata. Cioè contratti abbastanza principeschi che consentono al Monterossi lì presente di fare la vita che fa, cioè niente male, a guardare la dichiarazione dei redditi e tutto il resto.

È lei che ha fatto di *Crazy Love*, il programma di cuori infranti, paccottiglia emotiva e pornografia dei sentimenti, un successo senza precedenti. È lei che ha trasformato un'idea di Carlo, un'idea che a lui sembrava... romantica, addirittura... sì... gentile, in un raccapricciante obbrobrio televisivo per milioni di spettatori. Una strabiliante e piuttosto oscena caricatura dell'amore presentata dalla regina della tivù popolare Flora De Pisis, che Dio ci scampi.

Insomma, Carlo le deve molto. Molto più del quindici per cento che quella prende per i suoi servizi e per evitargli contatti con la nomenklatura aziendale. Da come è iniziata la chiacchierata sa che con lei sarà in debito sempre.

Perché già da qualche anno Carlo, ideatore di quella porcheria che fattura milioni di euro in forma di spot, non ne può più. Odia le luci bianche che spianano le rughe della fatale Flora quando si sbraccia nei primi piani. Odia le storie di passione e amour fou «pettinate» dagli autori per motivi di digeribilità televisiva. Odia quegli uomini piccoli dagli egoismi giganteschi, quelle donne sciape, quelle vite azzerate dalla vita che cercano nel mercoledì sera e nelle smorfie complici di Flora De Pisis una caricatura di feuilleton ottocentesco, con le utilitarie sgangherate al posto delle carrozze, le unghie pittate al posto dei nei finti, le acconciature da mogli di calciatori al posto delle parrucche incipriate.

Non c'è niente di peggio di un trilocale a Rozzano che sogna di essere Versailles, per stringere il cuore.

Così questa volta ha deciso: uscirne.

Il primo passo è stato resistere a tutta la razionalità bruscamente messa in campo da Katia Sironi lì presente, condita di «Sei un cretino», di «Non si lascia un posto simile», e sostenuta da interminabili elenchi di vantaggi economici, sociali, mondani, tattici, strategici, di una simile posizione.

Niente.

Carlo aveva resistito, per una volta, come una roccia.

Il secondo passo era stato più subdolo: solleticare l'orgoglio di quella donna forte e tenace come quegli imbecilli palestrati là, massì, quelli delle Termopili. Affidarle una nuova battaglia. Convincerla a trattare un'exit strategy, ma non solo. Rilanciare, raddoppiare la posta, spingerla a dire ai dirigenti della Grande Fabbrica della Merda che *Crazy Love*, la miniera d'oro di prima serata, poteva ormai procedere senza Carlo Monterossi nella stanza dei bottoni, e che quel talento cristallino, quell'autore così brillante – quel solenne deficiente, avrebbe detto lei – andava destinato ad altri e più ambiziosi progetti. Insomma, metterla di fronte a una nuova sfida: che facciamo, ora, di questo campione dell'audience? Coraggio, signori, sentiamo le offerte... aggiudicato!

«Allora?». Di nuovo lui.

Katia Sironi inghiotte l'ultimo boccone del filetto – dalle dimensioni doveva essere di mammut –, beve un lungo sorso di vino e si appoggia appagata allo schienale della sedia, il che significa che impone a quel povero legno una pressione pari a quella di un meteorite.

«Allora così», dice appoggiando le mani sul tavolo. «Loro ci stanno a un paio di condizioni».

«Sentiamo», dice Carlo.

«Tu ti stacchi piano da *Crazy Love*, diciamo fino alla fine della stagione, che fanno dieci, dodici puntate...».

«Ma...».

«Zitto».

Carlo sa riconoscere un ordine, e tace.

«... Questo significa che devi andare a una riunione ogni tanto, farti vedere, non sembrare un disperso in Russia. Non lo fanno per il programma, non sono mica scemi, sanno che la macchina va da sola, ormai. Lo dicono per Flora De Pisis. La star è lei, che se vede il suo autore prendere cappello può anche imbizzarrirsi, battere i piedi, fare i capricci e chiedere un... adeguamento, diciamo... del suo contratto, cioè tanti soldi».

Carlo sbuffa:

«Uff... soldi...».

«Sì, Carlo, soldi. Nel caso ti fosse sfuggito non stiamo parlando di filosofia teoretica o buoni sentimenti, ma di quella benedetta merda che sono i soldi. Tuoi, tra l'altro...».

Carlo alza le mani, come uno che si arrende anche se sa che verrà fucilato lo stesso. Katia Sironi continua:

«... Dunque, nei prossimi sei mesi i tuoi compiti sono: staccarti lentamente dal programma facendo in modo che la diva Flora non si faccia saltare il tappo...».

«E...?», dice Carlo. «Mi sbaglio o sento arrivare la fregatura?».

Quella va avanti come se nessuno avesse fiatato:

«... E contemporaneamente cercare un'altra idea, sperimentare, inventare, farti venire in mente qualcosa che consenta a loro di restare tra le prime aziende nazionali nella produzione di schifezze... e a noi di permetterci a lungo pranzetti come questo».

«Beh...», comincia Carlo.

Ma lei va dritta come un siluro:

«Capitolo compensi... scusa la volgarità... resta invariato il contratto per *Crazy Love* per tutta la stagione. Aggiungono un gettone per lo studio di un eventuale nuovo progetto. Un bel gettone, duecentomila, metà subito, metà dopo se gli piace l'idea. E poi si tratta il compenso a puntata, diritti e tutto quanto. In più chiedono se vuoi un ufficio lì o se ti serve gente, nel caso però la trattativa per i tuoi schiavi te la fai tu, che io non sono la tua serva».

Punto.

Basta.

Non dice altro.

Con la bocca almeno, perché con una mano fa invece un rapido cenno quasi impercettibile, e di colpo il cameriere Alfredo si materializza al suo fianco.

«Un caffè e quella grappa barriccata che sai, Alfredo».

Poi a Carlo: «Tu?».

«Caffè», dice lui, che sta ancora pensando alle notizie appena ricevute.

«Allora due caffè, Alfredo, e la grappa falla doppia».

Ora Carlo sa che tocca a lui, ma prima ha una curiosità:

«Con chi hai parlato?».

«Con il boss in persona, Luca Calleri».

Carlo fa un piccolo fischio. L'amministratore delegato. Il capo supremo. Il giovane, fascinoso, implacabile manager su cui fioriscono leggende aziendali degne di un canzoniere medievale. Alcuni dubitano persino che esista, se non fosse per qualche foto su Google mentre stringe mani importanti o sale su un elicottero, si direbbe un'Entità Superiore che gli umani non raggiungeranno mai.

Carlo sente un piccolo dolore, in un fianco, qui. È la gomitata dell'ego che gli parla da dentro: «Hai capito, pirla?».

Un po' se ne vergogna, quindi sceglie la via diplomatica:

«Tu che ne dici?».

Katia lo guarda come se fosse un aborigeno fuggito dalla riserva e capitato nel centro di Milano.

«Io dico che se sei così scemo da lasciare un giacimento di diamanti come *Crazy Love*, questa è la cosa più vicina a vincere al lotto che si può trovare. E poi, anche se darti ragione mi dà l'itterizia, che forse sì, è il momento giusto. Loro sono disperati perché non hanno un'idea nuova dai tempi di Badoglio, e sanno che tu puoi dargliela. Se viene fuori un altro botto come *Crazy Love* diventi il re della Grande Fabbrica della Merda, il che vuol dire che da quel momento lì le cifre sugli assegni le scrivi tu, e le scrivi belle lunghe».

«Sai che questo...».

«Sì, so tutto, Carlo. So che non ti interessa, che non è il tuo primo pensiero, che è una cosa volgare, e che quella roba lì, l'intrattenimento cretino che ottunde il popolo, ti fa orrore. Però tu lo sai fare e alla tua età sarebbe ora di arrendersi all'evidenza, sei un autore televisivo e anche una brava persona, due cose che credevo inconciliabili. Però io sono l'agente della prima, la seconda sono cazzi tuoi».

Ecco.

Dopodiché, Katia Sironi spiana la faccia dal broncio e spara una delle sue risate che fanno tremare i muri, che incrinano i cristalli e che un giorno qualcuno userà per gli effetti sonori dei film del filone catastrofico. Tutto trema, tutto traballa. Meno male che non è ancora arrivata la grappa, se no le toccava succhiarla dalla tovaglia.

Ora che ha smesso di fare l'agente, di pensare in termini di cifre Auditel e di clausole scritte in caratteri invisibili... ora sì, torna umana. Carlo l'abbraccerebbe, se gli bastassero due braccia.

Alfredo posa i due caffè e un bicchiere di liquido ambrato sul tavolo, poi se ne va silenzioso.

Ora Carlo non sa che dire, ma sa che non può stare zitto per sempre:

«Va bene, mi sembra un ottimo accordo. Solo... Solo non sarà facile trovare un'altra idea, a meno di non finire di nuovo in quella trappola. So come funziona, ormai. Io ho un'idea e loro la trasformano in merda...».

«È vero», dice Katia Sironi. «Ma è vero anche che la merda si vende bene, Carlo, e le chicche per intenditori invece le comprate in sette o otto... Quante volte lo abbiamo fatto questo discorso? È la tivù, Carlo, non è la vita vera, è una cosa di luci sparate, plastica azzurra e pupazzi che si agitano per altri pupazzi che stanno a casa sul divano... ma voglio dirti una cosa anche sulla vita vera...».

Attento, si dice Carlo, arriva la lezione di vita.

Ora quella tonnellata di cinismo sembra addirittura... tenera... sì, tenera.

Morbida, affettuosa, materna.

«Lo dico per te, Carlo. Non confondere la felicità con quella roba lì. Prendi quello che arriva e ringrazia. Non solo perché c'è anche gente che va in miniera... che banalità, vero? No... Ma perché in qualche modo, rispetto a quelli che vanno in miniera, ne hai meno diritto. Hai le stesse infelicità, è vero, ma dove? Nel tuo attico, con il tuo whisky costoso, i viaggi, il macchinone... meglio così, no? Non disprezzare quello che fai per campare, perché ci campi bene, e poi anche perché buttar via i privilegi è... da privilegiato, ecco».

Carlo non la guarda, ora. Gioca con il cucchiaino del caffè.

Sa che Katia ha ragione. Sa che la Grande Fabbrica della Merda non c'entra niente, e sono altre cose a suonargli gli accordi del blues. Chiude gli occhi. Va via per un attimo.

«Torno», aveva detto María, che però ancora non è tornata. E lui che a quel «torno» aveva creduto sì e no, ci si era aggrappato lo stesso come all'ultimo ramo sporgente sul fiume prima della cascata. E ora è parecchio che sta aggrappato a quel ramo, e il fiume è freddo, e le mani gli fanno male. E lei, Katia Sironi, miss cinismo, gli sta dicendo che magari può essere aggrappato allo stesso ramo anche qualcuno meno fortunato di lui. È vero. Ha ragione. Ma cosa cambia, cazzo? L'acqua è fredda lo stesso, le mani bruciano uguale.

Lei ora lo guarda come se gli volesse bene, forse è persino vero.

«Hai capito, Carlo?».

«Sì».

Poi Katia Sironi fa un altro gesto e Alfredo compare in un nanosecondo.

«Sul mio conto, Alfredo, e chiama un taxi».

E a Carlo:

«Tu metti la mancia».

Carlo fa scivolare venti euro sul tavolo, mentre lei si barda di sciarpe raffinatissime, si avvolge in un mantello grigio che potrebbe riparare una compagnia di alpini e si avvia verso l'uscita.

Ma a metà strada si volta, come se si fosse ricordata qualcosa all'improvviso:

«Ah, scusa, dimenticavo, c'è un'altra condizione».

Continua solo dopo essersi accertata che Carlo abbia fatto la sua Faccia Seccata Numero Uno, che è quella di quando è seccato davvero.

«Vuole vederti, vuole conoscere il grande autore. A cena, domani sera. Ti chiamerà la sua assistente per i dettagli».

Poi gli stampa sulle guance due baci che schioccano come ventose e si avvia verso il taxi che aspetta.

Carlo resta un attimo fermo davanti al ristorante. Il freddo gli riempie gli occhi di lacrime, o sarà il vento. Che cosa strana, tra l'altro, perché a Milano un vento così non c'è quasi mai. Il cielo è azzurrissimo, congelato anche lui.

E così, pensa, mi tocca pure la cena mondana con il Grande Capo Supremo della Grande Fabbrica della Merda, un appuntamento per cui molti darebbero un braccio o la figlia adolescente, e che lui scambierebbe volentieri con due mesi di lavori forzati in Uganda.

Impreca piano nel vento e si avvia verso la macchina, le mani in tasca, la testa china come un vecchio sconfitto.

Carlo Monterossi, l'Uomo Che Si Arrende.

3

Il freddo, va bene. Ma i piedi, maledizione, i piedi.

Ma come si fa, cazzo, pensa il frate. Con tutto che lui è rispettoso, e in certi casi anche ammirato per certe cose che non possiede più da un sacco di tempo, fede, devozione, quelle faccende lì. E però, Signore perdonalo, ci saranno due o tre gradi sottozero e tira un vento che ti taglia la faccia, e lui trotterella dentro quei sandali con i piedi scalzi, che adesso sono due blocchi di marmo che non sente più.

E si pente di aver lasciato la macchina così lontano, ma la prudenza è la prudenza, non si scherza, un lavoro di settimane non lo si fotte così, per posteggiare vicino.

Allora il frate accelera il passo, pensa che basta raggiungere la macchina, dove ha lasciato scarpe e calze, e pensa anche a casa sua, all'acqua bollente che si farà scorrere sui piedi, che magari si scioglieranno del tutto. E almeno, si dice per tirarsi su il morale, almeno è finita 'sta sceneggiata, e ora è tutto chiaro.

Tutto chiaro, sì.

Così percorre a passo svelto via del Passero, che sembra una galleria del vento da tanto ci soffia quell'aria di ghiaccio, dopo essere uscito dal retro di San Giovanni

Battista alla Creta, chiesa e convento, annesso oratorio, una di quelle chiese che volle il cardinal Montini, quando lì c'erano solo dormitori di immigrati del sud, braccia per le fabbriche, nuovi clienti per lavatrici e utilitarie, una stamperia di cambiali a maggior gloria dell'era nuova luminosa e progressiva... allora, la compriamo 'sta cucina economica, signora?

Ma lui pensa ai suoi piedi, ora, e a dov'è la macchina, che manca poco e deve solo attraversare via Inganni, che è uno stradone, e poi via, a casa, a casa, se Dio vuole.

E ora svolta l'angolo di via Inganni, per raggiungere le strisce pedonali, e lì non c'è quasi niente se non quella cattedrale, questa sì lussuosa e luccicante, con dentro quei macchinoni da sogno. Lo sa perché è dieci giorni che fa questo calvario di piedi freddi, e perché quelle luci dal basso verso l'alto come piccole lame calde che accarezzano le macchine gli piacciono sempre. Da ieri, poi, c'è quel mostro bianco decappottabile, in vetrina, al posto d'onore, che pare un trofeo. Non che gli piacciano il lusso, o le fuoriserie, ovvio, ma anche un frate sa riconoscere la bellezza, quando la vede. Soprattutto un frate, forse, e di più ancora uno coi piedi che sono due zoccoli pesanti di ghiaccio.

Così un'occhiata la butta, senza rallentare il passo, che come dicevano i nostri ragazzi sul Don chi si ferma è perduto.

Ma poi.

Ma poi il colpo d'occhio è tutto, e un secondo a volte è il tempo che serve, e anche meno. Così il frate vede due figure in piedi, nel salone del concessionario, dietro la macchina bianca senza tetto, e una mano che si allunga e fa una piccola fiammata gialla che si confonde con le lame di luce.

E poi in piedi resta una figura sola.

E poi l'ombra si china dietro la macchina bianca e si rialza in un attimo. Niente luci questa volta, ma un rumore come attutito che al frate dice una cosa sola e unica, ma precisa.

Non è che lo pensa, non è che lo immagina: lo sa.
Silenziatore.

Così il frate si blocca di colpo. Sarà a sei, otto metri dalla vetrina quando vede l'ombra dentro il salone delle macchine di lusso diventare una figura precisa. Osserva come quello apre la porta e la richiude usando il cappotto come un guanto, lo guarda scendere i due gradini che portano al marciapiede. Rilassato, calmo.

E siccome pensarci non serve a niente, il frate accelera il passo dietro a quella figura e si mette a gridare:

«Ehi! Fermo!».

Ma il tipo non si volta nemmeno e continua a camminare. Allora il frate corre, e questa volta grida più forte:

«Fermo! Polizia!».

Però mentre dice questo deve rallentare perché ha la pistola sotto quel saio, e mai come ora la sua Beretta, la 92fs d'ordinanza, gli è sembrata un ferro scomodo, ingombrante, difficile da estrarre, o forse è solo che quel vestito lì non è stato disegnato per i conflitti a fuoco, anzi, tutto il contrario, e San Francesco, o Padre

Pio, non hanno mai dovuto fare quel movimento ridicolo di alzarsi la gonna marrone di tela grezza per spianare un'arma.

Così il frate perde qualche secondo, e qualche secondo a volte è il tempo che serve, mentre l'ombra fa due passi verso di lui e lo colpisce forte con un calcio al plesso solare, una mossa da atleta.

Una martellata. Un treno in corsa.

E il frate crolla a terra come fulminato, e allora la figura, che ora è solo due gambe, gli tira un calcio tra l'orecchio e la nuca. Un calcio forte, una fiammata di dolore che parte dalla cervicale e si diffonde come un fulmine ovunque.

E poi un altro, in un fianco. Altro dolore. Costole.

Perde i sensi, il frate, o qualcosa del genere.

O forse no, non del tutto, perché fa in tempo a vedere che quello si china e gli punta una pistola in mezzo agli occhi, e poi un fascio di luce e un rumore di frenata, e grida, e voci che dicono: no, no, che fai!, altri rumori che non sa, mentre i passi dell'ombra si allontanano veloci e due mani lo toccano e qualche voce dice... morto... svenuto... chiama un'ambulanza... la poliz...

Poi più niente, cioè un nero opaco che non saprebbe dire.

E il dolore.

E un senso di nausea.

E i piedi freddi, ovvio, quelli sempre, maledizione.

4

«Che elegante, signor Carlo!».

Katrina fa irruzione in cucina mentre Carlo Monterossi sta pensando se concedersi un drink d'incoraggiamento prima di cenare con il Boss Supremo della Grande Fabbrica della Merda o se andare al patibolo così, senza il supporto di sostanze alcoliche, come una vergine al supplizio.

L'occhiata che gli manda lei, dopo quell'esclamazione squillante, lo fa desistere. Però quel complimento così naïf gli fa riconsiderare alcune cose: perché mettersi in ghingheri? Perché vestirsi a festa con tanto di cravatta per incontrare un pezzo grosso? Dove siamo finiti, in una commedia anni Sessanta con il cumenda e gli impiegati intimiditi? Eh? Ci vestiamo da cena a palazzo per uno squalo mangiasoldi che non avrà letto un libro dall'invasione del Kuwait?

Non scherziamo.

Così torna a cambiarsi e ricompare più simile a se stesso: pantaloni blu, maglioncino di cachemire leggero a V sopra la camicia azzurra e una di quelle sue giacche sportive che sono ormai vecchie amiche, scudi antikryptonite, compagne di mille battaglie.

Insomma, passa da «elegante metropolitano» a «gentiluomo abbiente che non si cura di queste cose».

Lui sta meglio.

Katrina no.

Scuote la testa con la sua aria da «era meglio se stavo zitta» e comincia a riempire il frigorifero con gesti precisi.

Katrina, due metri di tronco di betulla made in Moldavia, al momento in servizio di approvvigionamento e vettovagliamento, prende possesso del suo campo di battaglia, la cucina hi-tech di casa Monterossi, di cui è custode e plenipotenziaria.

«Io magari cucina qualcosa, così lascio per stanotte», dice.

«Vado a cena, Katrina, non dovrò mangiare dopo».

«Io cucina e lascia lo stesso, magari congela, dopo usa microonde, signor Carlo».

Poi si appoggia a un mobile bianco, lo squadra per un lungo istante e chiede:

«Vecchia serva Katrina può indovinare?».

Carlo ride.

Quella donna sa tutto di lui, lo protegge, lo accudisce. È la sua Mary Poppins e lui non se ne priverebbe per nulla al mondo. È lei che sa, che provvede, che prevede, che mette pezze burbere e umanissime sugli strappi della vita di quel «signor Carlo».

È stata lei, per qualche mese negli ultimi tempi, a svegliarlo la mattina e farlo alzare dal divano per metterlo a letto, a raccogliere da terra le bottiglie vuote di

Oban 14, a scuotere la testa ogni volta che gli vedeva il vuoto negli occhi, a preparargli colazione e aspirine, a dirgli con l'affetto di una vecchia zia che «quella signorina bella torna, signor Carlo, torna».

Insomma a mentire, con la cura carezzevole che si riserva di solito ai malati senza speranza.

Appunto.

Che poi dica per lui le sue novene e disquisisca liberamente dei cazzi suoi con la Madonna di Medjugorje, con cui intrattiene una fitta, costante, schiettissima conversazione, a Carlo non dà fastidio. Insomma, non troppo.

«Dai, Katrina, sentiamo frate indovino», dice lui.

Così lei continua, sempre appoggiata al mobile bianco, con un enorme gambo di sedano in mano.

«Signor Carlo va a cena di lavoro che signor Carlo non vorrebbe andare...».

Lui annuisce: «E fino a qui è facile...».

«Signor Carlo mangia poco e beve un po', io spera solo un po', così quando torna a casa mangia quello che Katrina cucina».

Carlo ride apertamente.

Prende le chiavi della macchina e saluta che sta ancora sghignazzando, si infila il cappotto ed esce.

Ora, tecnicamente, Carlo Monterossi sta trasportando due tonnellate di carrozzeria lucente nera da casa sua a un ristorante che dista in linea d'aria non più di un chilometro. Una specie di Fitzcarraldo del turbodiesel. Con la lentezza della carovana di cammelli punta verso il centro, fende la folla che torna a casa, un formicaio. Il vento rende tutto lucido, smerigliato, anche i visi degli impiegati giovani che corrono verso l'apericena, che il Signore ci fulmini tutti, ma in fretta, però, che sono quasi le otto.

Carlo guida piano, conquista i suoi centimetri di asfalto. Ora ha sulla sinistra il Lazzaretto, i morti della peste, il Seicento purulento, con quei due fessi che volevano sposarsi. E a sinistra i grattacieli degli emiri del Salcazzistan, che mica sono emiri veri coi rubinetti d'oro, no, sono fondi sovrani, dollari che camminano. E così abbiamo una piccola Abu Dhabi con la sua piazzetta in stile Abu Dhabi. Moderni, eh! Abbiamo pure nutrito il pianeta, se volete saperlo.

Il ristorante è quello di un albergo che ha più stelle della Via Lattea.

Un uomo gli va incontro. Carlo lo distingue da un ammiraglio soltanto perché lì non c'è il mare, così viene accompagnato a un tavolo anziché sul ponte di comando di uno yacht da sceicchi.

«Dottor Monterossi, buonasera, molto felici di averla con noi... il dottor Calleri la prega di accomodarsi al suo tavolo, sarà qui a minuti, posso portarle un drink?».

Il suo tavolo. Come fosse una trattoria di quartiere.

L'ammiraglio sparisce e torna con una bottiglia di champagne, che apre con la naturalezza di chi non fa altro nella vita, gli mostra l'etichetta senza fargliela leggere veramente, convinto com'è che chi arriva fino a quel tavolo sa riconoscere le annate dalla nuance dello stemma del produttore.

Così Carlo sorseggia le bollicine mentre si guarda intorno: pochi tavoli occupati, perlopiù uomini d'affari che stanno decidendo di privarsi con una stretta al cuore di qualche migliaio di dipendenti, o di acquisire qualche concorrente belga che si è reso stupidamente scalabile, o anche solo di attaccare la Kamchatka.

Poi arriva Luca Calleri. In corteo. Lui, un ragazzo sui trenta che lo segue a un metro e una biondina da copertina che regge in mano un iPad con la custodia in coccodrillo, aperta come fosse la lista dei vini. Sta dicendo qualcosa, ma lui la interrompe con un gesto gentile della mano.

«Va bene, va bene, Cristina, venga a chiamarmi quando arrivano... Ora ho da fare».

Il tono è quello per-favore-non-mi-costringa a-guardare-l'orologio, anche se naturalmente ne ha al polso uno che vale come un Cézanne.

Poi la cena scorre via senza sussulti.

Allo champagne segue uno Château d'Yqueme del 2010 e Carlo pesca a caso da un menù dove i cibi hanno nomi inventati da uno chef del genere creativo-impazzito, uno che forse ha già preso ostaggi in cucina e minaccia di servirli con fico caramellato e finocchietto selvatico.

Gli antipasti si chiamano «piccoli morsi». Carlo si tasta la giacca, ma no, dannazione, purtroppo non ha portato il kalashnikov.

Per farla breve: Luca Calleri non dice una parola su programmi, audience, palinsesti, che di quelle cose si occupa l'intendenza, e un generale ha i colonnelli apposta, no? Lui, il Principe, parla di massimi sistemi, del peso immenso – tutto sulle sue spalle – della grande Azienda Culturale che contribuisce a determinare l'immaginario del Paese. Di strategie mediatiche. Della necessità di dare sogni e abitudini serali a gente che rimanda a febbraio l'acquisto delle scarpe dei figli, facciamo marzo se si può, Marisa, che 'sto mese c'è il bollo auto.

Non lo dice così, ovviamente, ma per Carlo è come se.

Dice di essere un semplice uomo d'affari e di invidiare molto chi fa un lavoro creativo, come Carlo, e poi mi parli di lei, mi dica come nasce un'idea, mi illumini lei che sa creare, mentre io sono l'umile amministratore della fabbrica.

Alla fine dell'antipasto Carlo lo strangolerebbe, a metà del secondo rimpiange di non aver indossato, sotto la giacca, una cintura esplosiva da jihadista.

Certo, il format vincente è ora quello dello *storytelling* satellitare, dell'*on-demand*, la somma di piccoli segmenti che fanno un grande pubblico, ma lui, lui il boss, alla tivù generalista crede ancora: perché l'italiano medio dovrebbe pagare per avere quel che noi gli diamo gratis?

Poi, siccome la vanità è una brutta bestia, non resiste alla tentazione di sentirsi anche un magnate, un Medici, uno Steve Jobs, un innovatore illuminato. E così si dilunga sul fascino della creazione che stupisce e spiazza.

Riconosce agli altri un talento, un genio, a patto che lui ne sia in qualche modo il coltivatore, il finanziatore, il nobile ispiratore, il mecenate. Lo stuolo di servi di cui si circonda, gli autisti, i piloti di elicottero, i manager, la bella Cristina da concorso di bellezza, non sono che ovvi tributi alla sua potenza. È dall'alto di quella montagna che può permettersi di fingersi alla pari di «artisti» come lui, come Carlo. Che intanto pensa: che razza di cretino. Quest'uomo, si dice ora Monterossi, è il concentrato di tutto ciò che bisogna odiare: il cinismo, il potere, l'elegante, momentaneo understatement di chi è potente davvero. E al tempo stesso prova una strana attrazione, un fascino, come quando si vede lo squalo bianco che mostra i denti. Solo che Luca Calleri i denti li mostra per sorridere charmant.

«Faccia lei, Monterossi, è lei il genio, Flora De Pisis parla di lei come di un portento».

Ecco, ci mancava la diva Flora, a tessere le sue lodi, il peggio del nazional-popolare che la storia ricordi, e dire che Carlo mette nel conto anche la fiera della polenta taragna di Zogno e miss maglietta bagnata.

Quanto a lui, al portento, si limita a mezze frasi e piccoli contrappunti, il minimo sindacale, si comporta da artista: se quello è tanto scemo da crederci, si dice, agevoliamo l'arrivo dell'ambulanza.

Lo salva la bella Cristina che raggiunge alle spalle il suo capo con la leggerezza di un sospiro. Sorride come per scusarsi, mostrando più denti dei master che le ha pagato papà e sussurra:

«Il sottosegretario è arrivato, dottore... la aspetta nella sala riservata».

Così Luca Calleri si alza, morbido come un maestro di tennis che fa strage di allieve, e stringe la mano a Carlo, ora in piedi anche lui.

«Mi ha fatto un immenso piacere, dottor Monterossi. Come si dice... sa dove trovarmi... e niente prudenze commerciali, niente autocensure... inventi, crei, vada controcorrente! Mi stupisca! Di più... Mi scandalizzi!».

Ovvio che mente. Il sottotesto dice chiaro e tondo: se non è una cosa che fa far soldi ci penseranno i miei a darle un calcio nel culo.

Poi guarda per la prima volta l'orologio, senza guardarlo davvero.

«Devo andare. Immagino avrà impegni anche lei... i miei sono la mia croce, vede... un sottosegretario!».

Lo dice col tono paziente di un latifondista che allarga le braccia e si duole di dover incontrare i mezzadri, ogni tanto.

Carlo non abbocca:

«Pensavo di fermarmi al bar, e poi subito a casa... sa, devo creare...».

Quello non coglie il sarcasmo, o forse lo coglie e non gliene frega niente.

«Le consiglio uno speciale rum della Guadalupa, allora... ho insistito perché se lo procurassero anche qui... lo assaggi... mio ospite, naturalmente... ci tengo».

Poi sorride ancora – deve avere Michelangelo, come dentista – e se ne va preceduto dalla bella Cristina e dall'altro giovanotto servile. Forse è così che il Re Sole lasciava il salone delle feste, chi lo sa.

Carlo non perde nemmeno un secondo a sperare che scivoli sul parquet tirato a lucido, perché sa che la giustizia non è mai così semplice.

E a quelli lì, comunque, gli fa un baffo.

Così si sposta al bancone del bar, dalle finestre si vede il Duomo, la carta dei whisky ha più pagine dell'*Ulisse* di Joyce e un altro ammiraglio, in giacca bianca questo, lo guarda con un punto di domanda negli occhi.

Ci sono bottiglie, lì, che costano come un bilocale a Lambrate. Ma Carlo intende tenere la schiena dritta, non tradirà il suo amico Oban, anche se per sedare i tafferugli del cattivo umore gliene servirebbe una cantina piena.

«Oban 14», dice.

Chiude gli occhi per un attimo, il tempo di ricordarsi dov'è, li riapre subito e non è più solo.

«Posso?».

Carlo fa un piccolo inchino, ma solo con la testa, impercettibile.

La ragazza... no... la signora... la signora scivola sullo sgabello alla sua destra con una grazia leggera, un vestito bianconero dall'aria firmatissima che le aderisce come Domopak, una giacca nera gettata con noncuranza sulle spalle. La borsa è già poggiata su un altro sgabello, lì vicino. Avrà trentacinque anni, ma Carlo non è mai stato bravo in quelle valutazioni da veterinario. Lei sorride con aria di scusa, ha gli occhi neri, gioielli discreti e un trucco ragionevole, modello quanto-mi-annoio-lontano-da-Saint-Tropez.

«Beve sempre da solo?», dice quella con un accenno di sorriso, anche negli occhi.

«Beh, ora dipende da lei», dice Carlo.

Repertorio.

«Io prendo un Bellini... lo so, si prende prima di cena, non dopo, ma io, sa, queste regole...».

Veloce, sciolta, perfettamente a suo agio.

Carlo pensa: abituata.

Arriva il Bellini per lei e il secondo whisky per lui, e già la conversazione ha preso la piega dell'esplorazione prudente delle terre sconosciute, sapete quelle cose... Salga sull'altura, sergente! Guardi al di là delle colline... Villaggi? Foreste?

«Ero a cena con un'amica, ma ha dovuto... andarsene al volo, ecco...», dice lei.

Non ha il tono della seduttrice, non flirta, non fa il numero della femme fatale. Non sarebbe adatto al luogo, intanto. E non è una ragazzina.

«Anna», dice a un certo punto, allungando una mano.

«Carlo», dice lui stringendo quelle dita dallo smalto perfetto, senza anelli. Buone dita.

E poi chiacchierano del più e del meno, verificando *bon mots* e comprensione del testo. Lei cita qualche film, ben attenta a non cadere nel mainstream corrente, parla di una mostra a Venezia, che vorrebbe vedere. Lui risponde e rilancia. Sa che non si stanno dicendo niente. Sa che è una convenzione. Sa che stanno solo valutando la rispettiva abilità, estrazione sociale, livello culturale, rapidità di battuta, collocazione di classe sulla scala del pollaio. Non ce ne sarebbe bisogno, perché uno che beve in quel bar di solito non lavora all'Enel, al massimo è lì a una cena d'affari per comprarsela, dighe, centrali e tutto.

Carlo non può fare a meno di pensare che l'ultima volta che ha parlato con una donna... che gli è piaciuto parlare con una donna... Pensa che voleva ascoltare davvero, che voleva capire... Qui è un'altra cosa, sembra una gara di abilità, una battaglia di fioretto con i tappi sulla punta, è chiaro che non si farà male nessuno.

«Basta, usciamo di qui, sembra il museo delle cere», dice lei.

Non è una preghiera, né una richiesta.

Lei ritira un cappotto al guardaroba, Carlo infila il soprabito e sono fuori.

«Assurdo questo vento», dice lei, «sembra montagna». Poi lo vede estrarre le chiavi della macchina e aggiunge: «Un altro drink? Ho uno studio qui vicino, due passi, su, non faccia il timido...».

Così camminano per poche centinaia di metri, fanno via Monte di Pietà e poi un tratto di via Borgonuovo, finché lei dice:

«Qui».

È uno di quei palazzetti milanesi che grida «soldi» già dai primi dell'Ottocento, e non ha nessuna intenzione di smettere proprio ora che quei due ci entrano.

L'appartamento – lo studio – è piccolo e perfetto. Un salottino intimo e ben arredato, le luci calde, il parquet lucido con vecchi tappeti kilim sbiaditi al punto giusto. Una cucina che starebbe stretta a un nano del circo, un bagno immacolato, un'altra stanza che Carlo suppone sia la camera da letto. Fa come un piccolo voto disonesto che non ci finirà.

Lui è passato alla vodka, lei è ancora allo champagne, hanno parlato di niente ancora per un po', convenevoli prolungati. Lei ha insistito per dargli il numero di telefono, e siccome Carlo, come al solito, non ha una penna né nulla su cui scriverlo, ha fatto il trucco adolescente di chiamarla per averlo in memoria. Poi lei ha messo della musica, Leonard Cohen, da un impianto Bose minuscolo, ma capace di suoni notevoli...

«Allora, cosa vuoi fare, cosa ti piace?».

Carlo scuote la testa, un po' se lo aspettava, anzi, se lo aspettava proprio. Ma non così. Non in questo modo.

«Posso fare la brava ragazza, se vuoi, ma se hai qualche idea strana è il momento di dirmela... quello che piace a te piace anche a me...», guarda l'orologio d'oro che ha al polso, «... posso chiamare un'amica, se vuoi».

Carlo le sorride. Non è offeso, solo un po' stupito, questo sì.

Era tutto piacevole, l'ambiguità della situazione galleggiava a mezz'aria come il fumo delle sigarette nei privé dove si gioca forte.

E invece lei se ne esce così: cosa vuoi fare, cosa ti piace... perché?

Si sta umiliando. Carlo non capisce.

La prende per un polso e la fa sedere di nuovo accanto a sé, sul divano.

«Com'è che all'improvviso si scende dalla prima classe?», le chiede.

Lei lo guarda. Gli occhi sono nerissimi, adesso, le trema un po' il labbro inferiore, un brivido impercettibile, ben controllato, ma Carlo se ne accorge.

È questa svolta inattesa che spezza il gioco? O è quella che ne fa cominciare un altro? Ora, senza che sia successo nulla se non quell'incidente, quel farsi male volontario di lei, quel finto trasecolare stupito di lui, ora sono vicini per davvero, non come prima che giocavano alla commedia sofisticata.

E sono un po' sbronzi, anche, e lei ha levato le scarpe col tacco e ripiegato le gambe sotto il sedere, e lui è più stravaccato di prima e la stringe... no, stringerla è troppo, la tiene vicina. E parla. Le dice che lui come principe azzurro fa schifo e compassione e che ci ha pure provato, ma quella signorina gli ha detto «torno» e non è ancora tornata.

«E tu ci avevi creduto?», chiede lei.

«No, forse no».

«Questo è un sì».

Colpito e affondato.

«Ma perché racconto queste cose a una perfetta estranea?».

«Ma perché sono una perfetta estranea!».

Poi aggiunge: «Sapessi le cose che mi raccontano, qui dentro. Puttana, psicoanalista e confessore, paghi una e prendi tre, se mai vedrai un giorno un amministratore delegato di multinazionale pregarti in ginocchio di dargli qualche frustata vestita da suora in topless potrai capire».

«Non credo che starei bene vestito da suora in topless», ride Carlo.

Scuote la testa. E beve altra vodka. E lei altro champagne. E adesso dal piccolo Bose esce Björk, a volume abbastanza basso da non disturbare le chiacchiere, a volume abbastanza alto da permettere di non sentire quelle che non piacciono.

E ora tocca a lei.

Lo fa ma non lo fa. Il mestiere, intende. È complicato, lui non può capire, e queste cose non le ha mai confessate a nessuno.

«Questa sì che è difficile da credere», dice Carlo.

«Anche per me», dice lei, «ma qui di solito si ascolta e basta».

Ma insomma, sì, se è questo che si vuol sapere: è una puttana, e si era capito. Escort, come dicono i clienti per sentirsi meno sporchi. Ma da tempo non lo fa più in quel modo. Ha il suo giro, i suoi fidanzati, le sue trasferte di lusso, i suoi appuntamenti, i suoi clienti con desideri inconfessabili, e però a lei li confessano eccome. Riceve, come si dice.

Non così in basso da mettere annunci o mandare in giro foto da dépliant di macelleria, non così in alto da abitare a Parigi e aspettare la telefonata del grande industriale.

«E basta per tutto questo?», chiede Carlo.

Intende: per la borsa di Prada, il vestito firmato, le scarpe con la suola rossa, la piccola Audi cabrio in garage di cui gli ha detto, lo studio in via Borgonuovo, dove un metro quadrato costa come sulla Quinta Strada? Non ha voglia di pietismi, non gli va di fare il samaritano con la Maddalena.

Onesto? Onesto. E pazienza se si offende qualcuno.

Ma lei non si offende per niente. Anzi ride.

«Ah, no, non basterebbe! Ma io ho un tesoro!».

Lui la guarda senza capire. Un tesoro? Un ganzo ricco? Dei soldi da parte? Naturalmente non chiede. Lui no, ma forse la sua faccia sì, perché Anna ride piano e dice:

«Come no, il tesoro della principessa Anna».

E poi gli si stringe un po' addosso, che le gira la testa.

«È un morto che mi viene a cercare», dice.

«Ottimo, se siamo ai film di zombie è ora di andare a dormire», dice Carlo, che fa per staccarsi.

Ma lei gli si stringe addosso ancora di più.

«No, no, un morto vero... vuole il mio tesoro... il suo tesoro... Uffa, non posso parlarne!», sta per piangere. «Ho paura», dice. Ma è una frase che resta lì sospesa, che nessuno dei due vuole davvero capire.

Allora non si dicono più niente, finisce anche il disco e c'è solo silenzio. Passa qualche macchina, fuori, senza far rumore, passa come in punta di piedi, come si fa nelle vie eleganti. Lei gli appoggia la testa sul petto e lui guarda il soffitto.

Poi, quando capisce che Anna dorme, si alza millimetro per millimetro per non svegliarla, la stende sul divano e la copre con il cappotto. Silenzioso come un ladro, in punta di piedi, il respiro trattenuto. Raccoglie il soprabito da una piccola poltroncina e va verso la porta.

Poi si ferma. Prende il portafoglio dalla tasca della giacca e conta qualche biglietto. Lascia quattrocento euro su un tavolino, accanto allo stereo, ed esce chiudendosi la porta alle spalle, che fa uno scatto silenzioso, lussuoso, efficiente.

Clac.

Si mette il soprabito mentre cammina per raggiungere la macchina. Fa un freddo teso e il vento non si placa. Che strano, però, il vento qui, che non c'è mai.

A casa Monterossi tutto tace. Il freddo lo ha snebbiato un po', ma ci vuole altro, dopo l'alcol, le chiacchiere e tutto quanto. E poi, la tentazione di perdere una scommessa con Katrina è sempre fortissima. Così Carlo apre il frigo e trova delle alette di pollo, e mentre il microonde ronza piano si versa un bicchiere d'acqua ghiacciata e lo beve d'un fiato. Accende il piatto dello stereo – ci sono sere che serve il vinile, sapete – e sceglie un disco.

Odetta sings Dylan, ecco, perfetto. E così insieme al profumo del pollo si diffonde quel blues calmo che trattiene il furore, che ti si appiccica addosso come la pece e le piume durante i linciaggi nel West.

Odetta Holmes, maestosa trentacinquenne nel 1965, combattente dei diritti civili, attivista, orgoglio nero, i capelli alla Angela Davis, chitarra appena pizzicata

47

alla Joan Baez, canta le parole di quel ragazzo bianco come se fosse sempre notte e sempre Harlem.

I got a heavy-headed gal
I got a heavy-headed gal
I got a heavy-headed gal
She ain't feelin' well
When she's better only time will tell.*

Seduto su uno dei divani bianchi del salone grande, Carlo Monterossi beve acqua direttamente dalla bottiglia, mangia pollo piccante con le mani e sente ancora il vento gelato sulla faccia.

Poi spegne tutto, anche Odetta, e va a dormire, e sa che dormirà. Non saprebbe dire perché, ma in qualche modo sente di meritarlo.

---

* Bob Dylan, *Walkin' down the line*: «Ho una ragazza triste / Ho una ragazza triste / Ho una ragazza triste / Non si sente bene / Dio sa quando starà meglio».

5

«Non fare così, Tarcisio, se ti agiti è peggio».

La signora Ghezzi Rosa, di anni 48, mediamente ben conservata, bassina, una gonna marròn e una camicetta bianca sotto un golfino grigio aperto sul davanti, vive il suo glorioso momento di efficienza assistenziale e benedetta devozione. Negli ultimi dieci minuti ha messo i fiori in due vasi di vetro che si è procurata assillando le infermiere, ha piegato e ripiegato la *Gazzetta* stropicciata, ha messo in fila sul comodino accanto al letto un fitto presepe di succhi di frutta, bottigliette d'acqua, fazzolettini, si è alzata e riseduta un centinaio di volte, sempre sorvegliando il degente e sempre recitando quella preghiera severa:

«Non ti agitare, Tarcisio, che è peggio».

Così Tarcisio Ghezzi, vicesovrintendente della Polizia di Stato, di anni cinquantuno, steso sul suo letto di dolore con un collare ortopedico, un braccio fasciato stretto e un bruciore alle costole che sembra un colpo di coltello, si agita davvero. Perché va bene il collo che gli fa un male cane, va bene anche il braccio sinistro che non può piegare per il tutore al gomito, e va bene –

oddio, non benissimo – la fitta assassina al fianco destro. Ma una Madre Teresa di Calcutta al capezzale no, non va bene per niente.

Il medico ha portato i risultati della TAC, negativi: nella testa del vicesovrintendente Ghezzi non si è rotto niente. Il calcio vicino alla tempia era la preoccupazione maggiore dei sanitari, prima per timore di emorragia interna, poi per eventuali danni alla cervicale, di cui Ghezzi soffriva già prima. Il gomito è solo lussato, le costole incrinate sono due, ma si sopravvive. Si sono stupiti, piuttosto, di quel principio di geloni: andarsene in giro scalzo con quel freddo e poi farsi bollire i piedi con l'acqua calda appena a casa, la sera, non è stata un'idea geniale.

La prognosi è di venti giorni, almeno quattro da passare lì dentro, e quando ascolta queste parole Ghezzi si sente morire sul serio. Vero che il poliziotto ferito in servizio ha diritto alla stanza singola, e che l'ospedale chiude un occhio sull'assistenza familiare – cioè la presenza della signora Rosa – e sugli orari di visita, e vero anche che per il Ghezzi mangiare a orari regolari è una bizzarra novità. Però...

È che non riesce a farsi passare la rabbia.

Ora la storia del frate scalzo che si fa picchiare come un tamburo dall'assassino in fuga farà il giro della questura e dei commissariati. Se ne riderà sulle volanti, nasceranno leggende, narrazioni ricche di dettagli, particolari ridicoli: il Ghezzi a piedi nudi nei sandali francescani che si alza la sottana per cercare la pistola mentre quell'altro lo stende a calci e pugni. Gli sembra di sentirli.

E poi la pistola. Non l'hanno trovata. Questo vuol dire scartoffie, deposizioni, moduli in duplice, triplice, quadruplice copia, rapporti, relazioni di servizio dettagliatissime, firme e controfirme. E poi tanto lavoro dietro a una scrivania prima che il ministero si decida alla riassegnazione dell'arma. E una Beretta difficile da rintracciare che se ne va in giro per Milano in tasca a uno che la sa usare. E poi i risolini nei corridoi. E poi...

Per fortuna il lavoro in chiesa è terminato. L'agente Olga Senesi, l'assistente del capo, gli ha telefonato per fargli gli auguri e lui le ha chiesto come è finita. Sì, sono andati a prendere il tipo, l'economo del convento, nonché sacrestano capo, nonché catechista di lungo corso. Quello, appena ha visto due divise e sentito i congiuntivi zoppicanti, ha capito al volo: ha confessato senza nemmeno aspettare le domande. Sì, aveva una contabilità parallela. Sì, da anni distraeva fondi e mascherava gli ammanchi. Sì, la cazzata grossa era stata vendere il piccolo crocifisso ligneo del Seicento – autore sconosciuto, pregevole fattura, dono della diocesi di Assisi – simulando il furto, cosa che aveva convinto i frati a chiedere aiuto alla questura, ma con discrezione e tatto, mi raccomando. E quindi era toccato al Ghezzi sotto copertura, ma con scopertura dei piedi, però.

Ora stanno cercando il ricettatore, questione di ore.

«Ma che se ne faceva il sacrestano di tutti quei soldi?», aveva chiesto Ghezzi dal suo letto di dolore, sempre attento al lato umano delle cose.

51

«Aveva una famiglia segreta», gli aveva risposto l'agente scelto facente funzioni di segreteria Olga Senesi, «moglie e un figlio, un altro in arrivo... cose che costano».

«Eh, la famiglia...», aveva chiosato il Ghezzi ringraziando per gli auguri e l'interessamento.

Ma almeno il caso è chiuso, pensa ora, anche se fare tutto il lavoro rognoso e poi non eseguire l'arresto causa ricovero gli rode un po'.

«Ma se ti agiti non va bene, Tarcisio!».

Ecco, appunto.

Poi il corridoio si anima all'improvviso, si sentono passi e voci, e nella stanza entrano tre persone. L'agente Sannucci e il giovane agente Cappelli, entrambi in divisa impeccabile, strano. Quindi, a ruota, il capo in persona, il commissario – pardon, vicequestore – Antonio Gregori, un omone poderoso in giacca e cravatta, capelli neri foltissimi che sembrano un casco integrale e la voce del leone a cui hanno fregato una gazzella.

«È qui il nostro eroe?».

Il giovane Cappelli arrossisce appena, Sannucci, che con Ghezzi ha quasi confidenza, sghignazza apertamente.

Gregori si informa sulle condizioni del paziente, gli dice le solite cose: pensi a curarsi, si riprenda, mi raccomando di non trascurare la fisioterapia. Si rivolge alternativamente al Ghezzi orizzontale e alla signora Rosa verticale, che si è messa quasi sull'attenti: dunque è questo il capo contro cui Tarcisio borbotta in continuazione? Sembra un bell'uomo, emana autorità.

Poi Gregori prende una sedia e l'avvicina al letto.

«Ottimo lavoro, Ghezzi, l'abbiamo preso il sacrista, tutto liscio come l'olio. Dicono che quando gli agenti gli hanno chiesto il libro dei conti, non quello falso, quello vero, lui è crollato subito».

Ghezzi annuisce. Già sa.

«Il priore ringrazia eccetera eccetera, dice che pregherà per tutti noi, ma io gli ho detto di concentrarsi su di lei, Ghezzi... magari sui piedi».

Sannucci guarda da un'altra parte per non scoppiare a ridere.

Gregori continua:

«Ora non si danni l'anima per questo caso, Ghezzi. Verranno a prendere la sua deposizione, ma come sono andate le cose si è capito. Se vuole saperlo, l'ha salvata una guardia giurata fuori servizio che tornava a casa dopo il turno, o ci andava, non lo so. Ha inchiodato la macchina e messo in fuga l'aggressore, se no a questo punto i cadaveri erano due».

«Il morto chi è?», chiede Ghezzi.

«Il padrone del negozio, quello lì dei macchinoni», risponde Gregori.

Sì, fin lì c'era arrivato anche lui, l'ha letto sul giornale, ma...

Finalmente Gregori capisce.

«Lei siamo riusciti a tenerla fuori, Ghezzi, non si preoccupi, non leggerà del frate con la pistola...».

Adesso Sannucci non si tiene più, come se avesse sentito la barzelletta più divertente del mondo. Bastardo.

«Mi dica di più sul caso, capo...», dice Ghezzi.

Non ha mai implorato i superiori, e nemmeno chiesto per piacere, e nemmeno ubbidito a tutti gli ordini, se è per questo, almeno se c'era da chiudere un'indagine. È il motivo per cui, all'età di Mosè, è ancora vicesovrintendente: scarsa attitudine al rispetto della gerarchia, testa dura. Però in questa occasione è disposto a fare uno strappo.

«... Per favore...».

«Lei non ha nessun caso, Ghezzi. Lei è vittima e basta. Si riposi e si rimetta in forma, dovrà compilare un po' di scartoffie per la pistola... l'avrà presa quel delinquente, e questo è un bel problema... ma c'è tutto il tempo del mondo, Ghezzi, la prima cosa è la salute».

Ma che gentile! Fa pure la faccia da sbirro americano, abbassa di un'ottava il tono di voce e pesca chissà dove un'aria grave da giustiziere della notte.

«Lo prendiamo, Ghezzi».

Sì, certo, come no.

Poi si rivolge alla signora Rosa:

«Mi appello a lei, signora, lo faccia riposare, questo satanasso, lo tenga al guinzaglio e me lo rimandi quando è aggiustato... non voglio vederlo in questura prima di un mese... ce l'avete un posticino dove andare a star tranquilli?».

«Mah... da mia mamma a Vercelli», dice la signora Rosa stropicciandosi le mani come a un'interrogazione in prima media.

«Benissimo!», dice Gregori, e guarda il Ghezzi con un ghigno satanico e un cenno del capo che significa...

ah, Ghezzi, sistemarla per le feste è sempre stato il mio sogno, ma la suocera a Vercelli è il Signore che la manda...

Ecco fatto, pensa il vicesovrintendente dolente Ghezzi. Ci mancava solo il mese di convalescenza e la Rosa che si sente in missione per conto di Dio. Quanto a Vercelli e alla suocera no e poi no, piuttosto donerà gli organi. Tutti insieme.

Alla fine Gregori stringe la mano al malato, saluta la signora Rosa con una specie di inchino e se ne va, seguito dai due agenti.

Ma Ghezzi si aggrappa a una piccola speranza.

«Sannucci!», quasi grida.

«Dica, sov». Sov sta per sovrintendente, anche se Ghezzi è solo vice.

«Resta qui qualche minuto, puoi?».

Gregori, che è già sulla porta, si volta e dà il suo augusto consenso, se ne va col giovane Cappelli, guiderà lui fino in questura. Però fa una faccia che dice: non se ne approfitti, Ghezzi, non mi faccia incazzare.

Allora Ghezzi fa un piccolo cenno a Sannucci che si avvicina, e gli parla sottovoce, quasi in un orecchio.

«Sannucci, è più lontano il bar o l'edicola?».

«Il bar è qui sotto, capo, l'edicola sta un po' più in là, sarà quasi un chilometro».

Ghezzi annuisce e si rivolge alla moglie, ancora emozionata per l'onore di essere stata nominata sul campo responsabile della convalescenza, guardiano e madre superiora.

«Rosa, fammi una cortesia... vai a prendermi il *Cor-*

riere... e anche *La Repubblica* e *Il Giorno*... i giornali con la cronaca di Milano, ti dispiace?».

E poi, quando lei è uscita, indica a Sannucci di sedersi dov'era prima Gregori.

«Dai, Sannucci, tutta la storia, subito. Chi se ne occupa?».

«Scipioni, capo. Con una squadra di quattro, io anche».

Ghezzi alza gli occhi al cielo. Il sovrintendente Scipioni che cerca un assassino... quello al massimo sa dare la caccia alla passera, e tra l'altro non la prende quasi mai.

«Dai, tutto per bene, chi è il morto?».

Sannucci si aspettava quell'interrogatorio ed è arrivato preparato. Estrae un taccuino dalla tasca della divisa e sfoglia piano le pagine. Poi parla:

«Andrea Serini, quarantadue anni. La concessionaria è sua. Prima ne aveva una più grande ma meno... esclusiva, si può dire?».

«Sì», dice Ghezzi. E con la testa gli fa: vai avanti.

«Gli affari vanno abbastanza bene, poche macchine vendute, ma quelle giuste, clientela selezionata, quasi nessuno che paga a rate, tutti assegnoni fatti al volo... lo sa quanto costa la spider bianca in vetrina? Duecentosessanta, capo...».

«Abbiamo qualcosa su questo... Serini hai detto?».

«Serini, capo. Niente di che. Separato, niente figli, reddito alto, questo è ovvio, villa in Brianza e appartamento a Milano, in via...», Sannucci sfoglia il taccuino, «in via Cadore. Quattro locali da scapolo, abbiamo perquisito, ma niente che spieghi un omicidio così... cioè, al volo, ora studieremo meglio il materiale repertato. Alla villa ci sta andando Scipioni...».

«Niente di niente, Sannucci? Possibile?».

«Abbiamo appena cominciato, capo... però...».

«Però?».

«Due cose. A casa c'era una bustina di coca, poca roba, due tre grammi, niente bilance, niente contanti in quantità rilevante, niente sostanze da taglio... insomma, si faceva qualche pista ogni tanto, secondo me, ma cerchiamo ancora...».

«Vabbè», dice Ghezzi, «precedenti?».

«Niente, anche se...».

«E dai, Sannucci, ti devo togliere le parole di bocca con la tenaglia? Dai, mica sono un sostituto, no?».

«Mah... sei anni fa c'è stato un sequestro di persona... non so se lo ricorda, il figlio di un industriale del mobile, uno di Meda, Cantù, quei posti lì... Sequestro denunciato soltanto dopo il pagamento del riscatto e la liberazione del ragazzo, aveva diciassette anni... uno di quelli andati a buon fine, insomma, con la famiglia che paga e non denuncia...».

«Che denuncia dopo, sperando di recuperare i soldi...», lo corregge Ghezzi.

«Ecco, sì... autori, due o tre, si sono fatti dei nomi, ma non c'è mai stato un processo... li cerca l'Interpol, uno era italiano, Scipioni sta scavando un po' lì...».

«Scipioni non si troverebbe l'uccello mentre sta pisciando», dice Ghezzi, che sta già ragionando... E poi: «Embè, che legame sarebbe?».

«Niente... il padre del rapito... quello che ha pagato... tre milioni, dice lui... comprava le macchine da questo Serini morto, per cui in sede di indagine hanno pensato che lui fosse il dito...».

Il dito, pensa Ghezzi. Cioè il tizio che indica ai banditi una possibile vittima. Che magari sa i suoi affari, se ha del cash facile da raggiungere, del contante in Svizzera, qualche centomila che gli cresce in tasca... E uno che si compra macchine come quelle solo staccando un assegno... Mah, ci sta... un po' vago: il dito potrebbe essere chiunque, avvocato, commercialista, direttore di banca, un dipendente infedele... Non è una pista, è un sentierino.

«Ecco qui, Tarcisio, ti ho preso anche le parole incrociate...».

La signora Rosa entra con un pacco di giornali e li posa su un tavolino bianco, spostando un vaso di fiori.

«Grazie Rosa», le dice il Ghezzi, e resta un attimo sovrappensiero, come se meditasse. E infatti: «Per favore, scusami, lo so che sono noioso... me lo prenderesti un succo di frutta? Ho la gola secca e...».

«Ma ce l'hai lì, Tarcisio, hai il comodino pieno...».

«Beh, ma non c'è alla pera, Rosa, lo sai che mi piace alla pera!».

«E da quando?», chiede lei, confusa.

«Da adesso!», dice il Ghezzi allargando le braccia, anzi, un braccio solo, che l'altro gli fa male.

Così quella trotterella di nuovo fuori dalla porta e

Ghezzi fa un gesto impaziente a Sannucci, come a dirgli: dai, sbrigati.

«Niente impronte, naturalmente, la pistola una 7,65, ma niente riscontri con altri omicidi. Due colpi, tutti e due in testa. Il secondo in mezzo alla fronte, da pochi centimetri... ma non ce n'era bisogno. L'ora la sa, capo, le diciannove e trenta. Ho controllato, il Serini chiudeva sempre a quell'ora... forse l'assassino ha aspettato lì fuori, stiamo cercando qualche testimone, ma via Inganni, a quell'ora lì... chi passa si fa i cazzi suoi...».

«Dipendenti?».

«La segretaria se ne va prima, ma non sa niente e non smette di piangere dall'altra sera, chissà, forse perché adesso è disoccupata...».

Il lato umano dell'agente Sannucci.

«Ora ti faccio una domanda», dice Ghezzi come uno che prepara un trabocchetto. «Secondo te, perché uno che ha tutti quei soldi sta in negozio come un impiegato, chiude lui, spegne le luci e tira giù la clèr come un salumiere qualunque?».

Intende: aspettava qualcuno? È rimasto apposta?

Sannucci si illumina, perché quell'intuizione lì ce l'ha avuta anche lui e vuole che il vicesovrintendente lo sappia. Che non è proprio un cretino, e magari prima o poi sovrintendente lo diventa, lui.

«L'ho fatta, 'sta domanda, sov! La segretaria dice che gli piaceva stare lì, che lo chiamava il suo salotto... che alla mattina magari non si vedeva... cioè, a meno che non avesse appuntamenti o clienti, ma alla sera immancabilmente chiudeva lui».

«Va bene. Ora due cose...».

«Se posso...».

«Puoi, Sannucci, fidati... puoi, anzi devi», questo l'ha detto con tono minaccioso.

Quello esita.

«Senta, sov, Scipioni non lo conto nemmeno, ma se il capo scopre che faccio rapporto a lei mi fa un culo come una capanna, e io...».

«Senti Sannucci, se tu non mi tieni aggiornato il culo come una capanna te lo faccio io, e siccome il capo lo vedi tre volte all'anno e a me invece mi vedi tutti i giorni, decidi tu... due cose...».

E continua:

«Dunque, quando avete un po' di numeri dalla banca della vittima, estratti conto, entrate uscite, li voglio vedere. Scommetto che avete chiesto... cosa? Gli ultimi due anni? Ecco, voglio i movimenti dell'epoca del sequestro, sei mesi prima e sei mesi dopo, capito?».

«Capito. E lo dico a Scipioni o no?».

«Diglielo, che fai un figurone, tanto quello dirà che l'idea è sua. Non ci credere troppo, ma provare non costa niente. Poi trovami il nome dei colleghi che hanno fatto le indagini su quel caso lì del sequestro, che ci faccio due chiacchiere...».

«Non colleghi, sov, carabinieri».

«E vabbè, Sannucci, carabinieri, trovameli lo stesso».

Poi ricompare la signora Rosa. Ha in mano una busta di plastica, e nella busta un campionario intero di succhi, bevande, bottigliette, confezioni in cartone.

«Ho preso tutto, così se cambi gusti all'improvviso...».

È una rompiballe, ma non è mica scema.

Sannucci si alza e saluta. Stringe la mano alla signora Rosa, anche lui con un piccolo inchino. Ridicolo, pensa Ghezzi mentre tenta di mettersi a sedere sul letto.

Rosa accorre a sistemargli i cuscini come se da quello dipendesse il futuro del pianeta:

«Ma se ti agiti, Tarcisio, non va bene!».

Il vicesovrintendente Ghezzi Tarcisio, dolorante nel corpo e nell'anima, chiude un po' gli occhi. Pensa. Ma tu guarda, un sequestro...

6

La telefonata arriva poco dopo le due.

Carlo Monterossi si è alzato tardissimo, ha fatto una colazione che farà le veci del pranzo, ha scherzato con Katrina su quel pollo mangiato di notte, sul divano, solo e soltanto – dice lui – per darle una soddisfazione.

Ha riso anche lei.

«Bene, signor Carlo soddisfatto, Katrina soddisfatta... solo pollo poco contento... ma era già morto, quindi...».

Poi lei è tornata giù, alla sua guardiola, perché oltre che la fatina burbera di casa Monterossi è pure la custode del palazzo, e anche lui si apprestava a uscire, che come gli ha detto Katia Sironi non può fare il disperso in Russia e a qualche riunione per *Crazy Love* ci deve pur andare. E questo anche se l'idea di vedere Flora De Pisis che si sbraccia per salutarlo come una Rossella O'Hara appena un po' meno sincera gli conficca una piccola angoscia lì, tra il cuore e l'ascella sinistra.

Ma poi – su, non divaghiamo, che abbiamo tutti da fare – ... poi, appunto, suona il telefono. Un numero che non ha mai visto, una seccatura di sicuro, anche se per un attimo Carlo spera che sia una seccatura che gli eviterà di andare al lavoro, una ciambella di salvataggio, un contrattempo del genere «felice coincidenza», di quelli, insomma, che non capitano mai. Non a lui, almeno.

«Il dottor Monterossi?».

Una voce maschile, gentile ma ferma. Quelle voci che comandano.

Ancora:

«Carlo Monterossi?».

«Sì, sì», risponde Carlo.

Perché sente un allarme? Perché siamo creature sensibili? Oppure perché il presentimento è una forma d'arte in cui eccelliamo tutti?

«Buongiorno, dottor Monterossi. È la questura di Milano. Sovrintendente Carella».

Ora l'allarme passa. Carlo non ha pendenze né sensi di colpa, e nemmeno è uno di quelli che tremano vedendo una divisa pur essendo perfettamente in regola. Sì, ha avuto qualche avventura, ultimamente, ma il suo rapporto con autorità costituite, istituzioni, vigili urbani, pompieri, polizia, finanza, carabinieri, corpo forestale e posteggiatori, anche abusivi, è totalmente tranquillo e fiducioso. Insomma, fiducioso forse è troppo, ma...

Però ora è curioso.

«Buongiorno, sovrintendente, mi dica...».

«Ecco, mi chiedevo se potesse fare un salto in questura, se possibile appena può, per certe informazioni...».

«A proposito di?...», chiede Carlo che sta frugandosi nella memoria per capire se ci può essere qualcosa in sospeso.

«A proposito glielo diciamo qui, dottor Monterossi...».

Ha colto solo lui questo lieve cambio di tono? Un sarcasmo trattenuto? Come se quell'altro si stesse spazientendo senza motivo, come se ci fosse un'urgenza che non vuole dirgli.

«Questura... in Fatebenefratelli?», chiede Carlo, un po' incongruamente.

«Sì... appena può... possiamo mandarle una macchina».

«Sto a due passi, sovrintendente, posso essere lì tra poco, un'ora al massimo, anche prima».

No, Carlo non sente un sospiro di sollievo dall'altra parte. Ma un piccolo ammorbidimento sì.

«La ringrazio molto, dottor Monterossi. Chieda al piantone... sovrintendente Carella. Grazie ancora, spero non ci vorrà molto».

Carlo chiude la telefonata e deve avere una faccia in modalità interrogativa, perché si guarda nello specchio dell'ingresso e lo specchio gli dice: «Eh?». E la faccia che c'è nello specchio non è esattamente la più intelligente del mondo.

E poi pensa che la frase «spero non ci vorrà molto» non significa niente se non una speranza, e che dunque potrebbe volerci molto, per l'appunto, e che quindi ora vuole sapere perché lo convocano in questura, anche se sa che non è un posto dove si vincono premi, buoni sconto o biglietti omaggio.

Ed ora, eccolo lì.

Nella stanza fa un caldo impietoso, come un'afa pesante trattenuta dalle finestre serrate, mentre fuori c'è ancora un vento gelato che non ha nessuna intenzione di lasciar perdere, di andare altrove.

C'è questo sovrintendente Carella, una quarantina d'anni vagamente cianciati e strizzati in una vita di merda che lui non fa nulla per nascondere. Sembra che si lamenti di qualcosa con la sua sola presenza. Poi c'è un altro in uniforme, forse un agente, Carlo non lo sa perché non gli viene presentato.

Una stretta di mano veloce, poi la solita giaculatoria di domande necessarie e indifferenti. Monterossi Carlo, nato a, provincia di, il... residente in... via...

Tocca a Carlo interrompere il rosario.

«Scusi, sovrintendente, posso conoscere il motivo della convocazione?».

Voleva dire: «Mi dica perché sono qui», ma all'improvviso gli è sembrato un po' troppo da film. E poi, forse, si dice, con questo qui è meglio usare il burocratese.

«Vorremmo sentirla come persona informata dei fatti, dottor Monterossi. Non si preoccupi, non ha nulla da temere».

«La ringrazio, sovrintendente, ma che non ho nulla da temere lo so», dice Carlo. E lo fa con il tono del «Beh, ora non esageriamo», che arriva secondo per un'incollatura al Grand Prix, subito dopo «Ma come si permette».

«Veniamo al dunque», dice quello schiarendosi la voce e mettendosi più comodo sulla sedia dietro la scrivania, «ci risulta una sua telefonata, ieri notte, a mezzanotte e mezza passata... zero e quarantuno...».

Questo lo dice dopo aver sbirciato un foglietto.

Carlo pensa. Crede di farlo rapidamente, forse, ma invece ha in faccia l'espressione di uno che prende tempo.

«... No, sinceramente non ricordo mie telefonate ieri sera a quell'ora...», dice.

«Ci pensi bene, Monterossi... faccia mente locale... dov'era? Con chi? Magari le serve per ricordare».

«Sovrintendente, non mi tratti come un deficiente. So benissimo dov'ero e con chi, e non mi ricordo telefonate».

«E posso chiederle con chi era, e dove? Non stiamo verbalizzando, si rilassi, è una chiacchierata».

Cosa c'è che non va? Perché quella fitta tra il cuore e l'ascella adesso è più forte? E cosa deve fare ora Carlo Monterossi, cittadino esemplare rispettoso della legge, se non ammettere che si sente un po' frugato nella sua vita? Cos'è, gli controllano le telefonate? Pensa che noia, si dice. Allora decide per la via di mezzo:

«Per essere una chiacchierata mi sembra una chiacchierata abbastanza sui cazzi miei, sovrintendente...».

Però non aspetta che quello reagisca e aggiunge subito:

«Comunque non ho niente in contrario a dirglielo. Ero con una signora, a casa sua...».

«Anna Galinda, per caso? Le dice nulla questo nome?».

«Il cognome no... ma sì, la signora si chiama Anna, la casa è qui vicino, in via Borgonuovo...».

«Lo sappiamo», dice l'agente in divisa che sta in piedi accanto alla porta. Carella lo fulmina con lo sguardo, ma quello non fa una piega. Difficile dire se sono d'accordo nel giochetto classico del buono e del cattivo o se si detestano soltanto. Peraltro il buono non è per niente buono e il cattivo pare solo stronzo.

«E non ha fatto nessuna telefonata alla signora?».

Uffa. Carlo fa un gesto spazientito e cerca l'iPhone nella tasca della giacca. Scorre velocemente il registro delle chiamate e si blocca.

«Sì... zero e quarantuno, eccolo qui, ha ragione lei, sovrintendente... il numero è questo...», e fa per leggerlo dal display.

«Lo sappiamo», dice ancora l'agente in divisa, e questa volta nessuno lo guarda male. Forse conosce solo quelle due parole lì.

Carlo si sente in dovere di spiegare. Che non pensino che mentiva su una faccenda così stupida.

«Sì, certo... non era una telefonata vera... insomma, la signora mi ha dato il suo numero e io non avevo nulla per scriverlo da qualche parte, così me l'ha dettato e io l'ho chiamata riagganciando subito, solo per avere il numero in memoria».

Ora si guardano. La spiegazione è abbastanza credibile, tanto più che Carlo non ha avuto problemi a dire che stava con quella Anna. Perché mentire su una telefonata se ammetti di essere stato nello stesso posto con lei? Ma già queste parole che pensa gli danno fastidio. Mentire? Ammettere? Siamo pazzi?

Ora Carella lo guarda fisso come per capire che animale ha davanti. È questo forse che mette in soggezione davanti a una divisa, non sai mai se quel che fanno è roba loro, privata, umana, o frutto dei corsi all'accademia, alla scuola di polizia, o come diavolo si chiama.

«Mi scusi, dottor Monterossi...».

Ora Carella intreccia le dita, poggia i gomiti sulla scrivania, si sporge un po' e fa una faccia come se avesse una curiosità improvvisa, e forse è proprio così.

«... Scusi... ma se la signora le ha dato il suo numero quando già stavate... ehm... insieme... lei come l'ha contattata?».

Ora Carlo è confuso davvero. Capisce che la domanda ha un suo senso tecnico, ma si chiede anche dove lo sta portando quell'altro.

E allora si decide. Insomma, perché resistere dando magari l'impressione di aver qualcosa da nascondere? E cosa, poi?

E perché impuntarsi? Basta l'antipatia di quel poliziotto che parla... e anche di quello che non parla, per giocare al cittadino indignato?

Così si mette comodo anche lui e dice:

«Guardi, sovrintendente, le cose sono andate così, perché non ci siano equivoci...».

E racconta tutto da quando è uscito di casa a quando se n'è tornato al suo pollo piccante e al disco di Odetta. Tace solo l'identità del suo commensale, perché è un nome pesante e non vuole che si sappia, né che quello sia in alcun modo coinvolto... Ma coinvolto in cosa, poi? Però questo è solo un lampo che gli passa per la testa. Per il resto dice tutto con la calma dei santi, anche quanto ha bevuto lui, quanto ha bevuto lei, più o meno quello che si sono detti, non nei dettagli, com'era la casa, e come è finita la serata, con lei addormentata e lui che se ne va lasciando dei soldi, e che prima delle due era a casa a mangiarsi il pollo. Vorrebbe dire anche di Odetta e del suo modo bluesy di leggere il grande poeta di Duluth, Minnesota, ma non lo fa. Perle ai porci, lasciamo stare.

Insomma, un resoconto dettagliato, stringato ma esauriente, discorsivo, scorrevole, buon eloquio, proprietà di linguaggio, ben detto. Vada al posto Monterossi, le metto sette e mezzo, se solo si applicasse di più...

«Dunque, riassumo...», dice Carella, che ha ascoltato con grande attenzione scrivendo anche delle cose misteriose su un foglietto volante.

Però più che un riassunto è una provocazione.

«Dunque, lei viene adescato da una prostituta in un locale di lusso, la segue a casa sua, non ci scopa, però la paga, e pure tanto... la puttana si addormenta sul divano tra le sue braccia, e lei se ne va tirandosi dietro la porta, ho capito bene?».

Quello in divisa fa una risatina da spaccargli la faccia.

E quindi ora tocca di nuovo a lui.

Spiega che detta così è una cosa, e detta come l'ha raccontata lui è un'altra. Spiega che, puttana o non puttana, lui parlava con una persona, anche gradevole e intelligente, gli è sembrato lì per lì, che non aveva intenzione di fare nient'altro, che la situazione era sì ambigua, ma perfettamente controllabile. Aggiunge che è adulto, responsabile, maggiorenne, vaccinato, di buona costituzione fisica, di nazionalità italiana, mai stato comunista, né islamico, molto rispettoso delle donne, non aggressivo, si lava i denti tutti i giorni e non è in cerca di avventure che, modestamente, volendo...

E poi aggiunge – qui Carlo scandisce bene le parole – che a questo punto è forse il caso che gli dicano chiaramente cosa vogliono da lui, perché è intenzionato a collaborare in ogni modo e a rispondere ad ogni domanda, ma non gli dispiacerebbe sapere perché.

E lo ripete, anche:

«Tutte queste domande. Perché?».

Allora Carella si appoggia allo schienale della sedia, come se avesse finito un lavoro, come a prendersi una pausa.

E invece parla l'altro, quello in piedi accanto alla porta, quello del risolino di prima:

«Perché è morta».

Carella guarda Carlo negli occhi. Fisso. Senza espressione, ma con una profondità vera, finalmente uno sguardo dritto.

«Morta male», dice.

Parla ancora quello in divisa.

«Vuole un caffè?».

Ora che sono soli, il sovrintendente Carella e Carlo Monterossi, non si dicono una parola. Carlo sente quel dolore tra il cuore e l'ascella esplodere come un petardo, lacerarlo. Deve ancora capirla, quella notizia, assorbirla piano, come un veleno. Ma la tristezza che lo prende la sente eccome, la sente come un fuoco che sale dallo stomaco, in bocca gli arriva un sapore cattivo. Carella si alza e apre la finestra. Entra una lama d'aria gelata che serviva davvero. Carella si accende una sigaretta. Poi continuano a non dire niente finché l'agente in divisa non torna e mette due bicchierini bianchi sul tavolo, con dentro lo stecchetto di plastica che fa da cucchiaino e senza schiuma, se c'era è già evaporata.

«Io l'ho preso mentre aspettavo i vostri», dice.

Carlo ha l'impressione che quella frase significhi: «precisiamo, sono solo gentile, non sono uno che porta i caffè». Ma è appena un lampo di lucidità, perché in mente non ha altro che Anna con il suo vestito optical e la battuta pronta... un'ironia leggera, una faccia... bella, sì, anche con quel sorriso amaro... Forse proprio per quel sorriso amaro.

Poi tocca al sovrintendente Carella rompere quella sospensione dolorosa.

«Ha ragione, Monterossi, ora tocca a me. Le dirò questo, in modo molto chiaro. Credo che l'abbia uccisa lei? No. Credo che ci potrebbe dire qualcosa che ci aiuta? Sì. Qualcosa che ha taciuto volontariamente? No. Qualcosa a cui magari non ha dato importanza e ora dopo questa notizia potrebbe averne? Sì... mi sono spiegato?».

«Morta come?», dice Carlo. «Quando?».

«Questo non posso dirglielo, Monterossi, lo capirà. Sappia che è stata una fine lenta e dolorosa... e che questo è anche un dettaglio che la esclude in qualche modo... sa, tutti possono ammazzare qualcuno in un attimo di rabbia, di follia... ma non tutti sono capaci di metterci tanto tempo... di essere così... cattivi, sì, cattivi. E ho già detto troppo... in realtà avrei dovuto aspettare i tabulati telefonici, firme, burocrazia, forse giorni... Invece ho guardato l'ultima chiamata ricevuta dalla vittima e ho scoperto di chi era il numero, non un killer sadico, sembrerebbe, e ho deciso di parlare con lei... Contento? Una chiacchierata informale...».

Carlo pensa: morta.

Carella va avanti.

«Ora mi dica se nella sua... conversazione con questa... questa Anna, c'è stato qualcosa di strano, anche un dettaglio, anche una sfumatura che le sembra insignificante...».

Allora Carlo ripete quello che aveva detto prima, ma si sofferma meglio su certe cose... il tesoro di Anna, che lui aveva pensato fosse un riccone che la manteneva... il morto che la cerca... ma avevano bevuto un po', sembravano chiacchiere stupide, sembrava un gioco... lui non ci ha dato peso...

Ora le domande non sono più da poliziotto, ma da analista, come a voler stappare una memoria otturata. Tesoro? Soldi? Ha detto dove? Ha detto quanti? Nomi? Posti? Date? Nomi di amici? Amiche?

Carlo scuote la testa e mette in fila una decina di no. Morta, pensa. Perché?

«Aveva paura... no, non è esatto... ha detto "ho paura", ma non sembrava spaventata... piuttosto... sembrava sola, ecco».

Sì, sola. Carlo chiude gli occhi. Pensa quello che dicono le nonne, le madri in gramaglie, le zie in lutto: povera Anna. Sente quella tristezza di prima raffreddarsi, consolidarsi come lava. Dura, inscalfibile. Sente anche una rabbia cattiva, un rancore lanciato nel vuoto, che non sa chi colpire. E poi un'ondata di nausea, quando pensa a quel suo tirarsi dietro la porta, a quel clac della serratura semplice, senza chiavistelli, senza che nessuno chiudesse meglio, magari con la chiave lunga di sicurezza. E pensa in un lampo che forse è stato lui ad aiutare l'assassino, a rendergli facili le cose.

Sbianca. Gli gira la testa, potrebbe vomitare.

Carella se ne accorge, si alza dalla sua sedia circumnavigando la scrivania e gli poggia una mano su una spalla.

«Si sente bene?».

«No».

«Chiunque sia stato sarebbe entrato comunque, dottor Monterossi, glielo assicuro».

Ora Carlo dovrebbe pensare: ah, guarda un po', questo Carella, sarà odioso, ma non è scemo... però non lo pensa perché la nausea sale ancora. Ora la notizia di cui stanno parlando da più di un'ora si è messa comoda, si è installata per bene ovunque, ha preso possesso della sua coscienza, ogni angolo, e pulsa come una ferita.

Morta.

Non la conosceva nemmeno, non l'avrebbe più rivista, era stata un passatempo leggero come quando si fa tardi chiacchierando di calcio al bar. L'aveva usata così, come confidente di passaggio, gradevole, attraversandola senza curarsi di lei. L'aveva usata proprio come quelli che la usavano per regalarsi un po' di sesso, che se la scopavano. Forse anche loro lasciavano soldi sul tavolino e si chiudevano la porta alle spalle.

Anna.

Quando Carlo Monterossi esce dalla questura, il vento lo spingerebbe verso via Solferino, ma lui va dall'altra parte. Si alza il bavero del cappotto, ma lascia che il freddo lo frusti. C'è traffico e rumore. Comincia a fare buio e le luci dei negozi brillano come se quell'aria che soffia cattiva le lucidasse. Perché questo vento, da giorni?

A Milano?

Attraversa piazza Cavour, percorre via Manin ed è arrivato. La nausea sta passando, la rabbia no. La tristezza è lì come una nota di basso, non è la tristezza morbida del blues, è solo dolore.

Ma perché racconto queste cose a una perfetta estranea?

Ma perché sono una perfetta estranea!

E lui chi è? Lui è teso, è rabbioso. Aveva giocato con lei, si era confessato e ne aveva – con uno stupore quasi divertito – raccolto i segreti. Aveva sentito una forma di intimità superiore a quella che avrebbe avuto nell'altra stanza, dove non era voluto andare, più per lei che per se stesso, o almeno si era detto questo. Anna – si stupisce a pensarla per nome, come un'amante, come una vecchia amica – aveva un suo equilibrio e una sua stabilità, era esperta e consapevole, eppure gli aveva mostrato la sua polvere sotto il tappeto, la sua fragilità, e quasi confidato il suo mistero. Il tesoro. Il morto che mi cerca. Gli aveva detto, mentre lui parlava d'altro, che aveva delle belle dita, e Carlo aveva sorriso imbarazzato, si era schermito scuotendo la testa.

Qualche ora dopo, qualche minuto dopo, l'avevano uccisa. Come aveva detto il poliziotto? Morta male...

E lui, tornando alla macchina, quella sera, che c'era vento come ora, aveva pensato: siamo uguali, signorina. Abbiamo qualcosa che ci cova dentro, cerchiamo qualcosa che nemmeno abbiamo perso. Ma aveva scacciato il pensiero perché, insomma, alla fine era una puttana, ecco, e lui non voleva immaginarsela a letto con qualche panzone danaroso, o bifolco da consiglio di amministrazione. Che scemenza, si era detto, una gelosia che non mi potrei permettere, una donna che non vedrò mai più.

Era quasi ubriaco, questo va detto. Ebbro.

Ma ora che invece è lucido e presente a se stesso, ritto accanto a un semaforo in piazza della Repubblica, sente quel «siamo uguali» tramutarsi in ferocia, sente montare la rabbia, come una corrente che sale dallo stomaco, che riempie tutto, che lo fa fremere. È un acido sgradevole in bocca, ma è anche un senso di forza, di potenza. Ah, sì? L'hai uccisa? Le hai fatto male? Maledetto tu e maledetti tutti. Sente il suo cinismo da bon vivant frantumarsi al cospetto di una passione forte, di un rancore indicibile, si sente in guerra.

Quando scatta il verde attraversa con passo né lento né veloce, i movimenti perfettamente fluidi, il volto calmissimo.

Carlo Monterossi, l'Uomo Toccato dall'Ira.

7

Oscar Falcone si stira i muscoli delle braccia e tende il collo per sciogliere nervi e legamenti. È seduto lì, in macchina, da più di due ore, fa un freddo cane e di accendere il riscaldamento non se ne parla: dovrebbe avviare il motore e si farebbe notare. Aspetta.

Aspetta che quello esca: è entrato dopo le undici e adesso è quasi l'una e mezza. Il tipo che fa la guardia ha freddo anche lui, e non è nemmeno seduto. Passeggia distrattamente su e giù per via Venini senza allontanarsi mai dalla saracinesca dell'elettrauto, tenendola d'occhio, salutando con un cenno chi esce sollevandola piano e non del tutto, scrutando bene chi entra, e a quelli apre lui.

Perché l'officina nasconde una bisca dove si gioca forte.

E perché là dentro è entrato – Oscar Falcone ha scoperto che ci va spesso – il Grande Moralizzatore. Giampiero Devoluti, mancato – di poco – assessore alla Regione, caparbio e volitivo. Implacabile censore della morale, aspirante sceriffo, law, order e retorica populista. Uno di quelli che consigliano ai cittadini di armarsi, che cavalcano l'onda xenofoba, che chiedono pene esemplari. Lo fa parlando dritto, ostentando disprezzo, indicando il nemico ai poveri ignoranti. Il solito nemico, i più poveri tra loro: un consenso facile seminato con l'egoismo e concimato con l'odio. I giornali della destra stravedono per lui, ne parlano come del prossimo candidato a tutto, sindaco, governatore, capo di questo e di quello, il prossimo uomo della provvidenza, manganello compreso, ah, se ci fosse lui, caro lei!

E ora è lì dentro, nella bisca del Cane, un posto non proprio commendevole.

Oscar l'ha seguito per un po'. Così, senza missioni specifiche, senza un disegno, chiedendosi se per caso quel kapò della tolleranza zero non avesse almeno un vizietto.

Finché l'ha visto entrare lì. Brutto posto.

E ora Oscar Falcone ha ciò che gli piace di più: un segreto nascosto che lui sa. Una cosa che può tornare utile. Non è il caso di chiedersi come userà quella notizia, o quando, o perché. Intanto lui ce l'ha, gli altri no.

E ora si stira i muscoli indolenziti e pensa che fa freddo, che questo vento è strano davvero, per Milano, ma almeno tiene il cielo tirato a lucido. E anche che tutto sommato star lì a cronometrare quanto Giampiero Devoluti sta seduto a un tavolo a farsi spennare non è così importante. Ha fatto qualche foto, ha quel che gli basta.

E poi gli suona il telefono. Non suona, anzi, lampeggia solo il display: Carlo.

Oscar Falcone schiaccia il tasto di risposta e dice:
«A quest'ora?».
«Sì, a quest'ora», dice l'altro. Ha una voce stanca.
«Cosa offri?».
«Da bere, riscaldamento e una storia».
Oscar sta zitto. Carlo Monterossi aggiunge:
«Brutta».
«Arrivo».

Carlo Monterossi non sa perché ha fatto quella telefonata. Tornato a casa, già gli era sembrata una buona cosa essere sfuggito allo sguardo di Katrina – annaffiava le piante del cortile del palazzo, e gli ha lanciato solo un saluto veloce.
Stare da solo. Non pensarci. Placare la nausea.
Ma poi, in quella casa grande, un pendolare nervoso tra i divani bianchi del salotto, lo studio, la cucina, ancora i divani, senza riuscire a mangiare, senza riuscire a dormire, la musica nervosamente cambiata a metà delle canzoni. Niente che lo soddisfi, niente che scacci il furore. Con un rumore solo in testa, il clac della serratura di via Borgonuovo, il pensiero che invece avrebbe dovuto dirle: su, svegliati, io me ne vado, alzati e chiudi bene la porta. Vai a dormire.
Cose che si pensano dopo, sì, è vero. Ma è vero anche che si pensano lo stesso.
Allora ha chiamato Oscar. L'unico a cui può dire certe cose sicuro che le capisca. Perché quello è un navigatore strano e imprendibile, un Corto Maltese urbano che scava, e trova, e sa, uno che a furia di

cavarlo dai guai, a questo povero Monterossi che ora fa avanti e indietro nella sua reggia, gli è diventato amico. Buon amico.

Uno che puoi chiamare all'una di notte e magari svegliarlo per dirgli: ho una storia.

Brutta.

Ora pensa che Oscar avrà qualche sua idea, oppure non ne avrà affatto e farà solo il punching-ball della sua rabbia. Sa che entrerà dalla porta come se emergesse da misteriose missioni segrete, e forse è così, e certo Oscar non farà nulla per confermare o per smentire.

Indecifrabile.

Di lui Carlo sa confusamente, poco e tutto. Sa delle sue occupazioni al confine tra informazione e informazioni, cronaca, indagine e militanza, ma di quale milizia, se non quella privata di Oscar Falcone, non lo ha mai capito. Sa che è un tipo solitario, solo anzi, che vive in una casa ereditata, una ragazza ogni tanto, purché non si perda tempo coi fiori. Ma tutto questo Carlo lo sa di rimbalzo, per piccole frasi captate o sfuggite all'amico, come sa dei genitori, morti in un incidente chissà come... macchina? aereo? altro? Non ha mai chiesto. Come sa che Oscar Falcone ha lavorato a contatto con la cronaca nera, che sa muoversi su quella linea ombrosa, volatile, che passa all'incrocio tra la legge e la giustizia, e i trucchi, le procedure, che conosce il peso di una notizia e ne sa valutare l'uso, la potenza, il valore di scambio. Perché è un tipo che fiuta i guai a chilometri di distanza, e ha un suo spiccato senso della giustizia per cui poi vuole sistemarle, le cose, come la volta che arrivò con un esercito di zingari buoni a salvarlo dai cattivi, madonna che storia.

Così Oscar era diventato senza che nessuno lo dicesse, o nemmeno lo pensasse, il miglior amico di Carlo, una specie di confidente, e al tempo stesso un complice.

Dietro quell'incidente, quello dei genitori, c'era qualcosa che ancora bruciava, che aveva spostato in qualche modo la vita di Oscar, un'ingiustizia mai detta e mai confidata, che l'aveva reso solitario ed efficiente. O forse era solo l'ingiustizia della vita: rimanere orfano a vent'anni era già abbastanza, certo, e quando Carlo lo aveva conosciuto, Oscar era un giovane abilissimo e veloce, che trottava per i corridoi del Palazzo di Giustizia, nei meandri della questura, cacciatore di notizie, annusatore di storie che altri, poi, avrebbero scritto e firmato. Non gli pesava. Anzi, difendeva il suo anonimato, il suo agire nell'ombra, il suo essere imprendibile. Ma non c'era caporedattore nei grandi giornali milanesi che non apprezzasse le notizie che Oscar Falcone gli faceva scivolare sottobanco, lavori ben fatti, storie scavate per bene, ma anche informazioni, indiscrezioni, voci e sussurri della città.

Che Oscar in quelle storie ci si buttava a capofitto, in qualche modo per far giustizia, Carlo lo aveva capito dopo. Gli sentiva vagamente dire di «affari» e «appostamenti» e «piste», ma lui non chiedeva, l'altro non diceva, tutto molto misterioso e indistinto. Mai una questione di soldi, mai un accenno alle cose pratiche dell'esistenza, tanto che Carlo aveva pensato che da quelle avventure sul filo del codice Oscar traesse anche di che vivere. Colpi, in qualche modo.

E comunque – Carlo arriva sempre a questo capolinea quando pensa a Oscar – nessuno direbbe che dietro quel giovane metropolitano poco più che trentenne, scattante ma fluido e silenzioso, si nasconda una specie di Batman incattivito, un lupo solitario con l'ambizione di mettere a posto le cose del mondo, metà analista dell'ecosistema milanese e metà Don Chisciotte. Niente cavallo, una Passat vecchia di anni, e la capacità di attraversare i mondi, di sapersi destreggiare tra spacciatori di periferia e affaristi incravattati del centro, marginali, manager, business, coltelli a scatto, insomma, la feccia di questa città moderna.

La capitale morale. Ah!

E ora che sono seduti lì, che il whisky fa il suo lavoro, che Carlo si è deciso a mettere un disco e lasciarlo andare senza quasi sentirlo, e che ha svuotato quel sacco schifoso di pensieri e rabbie e le parole di Anna e lo sguardo del sovrintendente Carella e la risatina sarcastica di quell'altro e il clac della porta... ora sì, si sente un po' meglio.

«Un morto che viene a riprendersi un tesoro», dice Oscar.

«Sì».

Ecco. Archiviato nella categoria misteri.

Ma Carlo sa che quello ci sta già lavorando. Che sta pensando, macinando quelle poche informazioni. Anche se ora Oscar sposta il discorso, cambia piano, e ambito.

Lo fa con semplicità e naturalezza, ma Carlo sa che vuole solo distoglierlo da un pensiero fisso che sta diventando ossessione.

Allora gli racconta del suo appostamento, del vizietto d'azzardo dello sceriffo nemico del crimine e del disordine morale.

E poi un'altra storia. Quella che il giornale non ha voluto, che la cronaca nera ha nascosto, su pressioni della questura, che spesso quei favori li chiede e qualche volta persino li ottiene.

«Una storia con un nostro amico», dice Oscar Falcone, e Carlo ascolta, curioso come un prete nel confessionale.

«Chi?», chiede.

«Un attimo», dice Oscar, che comincia a raccontare.

E dunque c'è questo frate che cammina nel gelo nei suoi sandali da frate e si imbatte in una scena alla Tarantino, un'esecuzione in piena regola, nel gioco di luci della vetrina di un negozio di automobili di lusso. E il frate vede uscire l'assassino e gli dice: alt!... mani in alto, o quelle cose lì, ma non riesce a estrarre la pistola, e l'altro è più rapido, o più bravo, e picchia il frate lasciandolo steso, non si sa perché non gli spara, ma no, non gli spara, e adesso il frate è a Niguarda e...

«Il Ghezzi!», dice Carlo.

«Sì», ride Oscar. Ride anche perché sa che è finita bene.

Perché quei due, del vicesovrintendente Ghezzi sono diventati... ma sì, amici. Perché anche lui, il Ghezzi, è uno del club esclusivo di quelli che hanno cavato

Carlo Monterossi dai guai, per la precisione quando stava per finire stecchito, e quel maestro delle missioni sotto copertura, sempre travestito, in incognito, imprevedibile e antico, l'aveva ripreso praticamente per i capelli.

«Il Ghezzi... Fra' Ghezzi!», ripete Carlo, e questa volta ride.

L'ultima volta che l'ha visto, che si sono parlati, che si sono stretti la mano in quello che era più di un saluto formale, Ghezzi era vestito da pompiere e ballava con una donna meravigliosa sui trecento chili, una peruviana della *resistencia*...

Ricordi che chiamano ricordi. Anche quello di María che dice torno e però non torna, cazzo.

Così cala un altro po' di tristezza, come non bastasse quella che c'è già all'opera. E Oscar ancora una volta deve prendere una leva e sollevare il mondo.

«Andiamo a trovarlo! Domani!».

Già si vedono, quei due, nei corridoi dell'ospedale con un bouquet di rose per il vicesovrintendente Ghezzi dell'ordine dei Francescani armati, con la calibro 9 parabellum sotto il saio. Ora ridono insieme, si danno appuntamento per il giorno dopo.

Poi Oscar butta giù l'ultimo sorso e saluta, Carlo proverà a dormire, ora forse ci riuscirà, per pura stanchezza.

Ma Oscar fa un errore. Un errore fatale, stupido.

Esce da casa di Carlo tirandosi dietro la porta, e la serratura a scatto fa il suo dovere e il suo onesto lavoro.

Fa: clac.

Carlo Monterossi si prende la faccia tra le mani e stringe fortissimo gli occhi. Cos'è questo odio che non riesce a mandar via? Non è da lui, cos'è? È odio, sì, proprio quello.

Un'altra parola non c'è.

8

Un dottorino con la barba da modello entra bussando piano, solo per cortesia, allo stipite della porta.

«Caro il nostro eroe, buone notizie», dice.

Tarcisio Ghezzi, sdraiato a letto senza più il collare ortopedico, scorre con il dito, come se tenesse il segno – lo tiene, infatti – dei fogli fitti di numeri, e alza lo sguardo sul nuovo venuto.

La signora Rosa, invece, posa il libro sul tavolino bianco e balza in piedi come se fosse entrato il papa a braccetto con Obama. Si può dire che scatta sull'attenti. È a lei che il dottorino consegna un fascio di fogli, pieni di numeri pure quelli, perché ha capito chi comanda lì dentro, e intanto dice:

«Ecco tutte le analisi... sano come un pesce, caro Ghezzi, se la glicemia fosse un filino più bassa sarebbe perfetto, ecco. Ma tutto in regola... praticamente un ragazzino!».

«Quindi posso uscire?», chiede Ghezzi. Forse avevano questo tono anche certi detenuti di Guantanamo quando hanno scoperto di esser solo un numero nelle statistiche degli errori giudiziari. Speranza, a farla breve.

La signora Rosa, invece, ha le lacrime agli occhi.

«Guarda Tarcisio!», dice, «tutte queste analisi... gratis, senza fare code, senza appuntamento!».

«Se vuoi mi faccio spaccare la testa più spesso per tener d'occhio il colesterolo», dice lui. L'umore è quello che è, da quattro giorni lì dentro ostaggio della sua signora. Vorrei vedere voi.

E poi, rivolto al medico:

«Allora, esco?».

«Calma, calma, Ghezzi, oggi facciamo un altro bel controllino e se va tutto bene ci salutiamo domani mattina... se io la faccio uscire e qualcosa non funziona, il primario mi fa l'autopsia da vivo... E noi vogliamo star tranquilli, vero signora?».

«Verissimo!», trilla la signora Rosa. È felice che un'istituzione importante e benemerita come il Servizio Sanitario Nazionale le chieda conferma delle sue decisioni. Però è triste perché la sua dittatura soft, il suo asfissiante accudimento sta per finire, e sa che saranno battaglie, poi, con quel testone lì.

Il medico se ne va proprio mentre arriva l'agente scelto Sannucci, in borghese, due occhiaie che sembrano amache appese ai rami e l'aria di uno che potrebbe addormentarsi da un momento all'altro.

«Come va?».

«E come vuoi che vada, Sannucci, sono prigioniero, e il secondino ce l'avrò addosso pure dopo il rilascio».

La signora Rosa fa la faccia offesa, ma gongola quando Sannucci dice:

«Ma dai, sov, ce l'avessi io una che mi cura così!».

Ghezzi alza gli occhi al cielo.

«Sannucci, non fare il cretino». E poi: «Non c'è niente negli estratti conto del morto... del Serini... ma si capisce. Se quello incassava cifre simili per le macchine, roba da matti, poteva tenersi un bel malloppo nel materasso e versare in banca cinque, diecimila alla volta aggiungendoli agli incassi regolari... Quindi, no, non c'è niente, ma questo non esclude che...».

Poi si solleva un po' sul letto sedendosi quasi dritto, sente solo un piccolo dolore alle costole...

«Beh, io vado a ringraziare un po' di dottori», dice la signora Rosa.

Bene, pensa Ghezzi, ora farà il giro completo, abbraccerà chiunque abbia un camice bianco, racconterà a gente che rischia di morire sul serio come hanno salvato la vita al suo Tarcisio, scenderà fino in maternità, visiterà reparti, attaccherà bottone al pronto soccorso, magari farà un salto al settimo piano, oculistica, senza dimenticare pediatria, ovvio.

Così Ghezzi se la prende comoda.

«Avanti, racconta... a che punto siete?».

«Che casino, sov... dell'altro morto lo sa?».

«Eh? Un altro morto?».

«Morta, per essere precisi».

«Dai, Sannucci, non è mica un quiz, che cazzo aspetti!».

Allora arriva una specie di rapporto. La ragazza trovata morta nel suo appartamento, questa Anna Galinda, che faceva la puttana, di un certo livello, pare...

Ghezzi vorrebbe intervenire, perché è un uomo all'antica e puttana o non puttana di una vittima non si parla in quel modo. Ma sa che a Sannucci basta un niente per perdere il filo, allora sospira, continua ad ascoltare, e quello continua a parlare:

«Legata a una sedia, torturata, hanno usato un ferro da stiro piccolo che stava lì... le dita, le braccia, il collo... Poi un colpo in fronte. E sa cosa, sov?, questo lo abbiamo accertato ieri sera che Gregori ha messo il fuoco al culo ai tecnici della balistica... beh, stessa pistola del Serini, 7,65, silenziata, pare, perché nel palazzo nessuno ha sentito niente...».

Ghezzi tace. Sannucci lo prende per un «vai avanti».

«Se ne occupa Carella coi suoi, ma stanotte Gregori ha chiamato tutti e ha praticamente unito le squadre. Scipioni continua con il Serini, anche se non c'è molto da continuare, mi pare... Carella va avanti con il caso della puttana», Ghezzi sbuffa, infastidito, «e ha messo degli uomini in più... io faccio da collegamento e... aspetti, sov, Gregori l'ha detto in un modo nuovo... sì, elemento di sintesi... capito? Sono elemento di sintesi!».

Non è una qualifica che c'è nei manuali, né negli organigrammi della Polizia di Stato, così Sannucci non sa se rallegrarsi o deprimersi. Ghezzi decide di aiutarlo, l'autostima è una gran bella cosa, se puoi distribuirla gratis come scappellotti dietro le orecchie.

«Cazzo, Sannucci, elemento di sintesi, complimenti!».

Vedete? Basta poco...

«E lì, nel caso della... signora... trovato qualcosa?».

«È presto, sov... per ora è già tanto sapere che si tratta della stessa arma, di solito a fare 'sti riscontri ci vuole una settimana... però tre cose... una strana, l'altra è una mia intuizione e la terza è una curiosità per lei».

«Ci hai le intuizioni, Sannucci? Da quando? Vorrai mica farmi preoccupare?».

Ma quello, ora che è elemento di sintesi, non lo ferma più nessuno.

«Il fatto strano è che 'sta... signorina...».

Forse ha capito, si dice Ghezzi.

«... Sì... la puttana, insomma... sembra che non esista. Pochi contatti nel telefono, tutti clienti e un paio di colleghe... forse faceva dei numerini in gruppo, non so... ma tutta roba abbastanza recente di due, tre anni al massimo. Niente scartoffie in casa, niente passato, niente cose di scuola, o di famiglia, niente foto, niente di niente che risalga a più di quattro anni fa, nessuno la conosce... i documenti sembrano buoni, ma non è così di certo, perché tracce di lei prima non ce ne sono. Dalle impronte, niente... gliel'ho detto, sov, quello ha usato un ferro da stiro e gliele ha ustionate tutte, una a una, sarà durato parecchio tempo, il tutto, chiunque sia è cattivo davvero... Insomma, niente di niente... Per ora, almeno».

«Sentiamo l'intuizione. Non farmi emozionare, eh, che sono malato».

«È malato ma è sempre cagacazzo, eh, sov?... Vabbè, senta qui. Mettiamo che è lo stesso stronzo che ha fatto i due morti... al Serini, nell'autosalone, non gli ha fatto l'interrogatorio. I casi sono due, o quella del negozio di macchine era un'esecuzione, una vendetta, che so... oppure lo stronzo ha fatto delle domande anche a lui e quello se l'è cantata subito... Questa qui, invece, non ha cantato... o non subito, sov, perché a me se mi scottano con un ferro da stiro dico tutto e di più, glielo giuro... l'ho vista com'era conciata... le foto...».

«È una buona intuizione, Sannucci, però si può smontare... se l'uomo delle Porsche se l'è cantata subito, se ha detto all'assassino quello che gli serviva o voleva sapere, perché ammazzarlo?».

Sannucci allarga le braccia.

«Non è mica un grande smontaggio, sov... e poi a casa del Serini, il morto delle macchine, abbiamo trovato questo...».

Toglie un foglio piegato in quattro da una tasca e lo allunga al Ghezzi. È la fotocopia di un biglietto da visita, bianco, con stampate un paio di labbra, forse rosse nell'originale, ma nella fotocopia in bianco e nero sono grigio scuro. Due parole in un carattere elegante: Anna Galinda. E una scritta a penna: «Regalo, il solito, Andrea».

«Forse dal venditore di macchine voleva solo il nome dell'altra vittima, prima di ammazzarla...», dice l'agente, compiaciuto del suo genio.

«Hai ragione, la tua ipotesi sta in piedi, ma non ti scordare che è un'ipotesi, eh! Non te ne innamorare, che poi piangi quando ti lascia...».

Ogni tanto è didattico, il Ghezzi. Che aggiunge:

«E la curiosità?».

«Ora la stendo, sov!».

«E muoviti, Sannucci, che se torna la Rosa...».

«Lo sa chi è stato l'ultimo cliente della puttana, l'ultimo che l'ha vista viva, molto probabilmente... a parte quello che l'ha ammazzata, ovvio... Lo sa?».

«E come cazzo faccio a saperlo se non me lo dici, Sannucci!».

«Il Monterossi. Carlo Monterossi... se lo ricorda, vero?».

Ora, naturalmente qui ci vorrebbe uno bravo, per descrivere la sorpresa del Ghezzi e le facce che fa, come uno stupore improvviso. Ma non così, liscio. Perché c'è anche una spruzzata di dubbio che dice mi stai prendendo per il culo, due cubetti di divertimento misto irritazione e una scorza di incazzatura vera. Tutto insieme, servire freddo con le noccioline, se ci sono... vabbè, mi porti i pistacchi.

Così, tutto preso da quelle facce, Ghezzi non dice niente e rimane fermo come congelato.

«Se lo ricorda, no?», insiste Sannucci.

E come può scordarselo? Monterossi Carlo, noto a questi uffici, come si diceva una volta. Uno che non combina guai di suo, forse, ma ci rimane in mezzo sicuro se ce n'è uno nel giro di chilometri. Uno che poi, non bastasse la sfiga di incappare in storie assurde, cerca pure di fare giustizia, 'sto cretino. No, non come il giustiziere della notte, che anzi è un borghese tranquillo e benestante, ma con la pretesa di aggiustare tutto scegliendo cosa è giusto e cosa no, e di solito pure con una certa ragione, ma questo non toglie... Insomma, se c'è il Monterossi ci sono rogne... però anche lui... anche lui, il Ghezzi, un paio di volte c'è cascato dentro, in quel senso della giustizia un po' bislacco e da dilettante, e alla fine sono diventati, ma sì, quasi amici, accomunati dal fatto che quando fai la stessa battaglia un po' finisci per somigliarti, e anche da un altro elemento più... filosofico, ecco. Sì. Cioè che la legge e la giustizia non sempre coincidono, anche se questo il Ghezzi non lo può dire, visto il lavoro che fa...

Il Monterossi! E poi quel suo amico traffichino che sa sempre tutto e fa delle indagini sue, un po' cronista e un po' segugio senza mestiere ma con talento... un mix che per Ghezzi è la quintessenza della rottura di coglioni, se lo incontri.

Pensa tutto questo, il vicesovrintendente Ghezzi Tarcisio attualmente in licenza di convalescenza, cioè, spera ardentemente, da domani. E riesce solo a dire:

«Il Monterossi?».

Sannucci si gode il suo momento di gloria. Lasciare il vicesovrintendente Ghezzi senza parole per la sorpresa è una cosa che non capita tutti i giorni, anzi mai, e si rattrista un po' solo quando pensa che non potrà raccontarlo in giro. Già, perché se viene a saperlo il capo, che lui relaziona il sov sulle indagini degli altri...

E così, stallo.

Il Ghezzi è senza parole davvero, e il Sannucci, che ne avrebbe, si dispiace di non poterle usare coi colleghi.

E chissà per quanto starebbero zitti ancora quei due,

se non succedesse, a questo punto, una cosa che nessuno si aspetta, e che dunque aggiunge stupore a stupore.

«Si può?», chiede una voce, che è la voce di uno che entra nella stanza affacciandosi per vedere se è quella giusta. E il padrone della voce è esattamente Carlo Monterossi, pantaloni, giacca, cappotto e faccia da schiaffi, che sorride come uno che è davvero contento di essere lì e di ritrovare un amico. Dietro, a ruota, quell'Oscar Falcone, un po' più sbrindellato come la giovane età consente e forse consiglia, con una giacca a vento blu aperta su una camicia tenuta fuori dai pantaloni e un berretto di lana in mano. Entrano quei due ed è subito una classe di scuola media.

«Ghezzi! Come vanno i piedi, ancora freddo?», e questo è Carlo.

«Ma la trovo bene! E la barba? Non l'avranno mica espulsa dai carmelitani!», e questo è Oscar.

Sannucci si alza per farli passare, ma già sghignazza, Ghezzi fa l'offeso, ma si vede che è contento, si scambiano delle strette di mano calorose, delle frasi di circostanza, ma serie questa volta, finché i due non si convincono che Ghezzi sta bene e rimangono lì in piedi accanto al letto, dopo avergli messo in grembo una scatola di cioccolatini grande come la Norvegia, ma senza fiordi.

Ghezzi, richiesto di fare il punto sul suo stato di salute, rassicura tutti e dichiara solennemente che la cosa che si è davvero rotto sono i coglioni, perché stare lì dentro... Apre la scatola di cioccolatini e offre a tutti, mentre lui scruta con gli occhi e fruga con le dita per scovarne uno al liquore.

Ora alla festa si aggiunge la signora Rosa, si fanno le presentazioni, Carlo fa un piccolo inchino e butta lì una delle sue ruffianate un po' ironiche.

«Ah, ecco chi ce lo tiene in forma il nostro Ghezzi!», e quella va in sollucchero, perché è una che sa riconoscere un gentiluomo dalle buone maniere, si vede che non fa il poliz...

Ma all'improvviso lei, l'angelo dell'ospedale, la signora Rosa Ghezzi, la dispensatrice di consigli e di raccomandazioni, la Santa degli infermi, si blocca di colpo, come se vedesse la morte nera direttamente negli occhi in una palude della Louisiana. La faccia diventa paonazza e gli occhi lampeggiano. Si lancia verso il marito con il tono di voce che di solito si usa per chiamare i pompieri:

«Tarcisio!».

E praticamente si tuffa sul letto del malato per sottrargli la scatola di cioccolatini.

«Non puoi! Non hai sentito cos'ha detto il dottore! Hai la glicemia alta e mangi il cioccolato!».

Ghezzi rimane pietrificato. Gli altri sghignazzano come legionari romani sotto la croce.

«Eh, su, Ghezzi, la glicemia!», dice Oscar.

«Vorrà mica morire all'ospedale, eh!», dice Carlo.

«Ma che glicemia! Ma se mi hanno detto che sto benissimo!», protesta quello. Ma ormai la scatola dei cioccolatini è lontana e lui, che si era attardato nella ricerca, è l'unico rimasto senza.

«Ma cazzo!», dice rivolto alla moglie, che non sente, non vede, non parla. Con lui, perché con gli altri invece è già partita con il racconto dal suo punto di vista... sapessero che spavento si è presa... la telefonata nella notte...

«Ma se erano le sette e mezza!», dice Ghezzi.
Ha quasi urlato.

Ora Sannucci fa per andarsene, che quella rimpatriata lo fa ridere, sì, però dovrebbe anche dormire, ogni tanto, che cazzo! Ma il Ghezzi lo ferma.

«Sannucci... quel numero?».

«Ah, sì, sov, che cretino... ecco qui», e gli passa un foglietto con un nome e un numero.

«È il comandante della benemerita a Meda, si occupò di quella cosa che sa...».

Ghezzi annuisce. Apprezza che davanti a estranei sia diventato meno loquace. Cioè... Per uscire dalla categoria cretini ci vorrà ancora un po', però bisogna ammettere che sta migliorando.

E ora sono loro tre, Ghezzi, Monterossi e Falcone. E allora, siccome nella stanza non ci sono sedie abbastanza, Ghezzi dice, andiamo di là, nella saletta. È un posto con qualche tavolino bianco, sedie di metallo, le macchinette delle merendine e del caffè, per i parenti in visita e i malati che non sono più tanto malati.

La signora Rosa lancia una breve protesta, ma non li ferma.

Carlo le dice:

«Glielo curiamo noi, non si preoccupi, signora», e siccome lo sottolinea con la sua Faccia Cordiale Numero Due, lei sorride.

«È che la glicemia mi preoccupa», dice la signora Rosa.

«E basta con questa cazzata! La mia glicemia va benissimo!», scatta il Ghezzi.

Oscar Falcone non resiste, è fatto così. Lo prende per il braccio sano come fanno gli sbirri coi sospettati e fa una voce severa:

«Dicono tutti così! Andiamo!».

Nella saletta percorsa da anziani coi deambulatori, gente ingessata, pazienti con fili e tubi attaccati qui e là, si siedono a un tavolino e comincia Ghezzi.

«Monterossi, lei mi stupisce sempre. Da quando va con le prostitute? Non mi sembrava il tipo».

La faccia di Carlo dice: ah, le voci girano.

La faccia di Oscar dice: meglio, così andiamo subito al punto.

Ghezzi spiega che i casi sono collegati. Il suo assassino picchiatore di frati è anche l'assassino della signora. Si raccomanda di non dirlo in giro, però.

«A questo punto nei gialli c'è sempre uno che dice "le coincidenze non esistono"», dice Oscar.

«Nei gialli brutti», dice Ghezzi, «perché invece le coincidenze esistono, soprattutto per romperci i coglioni». E poi rivolto a Carlo: «Mi racconti di quella povera ragazza».

Carlo apprezza in cuor suo che Ghezzi non dica: puttana. E allora racconta tutto di nuovo. Ma questa volta non è un verbale, non è una deposizione e lui non è solo una persona informata dei fatti, ma un uomo ferito, anche se lui non ha un graffio e quella là invece è morta. Dice del tesoro, del morto che la cerca, o cerca il suo tesoro, della paura di lei che non era veramente paura, più... un fatalismo triste. Dice del clac della porta e poi, siccome sta parlando anche per se stesso, dice della rabbia che sente, dell'odio che lo ha preso e lui non si spiega perché, ma ci ha pensato, ed è odio vero.

«L'hanno torturata male», dice Ghezzi. «Molto male...».

Carlo chiude gli occhi e sente: clac.

«E c'è anche un'altra cosa strana», dice Ghezzi.

Quelli lo guardano come dire: beh? Su, dica!

«Quella Anna non era Anna... insomma, è chiaramente un'identità falsa, prima di quattro anni fa non c'è traccia di lei, niente».

«Vabbè, nome d'arte», dice Oscar, «chi fa quel lavoro non lo usa il suo nome vero... Ghezzi, non penserà che si chiamino tutte Samanta e Marisol, vero?».

Ghezzi sorride.

«No, Falcone, grazie che mi insegna il mestiere. Dico un'altra cosa... dico che la signorina Marisol poi, quando le chiedi i documenti, sopra c'è scritto Concetta Caruso o Luisa Brambilla, e invece qui i documenti sono i suoi, il nome pare vero, ma non lo è».

Poi si riscuote come se gli fosse venuto un dubbio improvviso, un pensiero urgente.

«Oh, non mettetevi in testa idee strane, voi due, eh! Non entrate a vostro modo in questa storia... In nessun modo, anzi, che già ci sono due squadre al lavoro e io che ci metto il naso e non potrei, quindi...».

Forse si rende conto che così non basta, non è sufficiente. Si rivolge a Carlo:

«Dia retta, non faccia il coglione, Monterossi, non giochi all'investigatore, col suo amico, qui. Basta un niente per incasinare tutto e finisce che non lo prendiamo. Io lo voglio, quel figlio di puttana, non per me o per la mia pistola, o per le mie costole... lo voglio per quello che ha fatto a quella là. Perché è cattivo, perché sta cercando qualcosa, forse dei soldi, perché non si fermerà e non ci metterà niente a ammazzare ancora... Falcone, sia gentile, mi prenda un caffè».

Oscar fa i due metri fino al distributore e torna subito, posa il bicchierino bianco davanti al vicesovrintendente e domanda:

«Che pistola?».

«Lo stronzo mi ha fregato la pistola», dice Ghezzi. È furibondo, adesso.

«Oh, cazzo», dice Oscar.

«C'è ancora vento, fuori?», chiede Ghezzi.

«Sì», dice Carlo.

«Che strano, il vento a Milano».

9

Fa un freddo che taglia, come volassero schegge di vetro, che il cielo azzurrissimo sembra una presa per il culo, uno sberleffo ai passanti che si chiudono il bavero dei cappotti e si stringono le sciarpe al collo.

Nel cortile grigio dell'Istituto di medicina legale sono appena in quattro o cinque a combattere, e almeno due hanno scritto in fronte: polizia. Fumano chiacchierando tra loro.

Poi ci sono Carlo Monterossi, in un angolo, che si è messo la cravatta. Poi altre due figure, una ragazza che rabbrividisce dal freddo e un uomo di carnagione scura, né nero né bianco, i capelli brizzolati, appena una giacca addosso e pantaloni da lavoro. Fa su e giù per il cortile, ma non per scaldarsi, forse per il nervosismo, la tensione.

Carlo guarda se si vede comparire Oscar Falcone, ma invece no. Aveva detto che sarebbe venuto, ma vai a sapere i traffici che ha in ballo quello.

Uno dei poliziotti chiede alla ragazza se vuole entrare nell'edificio, che fa meno freddo... oddio, non proprio, ma almeno non c'è il vento. Lei rabbrividisce ancora di più: là dentro, dove stanno chiudendo la bara di

Anna, non ci vuole entrare, no di certo. Gli chiede una sigaretta, se la fa accendere e si scosta un po', senza dare confidenza. Lo vede anche lei che sono poliziotti.

Poi quattro tizi vestiti di nero mettono la bara su una macchina lunga, una Mercedes grigia da beccamorti, e partono. Carlo raggiunge la sua macchina e segue vagamente il corteo. Sa dove vanno. I poliziotti partono anche loro, la ragazza sale su una piccola Micra gialla. Il quasi nero non si vede più, ma Carlo lo avvista poco dopo, in motorino.

Ora sono lì, fuori dalla più grande città che c'è nella città di Milano, il Cimitero Maggiore. Carlo ci è arrivato guidando piano e meccanicamente, come se l'auto andasse da sola, come se sapesse la strada. Ha sentito nel tragitto una vecchia canzone di Dylan, dolente come è lui adesso, che sta su un vecchio bootleg trovato chissà dove e riversato nel telefono, con quella strofa che fa:

Blues this mornin' fallin' down like hail
Gonna leave a greasy trail.*

Quelli che sono partiti sono anche arrivati, ora seguono a piedi la macchina grigia fino a un campo incolto con la terra smossa e le erbacce con poche

---

* Bob Dylan, *Nettie Moore*: «La tristezza stamattina viene giù come grandine / Lascerà una traccia viscida».

tombe recenti, un campo nuovo, una nuova colonizzazione dei morti.

C'è una piccola scavatrice gialla poco distante, incongrua, e Carlo pensa che quel posto lì, la grande spianata del grande cimitero, è uno dei pochi posti di Milano dove puoi vedere qualcosa che somiglia all'orizzonte.

È tutto veloce e sbrigativo. I quattro tolgono la cassa dalla macchina e la posano a terra su delle corde tese. Poi con quelle la calano nella fossa, allontanandosi piano, lasciando agli operai del cimitero la fatica di riempire il buco, poche palate di terra, gesti svogliati, forse poi finiranno con la piccola ruspa gialla.

Ora se ne vanno tutti. L'uomo di colore è l'unico che si avvicina alla fossa e si fa un segno della croce... strano... Carlo nota che c'è un movimento diverso, che l'ha fatto in un altro modo, ma non se ne intende, di quelle cose, e quindi alza le spalle e si gira anche lui, le mani nelle tasche del cappotto, una tristezza addosso che sembra un vecchio vestito, quelli che ti entrano come un guanto, in cui stai dentro bene.

I due poliziotti camminano più svelti: se erano lì per vedere qualcosa l'hanno vista, anche se Carlo pensa che non ci fosse niente da vedere. Non è che uno ammazza la gente e poi va a seppellirla, non siamo mica in un film. Lui non ha fretta di tornare alla macchina. Non ha niente da fare, dopotutto, e quel posto così... così tranquillo è in sintonia con l'umore.

Poi sente una mano che si infila sotto il suo gomito e la ragazza che lo prende a braccetto e si adegua al

101

suo passo. Carlo la guarda. Come al solito non sa dire l'età, avrà sui trenta, ma può sbagliarsi. Non è brutta, ma nemmeno bella, e di sicuro ha un trucco che non va bene, troppo... schietto, sfacciato, non volgare, ma... messo in fretta, senza cura, i capelli biondicci sulle spalle, tinti da un po', perché si vede la linea nera della ricrescita, ma forse è voluto, lui non è che ci capisce troppo, di quelle cose. Vede solo ora che sotto un cappotto lungo ha un paio di jeans e le scarpe da jogging, una borsetta a tracolla. Un po' beat, la ragazza, almeno per un funerale.

«La conosceva?», dice lei. Ha una bella voce calda che non c'entra niente con la sua figura.

«No», dice Carlo. Poi si pente di quella che può sembrare una risposta scontrosa: «Poco, pochissimo».

Se è stato burbero lei non ci ha fatto caso, però, e continua a tenerlo sottobraccio come fosse la cosa più naturale del mondo.

«Io mi chiamo Serena», dice lei, e poi più niente per una ventina di passi. Il vento è più forte, adesso, perché in quel tratto di pianura con tombe non c'è niente che lo ostacoli o lo devii. «Un cliente?», chiede ancora lei.

«Un amico».

«Certo, certo...», e questo lo dice con il tono di chi lo sa, ovvio, che scema, la parola cliente ai clienti non piace mai. «È triste, vero?», dice ancora la ragazza, facendo un gesto con la mano libera per indicare lì attorno.

Carlo continua a tenere il suo passo. La presenza di

lei non lo infastidisce, ma nemmeno gli piace. È indifferente, ecco. Pensa per un attimo, e poi:

«Il fatto che sappiamo che finiremo tutti in un posto così crea una tristezza diversa... Tutto sembra malinconico e definitivo... chi ci resta per sempre no, ma chi esce di qui», fa un gesto per indicare le tombe, il cimitero, «ha una tristezza... quasi leggera, sopportabile, ecco, e questo è insopportabile».

Non sa perché l'ha detto, forse lo pensava e basta, non era una risposta.

«Che belle parole», dice lei, «... è vero, non ci avevo mai pensato...».

Poi cambia registro, come a uscire da una mestizia di circostanza.

«Anch'io ero sua amica... oddio, amica. La conoscevo sì, ogni tanto lavoravamo insieme, non spesso, ma è capitato. Mi piaceva perché riceveva in quella casa in centro, molto bella...».

Carlo non dice niente. Ora si chiede dove voglia andare a parare la ragazza, ma non se lo chiede veramente, non diventa curioso. Forse è solo una reazione umana. È triste e ha voglia di parlare con qualcuno. E infatti parla:

«Lei è l'unico... amico che è venuto... è stato gentile. Gli altri erano sbirri».

«Anche il nero?», chiede Carlo.

«No, quello no, non lo so chi è... forse un altro... amico, anche se non sembrava... gli amici di Anna erano più...». Non finisce la frase.

Ora si vede il grande cancello in fondo al viale, e loro si avvicinano piano.

«Lo sa che prendeva anche cinque, seicento euro a volta? Ma sì, che scema, certo che lo sa...».

«No, invece non lo sapevo», dice Carlo. Non in modo piccato. Lo dice e basta. Essere scambiato per un cliente di Anna non lo turba, non lo infastidisce. Pensa: cosa sono stato, dopotutto?

«Quando mi chiamava, a me ne dava duecento, che comunque è più del doppio del prezzo normale... E poi con quelli lì», dice con una piccola risata, «ci vuole poco. Tutti timidi, quelli lì coi soldi, non vedono l'ora di finire e andarsene, si sentono in colpa... oppure si fanno di coca e non... non funzionano, ecco, ci vuole una pazienza...».

Carlo increspa le labbra in un piccolo sorriso.

Ora sono arrivati alla sua macchina, che è proprio dietro a quella di lei. Carlo fa scattare le serrature a distanza e il suo carrarmato lucente lampeggia come dire: «capito, capo, andiamo».

Non c'è nessuno lì, niente traffico, niente isterie per il parcheggio.

«Me lo offre un caffè?», dice lei. Poi si guarda in giro, nella desolazione di quella piazza, e aggiunge: «Non qui, però».

Apre la portiera del passeggero e sale.

«Poi mi riporta alla macchina, va bene? Il tempo di un caffè, per non restare sola adesso».

È la prima volta che fa un accenno al suo stato d'animo, e Carlo pensa che questo la giustifica. Spera che non sia solo una che vuole ereditare un cliente danaroso dalla collega di un'altra categoria, ma smette subito di pensarci.

Così vanno in un piccolo bar all'Isola, che non è lontano da lì, basta fare quel vialone con le botteghe di marmi e lapidi e viale Zara per cinque o sei semafori. È un bar con il bancone di legno, le luci basse, la musica a un volume accettabile. È vuoto perché pare un posto di aperitivi, non da colazioni, anche se hanno delle torte. Lei ordina una fetta di crostata, molto colorata, e un cappuccino. Carlo chiede un caffè, e già sa che sarà il suo pranzo.

Serena si toglie il cappotto e sotto ha un pulloverino leggero sul tono del viola, con la maglietta girocollo che spunta. Ha le mani piene di anelli e uno smalto messo da poco, rosso chiaro. Un seno... come si dice, prorompente? Vabbè, prorompente.

Ora sono uno di fronte all'altra e si guardano. Carlo gioca con le chiavi della macchina e non sa cosa dire. Lei sì.

«Lo sa che aveva un tesoro?».

«Chi?».

«Anna, ma come chi?», dice lei con la faccia che fa: ma è scemo questo?

«No, non lo sapevo», dice Carlo, «di solito chi ha un tesoro non fa quel mestiere lì...».

«Oh, ma lei si sbaglia, signor...».

«Carlo. Carlo Monterossi, anzi, scusi, piacere...», e allunga una mano attraverso il tavolo. Quella la prende incerta e la stringe poco, meno di un secondo:

«Serena... sui siti mi trova come Bianca Luna... lo so, fa ridere, ma un nome vale l'altro, no?».

Lui rimane zitto.

«Beh, glielo dico io, aveva un tesoro... ne parlava sempre, il mio tesoro, il tesoro di Anna... anzi, della principessa Anna... e comunque si sbaglia, Carlo. Sì, è vero, Anna faceva questo mestiere, ma in un altro... modo, ecco. Aveva il suo giro di clienti, era in forma, era bella, bei vestiti, bello studio... ogni tanto qualche... qualche amico se la portava in viaggio, o partiva all'improvviso convocata da qualcuno... Cortina, le isole in Grecia. O alle cene d'affari... Sì, certo, è lo stesso mestiere in quella mezz'ora là, ma tutto il resto... la invidiavo un po'...».

Carlo ascolta. Lei non fa niente per farsi piacere o risultare gradevole, non finge, e lui questo lo apprezza. Sembra solo che si stia sfogando, ma senza rabbia né veri motivi per farlo, anche se certo ne ha, e pure parecchi. Pare sincera in un modo disarmante. Finisce la torta con un boccone spropositato e ride con gli occhi perché le si gonfiano le guance come a un criceto. Poi beve un sorso di cappuccino.

«E allora di questo tesoro non sa niente?», gli chiede.

«No... dovrei?». Quindi voleva arrivare lì? Possibile?

«Che peccato, però... ha visto che roba? Nessun parente, nessuno che le volesse bene, nemmeno al funerale. E se veramente aveva un tesoro, ora chi se lo prenderà?... Che spreco!».

«È qui per questo, Serena? Perché crede che io sappia dov'è il tesoro di Anna, se c'era, se c'è... e crede che se lo sapessi glielo direi?».

Ha pronunciato le ultime parole molto lentamente, forse per la sorpresa di quell'uscita di lei.

«Oh, no, no... non intendevo... non volevo dire... ora pensa che sono una stronza, eh? La puttana stronza...».

«No, non lo penso. Penso che sia confusa, un po'... sperduta... che aveva voglia di fare due chiacchiere, e ora che le ha fatte si sente un po' meglio... andiamo?».

«Lei dice le cose in un modo strano», dice lei. Sperduta? Ma chi è questo?

Lui cambia discorso, anzi no, il discorso è sempre lo stesso.

«E lei cosa sa di questo tesoro, Serena?».

«Niente. Solo quello che diceva Anna. Il mio tesoro, il tesoro di Anna... e un nome, sì, faceva un nome, come se il tesoro fosse lui...».

«Ah, allora il tesoro aveva un nome e un cognome? Vede? È tutto così semplice... un tizio con tanti soldi che la teneva come... amante, diciamo... Un cliente più fisso degli altri. Nessun tesoro da cercare...».

«No, no... a questo ci avevo pensato anch'io. Ma non è così. Da certe frasi, da come lo diceva... diceva il mio tesoro, e anche... il tesoro di questo... Amilcare Neroni... il tesoro ce l'ha l'Amilcare diceva, me lo tiene l'Amilcare, e frasi come nonno Neroni salvami tu... rideva, non sembrava parlasse sul serio, ma il nome lo diceva, nome e cognome... mah».

«Amilcare Neroni».

«Sì... è l'unica informazione che sono riuscita... l'unica cosa che so...».

«Anna aveva dei segreti», dice Carlo.

«Sì», dice lei. Tace per qualche secondo, finisce il cappuccino. E poi: «Anna aveva dei bei vestiti, uno studio elegante e clien... ehm... amici ricchi, e aveva anche i segreti».

Ora ride:

«Tutte cose che io non ho... non ho nemmeno i segreti».

«Beh, visto dove l'hanno portata i suoi segreti... meglio non averne, no?».

Risulta paterno? Patetico? Vuol fare la parte del vecchio saggio che consiglia la ragazzina sulla brutta strada? No, non crede, e comunque – scuote la testa – non gliene frega un cazzo.

Lei però sgrana gli occhi:

«Vuol dire che l'hanno ammazzata per quello?», chiede. Ora sembra fingere, ma Carlo si scrolla via quel pensiero assurdo e risponde solo:

«Non lo so».

Poi gli suona il telefono. Una vibrazione leggera. Lui lo prende dalla tasca e risponde senza guardare il display.

«Sì?».

«Oscar».

«Avevi detto che venivi».

«Sono venuto, non mi hai visto. Casa tua appena puoi, se non trovo Katrina ti aspetto sotto».

«Dammi mezz'ora».

Carlo chiude la telefonata e dice:

«Devo andare».

Così fanno la strada all'inverso, il giro di piazzale Lagosta, dove c'è un ingorgo, poi viale Zara e viale Cà Granda fino al cancello del cimitero, dove c'è la macchina di lei.

«È stato gentile... grazie della torta».

Poi gli strizza un occhio e gli dice:

«Se mi cerca, Carlo, si ricordi... Bianca Luna... sarebbe bello, magari».

Lui non dice niente. Però mentre lei ha già le gambe fuori dalla macchina, la chiama.

«Serena».

«Sì?».

«Lei non è... incazzata, per quello che è successo ad Anna?».

Lei pensa un attimo e si morde un labbro.

«Incazzata? No... solo un po' triste... perché, lei è incazzato?».

«Sì».

«Perché?».

Come perché? Perché uno entra a casa tua e ti massacra. Perché muori senza colpe. Perché non se lo meritava, forse, anzi senza forse, che una fine così non la merita nessuno. Perché non è giusto... Non è giusto... che banalità.

«Non lo so», dice Carlo.

Riparte verso casa e lo stereo della macchina riprende con la stessa canzone di prima, solo qualche strofa più avanti:

... And these bad luck women stick like glue
It's either one or the other, or neither of the two.*

Ora Carlo guida in modalità zen e pilota automatico. Si chiede perché se la prende tanto, e non sa rispondere. Continua a pensare a quelle due ore sul divano di via Borgonuovo, all'ammorbidirsi di lei, alla corrente che c'era stata, in qualche modo, sì. Si erano riconosciuti, ecco.

Questo Carlo lo sente vagamente, non sa nemmeno cosa voglia dire. E sa che avrebbe ragione Serena, alla fine: tristezza, sì, ma rabbia... perché? E invece Carlo sente che c'è un nodo da qualche parte, lì, che non si scioglie. Lui le aveva stretto il polso per farla sedere, quando lei si era offerta, era stato un gesto fermo e gentile, come un ordine affettuoso, l'aveva sentita seguirlo e affidarsi. Qualche ora dopo Anna aveva un buco in testa e sangue dappertutto.

Ecco che lascia la macchina nel box sotto casa. Sale le scale e saluta Katrina che sta uscendo dal suo appartamento.

«Buongiorno, signor Carlo... se vuole mangiare c'è lasagne fatte ora... poi rimette in frigo, se no diventa cattive... Non tocchi lavatrice, dopo io viene su e sistema».

Carlo non tocca la lavatrice da quando l'ha comprata, ovviamente, e sta pure per dirglielo, cerca una battuta...

---

* Bob Dylan, *Nettie Moore*: «... E queste donne del malaugurio si attaccano come colla / O è l'una o l'altra, o nessuna delle due».

Ma quella è già giù per le scale e gli grida dal pianerottolo sotto:

«C'è suo amico Oscar in salotto grande».

Sì, lo sapeva, questo.

Così entra in casa, butta il cappotto su una sedia dell'ingresso ma si tiene la giacca. Toglie la cravatta con gesti veloci. Perché l'ha messa, poi...

«Allora, dov'eri sparito?», dice entrando in salotto.

E poi li vede.

Oscar è seduto su uno dei divani bianchi.

Davanti a lui, su una poltrona, c'è il nero del cimitero.

10

Niente di niente di niente di niente.
Di niente.
«Porca puttana!».
Il sovrintendente Carella tira una manata a palmo aperto sulla parete grigia di un armadietto metallico, facendo rimbombare tutto. Sulla scrivania ha i risultati dell'autopsia, una cartellina gialla con dentro foto che gli danno il voltastomaco.

L'altro non è più in divisa, ma sta ancora zitto. È uno che parla poco, il vicesovrintendente Flavio Selvi, che di Carella è braccio destro e certe volte persino amico.

Ora, per esempio.

«Calma, ragioniamo». Forse vuole solo evitare che l'altro faccia a pezzi l'ufficio.

Niente, non hanno niente.

A casa della vittima hanno trovato solo carte e documenti relativi a quel nome. Anna Galinda. Le bollette di quel posto, il contratto d'affitto, quarantamila all'anno, mica poco... poi i documenti della macchina, gli estratti conto della banca che hanno passato al pettine fino: cinquantamila e passa sul conto, pochi movimenti, entrate saltuarie ma consistenti, tre-quattro mila alla volta, due o tre volte al mese, tutti versamenti in contanti. Poco per pagare quel ben di Dio di casa, l'Audi cabrio in garage, i vestiti firmati.

E poi la casa.

«La casa non è una casa», dice Carella.

Selvi annuisce.

Non hanno trovato le cose che si trovano nelle case della gente, e loro ne hanno viste centinaia. Le foto dei parenti, delle vacanze, le vecchie pagelle di scuola, le cose che non si usano più e si dimenticano ma dicono di un passato, di una vita.

La camera da letto, un'alcova. Elegante, niente di volgare, anche il grande specchio a parete a un lato del letto non suona come un effetto speciale. Un po' di campionario del mestiere, qualche... giocattolo, ecco, un guinzaglio da sex shop, degli stivali... tutto regolare. Due armadi. Uno piccolo per i vestiti da lavoro, un completo da crocerossina in latex, sottovesti trasparenti, cose così. Poi un armadio per i vestiti veri, non molti, una decina al massimo: Balenciaga, Yves Saint-Laurent, qualcosa di Gucci, oltre a qualche paio di jeans, maglioni, giacche di minor pregio, biancheria, undici paia di scarpe allineate su uno scaffale come fosse un negozio. Hanno guardato le etichette quando stavano facendo un po' di conti sul tenore di vita della vittima, più alto di quello che racconta il conto in banca.

Le altre stanze: il salotto, elegante anche quello, bei mobili, due tappeti che avranno qualche valore, sembrano antichi. Una libreria piccola ma ben fornita, roba buona, nessuna caduta di gusto. Quella l'ha studiata bene Carella, sia perché è uno che legge – questo lo rende raro come una volpe bianca, in quegli uffici – e un po' perché li ha sfogliati rapidamente uno a uno per cercare fogli o documenti nascosti. Una trentina di cd, forse non usati da tempo. Un amplificatore Bose per sentire la musica dal telefono o dal computer, ma nessun computer. Il telefono ce l'hanno e, sì, aveva dentro parecchie centinaia di canzoni e delle playlist con nomi fantasiosi.

Quattro cassetti, e dentro, praticamente, niente che potesse dire chi era Anna Galinda prima di diventare Anna Galinda.

«Quelli del laboratorio dicono che i documenti sono perfetti», dice Selvi, «roba che costa».

In bagno, niente da segnalare, nemmeno farmaci. Aspirine, come massimo della droga. Cucina ordinatissima, forse mai usata. In frigo, tre bottiglie di champagne Piper, acqua tonica, ginger ale, ghiaccio in cubetti nei suoi contenitori lindissimi, yogurt magro. Sullo scaffale accanto al piccolo lavello bicchieri, flûte, una fila di bottiglie di alcolici: gin, vodka svedese e polacca, rum, un whisky molto torbato, vino rosso, un barattolo di miele.

«Leva i cazzi finti e sembra una stanza d'albergo», dice ancora Selvi. Lui è uno che mette le didascalie a quello che pensa il suo capo. Carella lo trova irritante, ma anche utile, ogni tanto, così lo lascia fare.

«Sì, una stanza d'albergo dove uno sta tanto tempo, come un residence, non ci porta da nessuna parte».

Una sola fotografia in una cornice d'argento: lei, Anna, seduta sul ponte di una barca a vela, le gambe penzoloni verso l'azzurro, il sole in faccia, un sorriso tranquillo, forse felice, nessun altro nell'inquadratura.

«Bella figa», aveva detto l'agente che perquisiva con loro, e Carella l'aveva mandato via:

«Aspetta in macchina».

Così, senza nemmeno guardarlo, senza nemmeno incazzarsi.

Il padrone di casa, una specie di bancario in pensione, ma forse più un banchiere, a giudicare dal reddito, è caduto dalle nuvole. Era tutto in ordine, tutto perfetto. La signorina aveva fatto senza battere ciglio una fidejussione per i primi due anni d'affitto, un bell'ottantamila, roba che non cresce sugli alberi. Aveva detto di lavorare nella moda. E quando gli avevano chiesto a brutto muso:

«Ma lo sa che lavoro faceva la sua inquilina? Guardi che qui ci sono gli estremi per lo sfruttamento della prostituzione!», quello era sbiancato e trasecolato con la faccia di uno che vede lo Yeti in via Torino.

No, non lo sapeva, non lo avrebbe nemmeno immaginato.

«La signorina era educatissima, elegante, parlava un italiano forbito, e anche nel palazzo nessuno si era mai lamentato, nessun via vai sospetto...».

Come se una che la dà via per soldi debba essere per forza un'analfabeta vestita di stracci, aveva pensato Carella. Ma dove vive, 'sta gente?

E poi, il palazzo, figurarsi.

Il generale in pensione del secondo piano, dove c'è un appartamento grande, sordo come un ussaro durante la battaglia, unica uscita quotidiana il viaggio verso l'edicola e ritorno, con la badante slovena, che anche lei, mannaggia di Cristo, non ha mai visto né sentito un cazzo. L'appartamento accanto, al primo piano, una vecchia vedova che ora – l'hanno contattata – sta svernando sulla Costa Brava, e al telefono ha sparso pure due lacrime sulla signorina Anna che era proprio una brava persona e – indovinate? – salutava sempre. E poi così elegante, e le aveva anche prestato un libro, una volta, bello, bellissimo, il cretino, crede, o no, l'idiota, forse l'idiota, di un russo famoso che adesso, commissario... lungo, comunque, non lo aveva finito...

L'avevano salutata prima loro per evitare di farsi raccontare una vita di insignificante benessere. Il marito, morto da anni, era dirigente alla Pirelli... che sa, commissario, una volta...

Dai numeri di telefono, niente.

Clienti, una decina. Un campionario di ipocrisie e rossori e imbarazzi e non ditelo a mia moglie e un momento di debolezza e non è come pensa. Sulla morta, nemmeno una sillaba. Solo un paio, ricchetti di fresca nomina – Carella li riconosce dall'odore – con qualche piccola arroganza iniziale:

«Beh, uno si fa una scopata e arriva la polizia. Ma dove andremo a finire! Dove siamo, eh, in Iran?».

Ma poi, saputo il motivo della visita, agnellini spaventati anche loro, uomini di merda.

Altro giro: le colleghe. Tre, per la precisione. Una di pari grado, escort di lusso, forse nemmeno chiamabile con quel nome di puttana che invece si merita tutto. Sì, Anna, come no. Le aveva passato un contratto che lei non poteva onorare. Le sembrava adatta a quelle cose lì, una cena pallosa di industriali dove un qualche capitano d'azienda voleva fare il figurone con la strafiga al seguito, poi una sveltina svogliata in camera al Principe di Savoia, fatta giusto per non buttare i soldi: in quel caso la prostituzione di Anna era stata l'essere esibita come trofeo, il resto non contava.

E poi due ragazze di altra... categoria, sì, ecco. Una tale Serena qualchecosa, Bianca Luna sui siti specializzati, e una Carla qualcos'altro, Yasmine sugli indirizzi internet, sempre gli stessi. Dispiaciute, tristi e forse addirittura sconvolte – il titolo fatelo voi – ma di Anna non sapevano niente. Se non le cose viste: l'appartamento bello, i clienti ricchi che volevano il giochino a tre, Anna non gradiva particolarmente, ma il mercato è il mercato, lei pagava quel servizio subito e bene, niente confidenze, niente sorellanza da romanzo, e a loro andava bene così, quindi... No, di lei non sapevano niente di più. Le avevano lasciate andare quasi subito a fare le loro marchette, una si era fatta offrire un cappuccino.

E infine il nero, quello che dopo è andato anche al funerale. Quell'etiope non ancora anziano ma certo non più giovane, quel... Meseret, ma con cognome italiano, che modestamente siamo brava gente che ha avuto le colonie, se non lo sapete.

Sì, lui la conosceva, la signorina Anna. Faceva lui le pulizie là dentro, nello studio di via Borgonuovo, che di mestiere fa quello, più qualcos'altro ancora e qualcos'altro ancora. Sta qui per la mamma vecchia e malata, se no sarebbe ad Addis Abeba da un pezzo, che l'Italia non gli piace per niente, anche se ci ha vissuto per cinquantadue anni.

«E in quelle faccende che faceva, mai visto niente?», aveva chiesto Carella.

«Visto cosa?».

Risposte che ti uccidono, se stai cercando.

Ma lui andava lì tre giorni la settimana, all'ora di pranzo, la signorina non c'era quasi mai e la casa era sempre pulitissima, non doveva buttare mai via nulla, forse ci pensava lei, giusto qualche bottiglia...

«E come l'aveva conosciuta, una così?».

Era un interrogatorio estenuante.

«Facevo il giardiniere... no, l'aiutante giardiniere per una ditta che curava il giardino lì... alla signorina si era rotto il bagno. Un tubo, acqua dappertutto. Io ho sistemato subito, ho cercato un idraulico, che ha lasciato tutto sporco. Allora io ho pulito per bene. La signorina era contenta, mi ha detto se cercavo un lavoro, non proprio un lavoro... qualche ora per qualche giorno la settimana».

Soldi in nero, un lavoretto facile e quasi fisso... perfetto.

«Ma lei lo sapeva che lavoro faceva la signorina?», Carella gliel'aveva chiesto più gentilmente che al padrone di casa.

«Faceva l'amore. Per soldi», aveva risposto quello.
«Ed eravate amici?».
Un'esitazione, forse una piccola alzata di spalle:
«No, amici no. Era gentile, io gentile con lei. Buongiorno, buonasera, ecco i suoi soldi, Meseret, domani può anche non venire, Meseret, vado via due o tre giorni, mi guardi lo scarico della doccia, Meseret, l'acqua va giù piano, saranno i capelli... ecco, così. Gentile».
«E lei è andato al funerale perché era gentile?», questa domanda, naturalmente, l'aveva fatta Selvi.
E il nero si era passato una mano sugli occhi, stanchezza, non commozione, e aveva detto:
«Se muore uno a cui vuoi bene e non vai al funerale, Dio prende il nome e non viene al tuo».
Insomma, niente nemmeno lì.

«Niente, cazzo!».
E ora i referti dell'autopsia. I polpastrelli tutti bruciati col ferro da stiro, uno di quelli piccoli, da viaggio, come quasi tutto in quella... casa. Dunque impronte niente. I denti, perfetti. Un'otturazione, ma molto antica, fatta forse da ragazzina, quindi anche lì zero speranze.
Un lavoro metodico, quello delle dita. Eseguito con calma, tanto che Carella comincia a pensare che le altre bruciature, il collo, le braccia, siano una copertura per il lavoro alle dita. Inferte dopo morta? Può essere, aveva detto il medico legale.
Alla sedia – una poltroncina Frau in pelle coi braccioli di legno – era legata con i suoi collant, presi dall'armadio, frugato con cura, con metodo, senza fretta.

Ora della morte, tra le quattro e le sei del mattino.

Il medico legale non ha detto molto altro. Ah, sì, ha detto una cosa gentile e pietosa:

«C'è solo da sperare che fosse svenuta quando le ha sparato».

Gentile e pietosa stocazzo, pensa Carella.

Batte un'altra manata sul mobile di metallo, fa un rumore che sembra uno sparo, ma copre appena la bestemmia urlata a nessuno.

Selvi esce, va a prendere due caffè.

Carella accende una sigaretta, è la quinta in meno di mezz'ora.

11

Si sono presentati, dopo quell'attimo di sorpresa che sta a mezz'aria tra il «non me l'aspettavo» e il «bene, eccoci qua».

Hanno bevuto qualcosa, come è giusto fare in un salotto se non è ancora ora di pranzo, e adesso sono davanti alle lasagne di Katrina, che quel Meseret mostra di apprezzare tantissimo, pur non perdendo il suo aplomb elegante e distaccato. Nel senso che, insomma, non è che balla sui tavoli e si strappa i capelli, però dice:

«Molto buono», e ha l'aria di uno che non lo dice spesso.

E dunque Oscar l'ha avvicinato al cimitero. Appena fuori, anzi, a cerimonia finita. Gli ha fatto le solite domande che fa lui senza farle veramente e, sì, è venuto fuori che tutti e due sono molto dispiaciuti per la signorina Anna, e che da quanto si è visto finora non è che la polizia dia l'impressione di poter vincere il Nobel. E che ora lui è anche senza lavoro, o meglio... nell'equilibrio del suo bilancio ora manca un tassello e insomma, non è bello, questo.

Ma soprattutto il nero del cimitero ha detto a Oscar Falcone che lui questa volta prova rabbia. Dove «questa volta» sta a significare che certo, di segni e ingiustizie nella vita ne aveva avuti, e anche di più gravi della morte di una... di un'estranea, ma che questa volta, chissà perché, sente un'agitazione dentro che gli sembra odio. E lui, un buon cristiano ortodosso, se ne stupisce, anche se la rabbia resta e non se ne va.

Come Carlo, aveva pensato Oscar.

E aveva deciso di portarlo lì.

E ora, dunque, con il caffè che gorgoglia nella moka, seduti nella grande cucina di casa Monterossi – il regno della fata Katrina – parla quasi solo lui, Meseret Teseroni, nato ad Addis Abeba e italiano da subito. Il nonno militare delle colonie, a fare l'Impero, il padre che aveva trovato sull'altipiano una cuccia comoda – grossista di attrezzature agricole – e che aveva messo su famiglia. Non come gli arditi, là, delle giovani abissine aspetta e spera che l'ora si avvicina e tutte quelle cazzate, ma con una donna che amava, e che da tutto quello era balzato fuori lui, con la carnagione non nera e non bianca, che però qui è subito nera. E allora, proprio per regalare una vita migliore a quel Meseret nuovo di zecca che strillava come fanno gli uomini di sei mesi, erano venuti tutti in Italia, Roma, poi Milano. E lui aveva anche studiato, non troppo, e poi il vecchio era morto ed erano rimasti Meseret e la madre, e lui aveva cominciato quel rosario di lavori già precari quando la parola precario non esisteva ancora, e andava di più «morto di fame».

Ma Meseret era gentile e discreto e la gente si fidava di lui.

Carlo versa i caffè, e mette sul tavolo una bottiglia di grappa. C'è un clima caldo e cordiale, appena venato di una piccola tristezza appesa al lampadario, perché alla fine sono lì per una ragazza morta.

E poi, un giorno, Meseret era stato gentile e riservato con questa signorina Anna. Stava annaffiando un ficus nel giardino condominiale e lei era scesa con le mani nei capelli e l'aria disperata, che la casa si allagava e lei... lei aspettava gente per le tre... si agitava come per un terremoto.

Così lui aveva provveduto, veloce e discreto. Aveva chiuso il rubinetto centrale, aveva chiamato un idraulico. E quando quello se n'era andato come un rapinatore – trecento euro, in contanti per l'urgenza e in nero per la tradizione – Meseret aveva pulito tutto per bene che sembrava uno specchio, alle tre mancava un quarto d'ora, e la signorina era rinata, si vede che aspettava una visita importante.

Lui non aveva chiesto nulla, e lei ne era rimasta colpita. Così era nata la cosa. Lui aveva cominciato con le pulizie, ma presto era diventato un uomo di fiducia, una specie di segretario. Le pratiche burocratiche, le code da fare, la tintoria, le lenzuola da cambiare sempre, ovvio. Una multa da pagare, puoi andare tu, Meseret? La macchina dal meccanico, ci pensi tu, Meseret? E anche – ma questo di rado, due o tre volte – una telefonata di sicurezza: che fosse nei paraggi, o raggiungibile al cellulare, se qualche cliente aveva bevuto troppo o usava le mani fuori dagli schemi stabiliti.

«Sono Meseret, risolvo i problemi», aveva scherzato Oscar citando Tarantino. E Carlo aveva pensato che quel nero, sì insomma, mulatto, come si dice, così dignitoso e calmo, così... affidabile, era una specie di Katrina, per la povera Anna.

«E queste cose le ha dette alla polizia, vero?», chiede Oscar.

«Non tutte», dice Meseret.

Così parlano d'altro e Carlo dice della rabbia che ha dentro e non se ne va, e il nero capisce, mentre invece Oscar, che la rabbia ce l'ha sempre, sta pensando. Carlo dice che ce n'è un altro con quella rabbia, che è un poliziotto che però non può occuparsi del caso, ed è forse l'unico che lo risolverebbe.

Oscar invece dice un'altra cosa:

«Meseret, lei ha fatto lavori per Anna anche in altri posti?».

Quello non capisce.

«Ma sì, altre case, al mare, in montagna... altri posti che lei aveva bisogno di pulire, o di aggiustare...».

«No», dice il nero. Poi piega un po' la testa e cambia idea: «Sì».

Ora Oscar e Carlo si guardano, ma non c'è bisogno che chiedano più di questo, perché quello parte da solo.

«Una volta, saranno due anni fa, mi ha chiesto se sapevo aggiustare le tapparelle... ha detto che una sua amica era in viaggio, che lei ogni tanto le guardava la casa, per prudenza, un giro di controllo, bagnare le piante... e che una tapparella si era incastrata. Poteva aiutarla?».

Meseret poteva.

E così erano andati in questo appartamento buio, chiuso, l'appartamento di una persona lontana, e aveva fatto il lavoro. Lei lo aveva accompagnato perché mandare un estraneo in casa d'altri, beh, non si fa. Mezz'ora scarsa, un lavoro veloce.

«Dove?», chiede Carlo.

«Qui a Milano».

«Dove?», chiede Oscar.

«Dalle parti di via Paolo Sarpi». Meseret è stupito da tutta quella curiosità su un fatto che lui non ricordava nemmeno.

«Indirizzo?».

«Non lo so, guidava lei».

«Ci sapresti tornare?».

«Forse sì».

«Andiamo», dice Carlo.

Ora Meseret è un po' titubante. Alla fine, chi sono quei due? Va bene, non sembrano cattivi, ma perché tutto questo interesse? Ci pensa, ma non lo mostra, si alza, prende dal tavolo il suo piatto e lo porta al lavello. Carlo gli fa segno di lasciar perdere, non vorrà mica rubare il lavoro alla sua collega Katrina, no?

Meseret ride per la prima volta. Ha denti bianchissimi e una faccia stanca ma tranquilla. Sembra uno in pace, se non fosse per quella rabbia che non è da lui. Carlo pensa che gli piace, e che è un altro che merita qualcosa di più di ciò che ha. Come Anna. Meseret pensa che quei due non gli dicono tutto, ma pensa anche: perché dovrebbero farlo? E anche... gli assassini mica ti invitano a casa a mangiare le lasagne. E quel Carlo, poi, ha usato delle parole, per dire del suo furore, del suo odio, che sono le stesse che si ripete lui, anche se non le dice a nessuno e forse così chiare lui non saprebbe metterle in fila.

E poi, arrivati alla macchina, quando il caldo della cucina è già un ricordo e il gelo li morde, Carlo ha un'idea. Getta le chiavi a Oscar e dice:
«Guida tu».
Vanno verso Porta Nuova, passando sotto i grattacieli degli emiri a uno all'ora per il traffico.
E intanto Carlo telefona, usando il vivavoce del carrarmato, che appena lui tocca il cellulare lancia dei bip che dicono: sezione bluetooth e comunicazioni attiva, comandante, pronti a eseguire, procedure in corso, ogni vostro desiderio è un ordine.
Poi fa tutto l'efficientissimo centralino della Grande Fabbrica della Merda, fino all'interno giusto.
«Il dottor Monterossi? Piacere, moltissimo, mi dica».
«C'è il capo?», chiede Carlo.
«Il dottor Fredda non c'è, ma può dire a me, sapevo che avrebbe chiamato, sono Marta, dell'ufficio risorse umane».
Ecco, risorse umane.

«Bene», dice Carlo, «grazie, buongiorno Marta... Allora in giornata, massimo domani, le scriverà il dottor... Teseroni, Meseret Teseroni. Collaborerà al progetto che...».

«Certo, siamo al corrente che sta mettendo su una piccola squadra per i nuovi progetti... Mi ripete il nome?». Si sente che scrive.

«Bene, la faccio contattare, grazie infinite», dice Carlo e sta per mettere giù, ma quella chiede ancora un po' di spazio.

«Dottor Monterossi...».

«Sì?».

«Volevo dirle che io vedo sempre *Crazy Love* e sa... è stato un piacere parlare con lei».

Quando Carlo riaggancia, Oscar sta ridendo:

«Che emozione, l'autore di *Crazy Love* in persona... mandale l'autografo».

Meseret invece non ci ha capito niente e chiede spiegazioni.

«Niente, ora hai un lavoro».

«E cosa devo fare?».

«Niente».

Poi gli spiega che deve scrivere a questa signora con cui lui ha parlato adesso e darle i suoi dati e loro gli manderanno un contrattino.

Si aspetta una domanda, ora, e invece Meseret dice solo:

«Di qua!».

Così si addentrano in quel labirinto cinese che sta tra il Cimitero Monumentale e via Bramante, con le insegne in mandarino. Meseret è un navigatore un po' incerto, li fa tornare indietro, girare di qua... no, era di là, insomma, un'esplorazione, sempre attenti a non travolgere carretti, camioncini in doppia fila, consegne, traffici, affari cinesi dei cinesi milanesi.

E poi:

«Ecco, qua! Il prossimo portone».

Il numero 4 di viale Montello. Oscar accosta mettendosi sul passo carraio.

«Qui», dice Meseret.

Oscar guarda Carlo come dire: non basta, mi serve sapere qual è l'appartamento. Allora Carlo scende e scendono tutti, il carrarmato lasciato lì con le doppie frecce. Aspettano due minuti finché dal portone esce una signora e loro entrano togliendosi dal vento freddo. Meseret si stringe addosso la giacchetta troppo leggera, Carlo dà un altro giro di sciarpa intorno al collo.

È una vecchia casa di ringhiera ristrutturata, di quelle che una volta avevano il cesso comune sul ballatoio e oggi ne hanno due in ogni appartamento luccicante di parquet, anche se ci sono posti più piccoli, e quello che indica Meseret dal cortile è uno di questi. Salgono una scala e arrivano al secondo piano, il nero indica una porta verde e dice: «È questa». Poi si guarda in giro perché è tutto chiuso e sprangato. «L'amica della signorina Anna è ancora via», dice.

Eh, pensa Carlo, sì, mi sa che sta via parecchio. Oscar guarda la serratura.

E poi il gruppo si divide. Meseret deve andare, il motorino rimasto sotto casa di Carlo lo recupererà dopo. Carlo scrive al volo su un foglietto l'indirizzo mail a cui mandare i dati per avere quel lavoro che gli ha detto prima, si stringono la mano. Meseret ringrazia, ma senza strafare, e Carlo apprezza: un grazie basta e avanza, non c'è bisogno di salamelecchi, che comunque quello non farebbe mai.

E quando il nero si allontana verso l'imbocco di via Farini, Carlo prende per un braccio Oscar e fa la faccia seria.

«Non pensarci nemmeno».

«Beh? Pensarci non è difficile, difficile è farlo... doppia serratura di sicurezza, è un lavoro lungo e poi... lì sul ballatoio c'è il rischio che ti vedano tutti...».

«Sei già alla fase facile o difficile», dice Carlo, «mentre invece siamo alla fase sì o no, e io dico di no».

Quello fa un sorriso che vuol dire: «Boh, vedremo».

Allora Carlo spiega bene il concetto, anche se naturalmente Oscar ha già capito.

«No, porca puttana, stavolta non ci infiliamo in una storia così alla cieca con un assassino in giro che ti spara in testa e tortura la gente. Stavolta facciamo i bravi e cerchiamo di non combinare casini».

Oscar lo guarda sarcastico. A lui, dice di non fare casino? Crede davvero che con una storia simile solo da prendere e da scavare, lui si fermerà davanti a una serratura?

Carlo capisce che non è la strada giusta. Dire di no a Oscar è il modo migliore per dirgli di sì. Allora gli viene un'idea:

«Di questa faccenda della casa di Anna... dell'amica di Anna... mi occupo io, prometto di dirti come, qualcosa mi verrà in mente... Tu avrai un altro compito. Cerca una persona, Amilcare Neroni».

Ora tocca a Oscar, fare una faccia strana:

«E chi cazzo è Amilcare Neroni?».

«Eh, appunto».

Poi Carlo sale in macchina e mette in moto, mentre Oscar si avvia verso il confine della Cina milanese, schiacciandosi sulla testa il berretto di lana, che fa un freddo da tirarti via i denti. Sa un posto dove bere un buon tè, lì vicino. E poi deve pensare, deve ragionare, mettere in fila le cose, una lunga fila indiana, come un trenino alle feste di capodanno. E in prima fila, con il cappellino a cono e la trombetta, c'è Amilcare Neroni, che chissà chi è.

Per ora.

12

La tazzina con dentro il caffè, il cucchiaino che gira piano, la finestra del piccolo salotto appena accostata per cambiare un po' l'aria, da cui entrano le dita del freddo, e tentano di graffiarlo.

Ma Tarcisio Ghezzi, vicesovrintendente della Polizia di Stato in licenza di convalescenza, seduto su un divano marrone sformato dagli anni, non se ne cura. Davanti a sé, su un tavolino in vetro e metallo dal design così vecchio da sembrare modernariato, ha tutta una pila di scartoffie che deve firmare. Il rapporto, la denuncia, la scheda dell'arma perduta, cioè trafugata dall'aggressore, i moduli in duplice, triplice, quadruplice copia che percorreranno faticosamente la lunga mulattiera sassosa della burocrazia: questo al capo, questo a Roma al ministero, questo... Un rosario dolente di firme, carte, timbri...

E ora legge i giornali. È chiaro che in questura non stanno facendo una figura bellissima, ma lui sa che il caso non è facile e perdona. I giornali no. E siccome Ghezzi sa leggere tra le righe, distingue toni e sfumature, e fa il punto della situazione.

Gregori sarà quello che è, un solerte funzionario al servizio del funzionario sopra di lui, ma non è scemo.

Così, il fatto che i due casi sono collegati dall'arma che ha sparato non è stato fatto trapelare. Quindi c'è questa inquietudine della stampa, che viene dalle inquietudini della gente, che i giornali amplificano e riconsegnano al popolo sotto forma di inchiostro ordinato per righe. Dunque nella nostra città un onesto venditore di automobili può essere ucciso così? Chi ci protegge, eh? Dove andremo a finire? E via con la retorica che si sa: «esecuzione», «killer spietato», eccetera.

Poi, altra pagina, la prostituta uccisa, altra giaculatoria di punti interrogativi: «un cliente sadico?», «un protettore vendicativo?», e avanti così fino a esaurimento scorte, che quelle del moralismo non si esauriscono mai. Ghezzi nota con fastidio che i toni usati per il delitto di via Inganni – il Serini – sono più allarmati. È uno come noi, dice il sottotesto, potevamo essere noi. Quello per la ragazza, invece, più peloso, ipocrita: che ci volete fare, è un lavoro pericoloso, e prima o poi... Ma nel caso di Anna Galinda quel che manca in umanità è sostituito dalla pruderie, da frasi come «riceveva facoltosi clienti», come «accompagnatrice d'alto bordo», come «squillo di lusso». E c'è anche un incongruo «nella squallida alcova», che fa molto feuilleton, e pure ignoranza, perché in via Borgonuovo di squallido non c'è niente, e lì, secondo Ghezzi, parla l'invidia del cronista.

Ma poi.

Ma poi è chiaro che si maneggia la dinamite, che due morti ammazzati a Milano muovono gli istinti più bassi. Così ciò che non è cronaca pura, anche immaginifica e colorata a piacere, si presenta sotto forma di propaganda. Ecco l'articolo sulla prostituzione, i milioni di clienti, il mercato della carne, le italiane, le straniere, con le tabelle e i grafici, come si trattasse di import-export, di economia, ma con le foto che ammiccano. Ed ecco l'attacco a testa bassa, a testuggine, il deplorare che la polizia ha le mani legate per i troppi diritti degli imputati, la solfa antica del «li prendono e dopo due giorni sono fuori a delinquere ancora» che a Ghezzi fa alzare gli occhi al cielo. Per un duplice omicidio così, altro che uscire subito, ma insomma, il ritornello è sempre il solito, dallo scippo alla strage. E Ghezzi, che ne ha presi tanti, e li ha accompagnati in manette al loro destino, non può fare a meno di pensare che alla fine sono quelli delle stragi che sono rimasti fuori, non i ladri o i borseggiatori, che vanno e vengono dalle patrie galere trascinando il sacco della biancheria e delle loro vite di merda. Ma non se la prende più di tanto, perché conosce il vecchio refrain della bugia ripetuta un milione di volte che diventa verità.

E così Ghezzi Tarcisio, sprofondato sul divano, si beve anche l'immancabile intervista a quel capopopolo rivoltante di Giampiero Devoluti. La foto di lui al poligono, il rosario di banalità legge e ordine, il «Se avesse avuto una pistola magari saremmo qui a festeggiare il funerale di un delinquente» (questo sul Serini venditore di macchine). E poi «i guasti del disordine morale» di questa città e di questo paese, in cui lo sceriffo mette anche, naturalmente, «il fenomeno incontrollato della prostituzione» (la povera Anna Galinda). E dice anche, premettendo che dirà una cosa «impopolare», che chi fa quel mestiere lì, riceve uomini che non conosce, apre la porta a chiunque, un po' se lo deve aspettare. Quindi, nonostante la premessa, l'adorato alfiere delle destre ha detto una banalità popolarissima, che – Ghezzi ci giura – strapperà applausi, e cioè: «Basta col buonismo», e la morte di una puttana non è uguale alla morte di un onesto commerciante che paga le tasse, con la sottolineatura: «È ora di dirlo».

Ghezzi ha un moto di stizza.

Ma si dice anche che non serve a niente, quello è il contorno, il condimento, non sono certo cose che facciano fare un passo avanti all'indagine, che è ferma immobile, come ammette in un virgolettato con le solite frasi sceme il vicequestore Gregori, in un altro articolo sui fatti: «Stiamo seguendo tutte le piste».

Cioè nemmeno una.

Allora il vicesovrintendente prende il telefono e quel foglietto che gli ha dato Sannucci, e fa una telefonata prima che torni la signora Rosa.

Parla, si presenta, spiega a grandi linee la faccenda, si mette d'accordo. È cordiale e amichevole come con chi fa il tuo mestiere, e quell'altro lo stesso. Poi dice:

«Un'ultima cortesia, capitano...», e spiega una cosa avendone in cambio una risata complice.

Quando la signora Rosa entra in casa, non fa in tempo a posare le sporte della spesa che ha già urlato:

«Ma Tarcisio! Ma sei matto?», e corre a chiudere la finestra. «Ma allora vuoi ammalarti davvero, ma non senti che freddo c'è fuori?».

«Ma fuori! Dentro invece fa un caldo porco»... però poi decide di non rovinare la sua raffinata strategia e appiana tutto. «Cambiavo solo un po' l'aria», dice, tornando subito agnellino ubbidiente.

Come parlare al vento.

«Ti ho preso i carciofi... e questo».

Mette sul tavolo della cucina, dove lui l'ha raggiunta, una scatola bianca e rosa. Lui deve fare una faccia interrogativa, perché lei esulta come se avesse appena inventato la ruota.

«Dolcificante!».

Ora sapete che quando il Signore ha creato l'uomo – aveva un sabato libero – lo ha dotato di tante cose utili, tipo gambe, braccia eccetera, e per fare un lavoro fatto bene ci ha messo dentro anche un po' di pazienza. Ghezzi la raccoglie tutta e decide di usarla:

«Ma Rosa...».

«Rosa un tubo! Hai la glicemia alta e bisogna fare basta con lo zucchero. Da oggi dolcificante, e massimo due caffè al giorno, e questo il primo mese, dopo rifacciamo le analisi e vediamo».

Punto.

Ghezzi pensa ai casi di uxoricidio di cui si è occupato e a come hanno sbagliato quei cretini che si sono fatti beccare. Ma si controlla per non perdere di vista l'obiettivo. Regola numero uno: quando hai un piano, seguilo.

E allora, come se rivelasse una decisione maturata con il tempo, ponderata nelle lunghe notti di degenza ospedaliera, quei momenti in cui un uomo fa i conti con la sua vita e il tempo che gli resta, dice con una nota di piccolo entusiasmo:

«I carciofi li fai stasera, a pranzo andiamo fuori... su, che mi rompo le palle a non fare niente, andiamo a cercare un divano che ci piace».

Ora la faccia della signora Rosa è piena di sorpresa dalle orecchie al mento. Quel divano in disarmo, caricato per decenni con il peso delle sue notti televisive nell'attesa del ritorno del marito, è il suo cavallo di battaglia, l'argomento definitivo nelle discussioni domestiche. Saranno dieci anni che dice che bisogna cambiarlo, che persino i Tagliabue del quarto piano... E ora lui... Beh, è incredibile.

Dovrebbe festeggiare, la signora Rosa, o pensare che le sue preghiere stanno per essere esaudite, o magari che il colpo alla testa... Così fa quattro falcate decise verso la porta del salotto e guarda quel catafalco marrone in velluto a costine fini che nemmeno si distinguono più. È lì che per anni ha letto e guardato la tivù, aspettando il Ghezzi che tornava vestito da pompiere, da barbone, persino da frate, l'ultima volta. O, se non lui, la sua telefonata che diceva: «Non torno, ho un morto», con lo stesso tono con cui gli altri mariti, i mariti normali, dicono «ho una riunione».

Insomma, eccolo lì, il divano del suo scontento. E ora lui... Ma perché pensarci tanto? E se poi il Tarcisio cambia idea?

«Va bene», dice, «mi vesto».

«Ti vesti? Perché, adesso sei nuda?».

«Mi cambio».

«Ti cambi per andare a vedere se troviamo un divano?».

«Non capisci niente tu, eh, Tarcisio?».

Lui allarga le braccia. No, non capisce. Ma perché capire, in fondo?

Ora passano Bresso, Cormano, Cusano Milanino, posti dove una volta la gente si alzava presto per «andare a Milano». Si infilano sulla Statale 35 per tagliare come una lama nel burro la Brianza Felix. Il panorama è quello che è, il festival mondiale del capannone, molti con la scritta «affittasi» e alcuni con la scritta «affittasi», però in cinese. È tutto un lungo paesone: campi e case e fabbrichette, la ditta, l'azienda, il capanùn. È un fendere anni di promesse e boom economici e ottimizzazione e ristrutturazioni e chiusure e riaperture. Su qualche cancello ci sono piccole bandiere rosse della Fiom intristite dal tempo, dal protrarsi di trattative infinite, su qualche muro c'è scritto a spray il nome di una ditta e la didascalia: «Non deve chiudere». Scritte che stanno lì da prima della chiusura, pitture rupestri di vecchie sconfitte operaie.

Il riscaldamento della Renault del vicesovrintendente Ghezzi geme come gli stantuffi di un treno a vapore, ma un po' d'aria tiepida riesce a cacciarla, e si batte come un leone contro il gelo che c'è fuori.

«Ma di qua non andiamo all'Ikea, Tarcisio!», dice a un certo punto la signora Rosa.

Esce da Milano due volte all'anno, in direzione ovest per raggiungere la madre a Vercelli, a Natale, e verso sud-sud est per la pensione Riva del Sole a Viserbella, in agosto, dove lui la raggiunge per qualche giorno, sempre se non ha un morto ammazzato che gli rovina – Dio gliene renda merito – le vacanze.

«Macché Ikea!», dice il Ghezzi, «compriamo un divano una volta ogni trent'anni, almeno vediamo quelli fatti bene, no?». E aggiunge: «Almeno vederli e farci un'idea, poi pensiamo ai prezzi».

«E quindi?», chiede lei.

«E quindi Cantù, Meda, i mobilieri veri, quelli che usano il legno, mica il truciolato e il terital!».

«Ma Tarcisio! Il terital non esiste più da un secolo, dai!».

Però ride, la signora Rosa, contenta dell'ultima parola che deve avere ad ogni costo, anche se pensa tra sé e sé che la botta in testa... o forse la glicemia... insomma, quello lì non sembra mica il suo Tarcisio.

«Dai, che dopo andiamo a mangiare in qualche posto», dice lui.

E ora sono le undici meno tre minuti e Ghezzi si compiace con se stesso perché spacca il secondo. Così posteggia a spina di pesce davanti a un casermone di sei piani con la scritta: «Il paradiso del salotto», una frase vintage che sa di cambiali, anni Sessanta e piccola borghesia. Una scritta romantica, a suo modo, ma subito lordata da quel che invece c'è scritto sulle vetrine: «Design, intuizioni d'interni e suggestioni d'arredo by Bernasconi».

Da far cadere le braccia.

Scendono dalla macchina nel gelo precollinare, con il ghiaietto che scricchiola sotto i piedi. E mentre si avviano all'ingresso di quella cattedrale di salotti, un'Alfa blu dei carabinieri li affianca. Un appuntato alla guida, un'altra faccia che sporge dal finestrino del passeggero:

«Ma no! Ghezzi? Tarcisio Ghezzi?».

Ghezzi fa per guardare meglio, come a ricostruire una fisionomia, a cercare nei ricordi:

«Capitano Maredda? Ma dai! Ma guarda il caso!».

Il capitano scende dalla macchina che sta lì col motore acceso. Stringe la mano a Ghezzi col calore che ci mettono i vecchi amici contenti di ritrovarsi. Ha una faccia severa che però adesso sorride, i capelli brizzolati ordinatissimi e i baffi curati di chi, a quasi sessant'anni, gradisce ancora le parole «che bell'uomo».

«Ma saranno dieci anni!», dice.

«Anche quindici», ribatte Ghezzi, che sorride anche lui.

Poi il capitano si presenta alla signora Rosa, batte piano i tacchi, niente di plateale, fa un piccolo inchino.

«La mia signora», dice Ghezzi.

«Lusingato», dice quel Vittorio De Sica in divisa impeccabile.

Rosa Ghezzi balbetta un «piacere» perfettamente

modulato. Se non avesse l'età che ha potrebbe persino arrossire...

Ma quello è già tornato dal vicesovrintendente.

«Mi faccia ricordare, Ghezzi... era il caso... Tamborini, Tamborrini...».

«La banda Tamborrini, sì... '98 o '99».

«Beh, li abbiamo presi, no?».

Ghezzi annuisce. Se il mondo fosse un posto come si deve, il comandante Maredda dovrebbe stare a Hollywood, alzare l'Oscar e dire: ringrazio tutti quelli che hanno creduto in me. Invece dice:

«Non voglio sottrarti alla tua signora, Ghezzi, ma un caffè te lo devi far offrire... guarda che mi offendo».

Così Ghezzi guarda Rosa con un piccolo imbarazzo, da cui lei lo toglie subito:

«Vai, vai, Tarcisio... io intanto do un'occhiata ai divani... che tanto da sola faccio meglio». E poi, rivolgendosi al capitano dei caramba: «Sapesse, è un tale brontolone... Andate a prendere il vostro caffè, ti aspetto dentro, Tarcisio», e si avvia verso l'ingresso del casermone.

Nello sguardo che si scambiano Ghezzi e Maredda ci sono parecchi secoli di complicità tra maschi, tutta la teoria dei complotti, un trattato di simulazione applicata e un brillìo di divertimento.

E così ora sono seduti al bar lì davanti.

«Grazie per la recita», dice Ghezzi.

«Si figuri, ho avuto una moglie anch'io... fino all'anno scorso... so come funziona, stanno sempre ad aspettarci, povere donne».

«Mi spiace», dice Ghezzi pensando alla moglie che non c'è più. Quello non è tipo da divorzio, ma da funerale... da funerale lo siamo tutti.

Ma il capitano dell'Arma dei Carabinieri Maredda fa un gesto come dire: basta, basta, su, mi dica tutto.

E allora Ghezzi racconta, stringato ma preciso, che i casi di omicidio di cui avrà certamente letto, a Milano, non sono due ma uno solo con due vittime. Parla del Serini e di Anna Galinda, della tortura e della labilissima pista che lo porta da lui. Sa che è un rischio, sa che quelli lì dell'Arma non si scordano niente, che quello appena arriverà in caserma metterà giù un rapportino con tutte le notizie, che non si sa mai... Sa anche che è una strada, piccola, tortuosa e magari non porta da nessuna parte, ma Ghezzi è abituato, perché qualunque strada non sai se è giusta finché non la prendi.

E allora, sappiamo che di quel Serini si disse che fu «il dito», o venne sospettato di, in un sequestro lì a Meda, e forse Maredda se n'era occupato.

«Vero e falso», dice quello, girando il caffè.

Falso, perché che il Serini avesse indicato il bersaglio del sequestro non è mai stato né accertato né provato. Era un'ipotesi come altre: quando c'è un sequestro si vagliano tutti quelli che possono in qualche modo conoscere la situazione patrimoniale della vittima, e siccome il padre del sequestrato, l'industriale della gomma per finimenti d'arredo Giovanni Caprotti, aveva comprato da lui qualche macchina costosa... ecco, si era pensato... ma sono cose difficili da provare... certo che dopo, dopo il fattaccio, il Caprotti macchine da lui non ne ha comprate più, ma questo non vuol dire...

«Bene, ma il sequestro?», chiede Ghezzi.

«Storia abbastanza ordinaria, se non che sono tutti finiti male».

E siccome Ghezzi non dice niente e aspetta, quello va avanti col racconto.

«Dunque, nel settembre del 2009 il Caprotti padre denuncia il sequestro del Caprotti figlio, diciassette anni all'epoca. Denuncia dopo, naturalmente. Sequestro lampo e riuscito. Il giovanotto è stato tre giorni chissà dove, il posto non l'abbiamo trovato, ma pare una cantina di qualche cascinale o azienda agricola qui vicino. Il ragazzo era scosso, naturalmente, aveva paura, e comunque era già una bella testa di cazzo di suo, uno che girava con la spider senza nemmeno avere l'età della patente, figlio unico, tanti soldi e poche sberle da mamma e papà».

Riscatto: tre milioni e duecentomila, secondo il Caprotti, consegnati in una piazzola dell'autostrada per Como, una disponibilità di contanti che aveva poi attivato la Finanza, ovvio, ma quella storia loro – loro i caramba – non l'avevano seguita. Invece avevano subito, loro della prestigiosa Arma, individuato uno dei sequestratori, e non era stato per niente difficile: uno slavo... un serbo... Deki qualchecosa...

Maredda guarda dei fogli che ha portato con sé e aggiunge:

«Ralevich... Dejan Ralevich... Deki», e il racconto può continuare.

Insomma, il tizio lavorava come magazziniere o simili nell'azienda del Caprotti. Sparito il giorno dopo la consegna del riscatto, mandato di cattura, Interpol e tutto il resto... mai preso. L'altro, l'hanno saputo dalla perquisizione a casa del serbo: un tale Enrico Sanna, di Meda, uno di lì, già noto al capitano, che allora non era ancora capitano, ma aveva seguito le indagini. Precedenti: porto abusivo d'arma, un paio di risse e poi rapine, soprattutto ai distributori di benzina. Un tipo violento, che una volta ha spaccato il naso a un benzinaio dopo che quello gli aveva dato i soldi senza discutere, così... per cattiveria. Mandato di cattura anche per lui, ma niente, sparito.

«Niente famiglia, amici balordi come lui, viveva un po' qua e un po' là, forse aveva una donna che lo ospitava, non so... Sa che in questi casi è difficile...».

Ghezzi annuisce. Lo sa. Maredda continua:

«Forse c'era un terzo uomo, la dinamica lo farebbe pensare, e anche il fatto che quei due non erano geni, e per un lavoro che va via liscio così di solito uno col cervello ci vuole. Ma questo, questo fatto del terzo uomo, non è mai stato chiarito, perché tra tutti e due, quei delinquenti conoscevano quasi solo delinquenti, gente abituata alle visite con divise e lampeggianti, e tutti avevano fornito alibi più o meno solidi, e nessuno aveva parlato. Insomma, ragni ce n'erano, ma il buco era stretto e non ce li abbiamo cavati».

«Ma li cercate ancora, no?», chiede Ghezzi.

Sa che un caso così non è mai freddo, che il sequestro di persona non è uno scippo alla stazione, e che quelli lì con la divisa nera e le strisce rosse si incazzano un bel po' quando gli gira male.

«No, non li cerchiamo più, cioè... in qualche modo li abbiamo trovati».

E allora il racconto scollina verso la spiegazione e Maredda racconta:

«Il serbo è in galera in Serbia. È tornato a casa, probabilmente col malloppo, e due anni dopo, nel 2011, ha ammazzato il convivente della figlia e il padre di lui, per una questione di soldi o di case, non ricordo... insomma, è in galera con l'ergastolo a...», guarda ancora i suoi fogli, «a Vladimirovac. L'Interpol ci ha avvisato appena l'hanno preso, ma con un duplice omicidio non ce lo ridanno nemmeno se piangiamo in cinese, credo che la procura non ci abbia nemmeno provato, con l'estradizione...».

«L'altro?», chiede Ghezzi.

«L'altro molto male anche lui. Era scappato in Austria, non so perché, e aveva continuato la carriera, ma più in grande. Banche, soprattutto, aveva messo su una specie di banda. Poi», ancora gli appunti, «... poi, febbraio 2012, la giornata storta. Una banca alla periferia di Salisburgo, li inseguono, c'è una sparatoria per le strade, riescono a scappare. Qualche ora dopo trovano il Sanna morto con un proiettile in testa, il corpo carbonizzato nella macchina rubata per la fuga, una BMW, se interessa il dettaglio. Aveva un complice più cattivo di lui, ovvio».

«Ed era proprio lui?», chiede Ghezzi che vede chiudersi quella stradina stretta che sembrava una pista e ancora non vuole mollare.

«Dai referti della Scientifica di Salisburgo non sembrano esserci dubbi, e non vedo perché dovremmo averne. Mi perdoni la notazione antipatica, non pensi che sono diventato un po' razzista ma... Ghezzi, fosse successo in un altro posto, meno... insomma, meno tedesco... forse... ma in Austria tenderei a mettere la mano sul fuoco che se dicono il morto è Tizio, il morto non è Sempronio, eh!».

Fiducia nella vecchia Mitteleuropa, rigore e professionalità, Francesco Giuseppe eccetera eccetera. Con tutto che Maredda è siciliano.

Però Ghezzi sa che il ragionamento non è sbagliato. Cerca di scacciare la delusione. Era una pista, piccola. Ora non ha più nemmeno quella e gli tocca ricominciare da capo.

Così annuisce, ringrazia, fa per pagare i caffè, subito fermato da quell'altro.

«Non scherzi, vicesovrintendente, qui è a casa mia e offro io... a buon rendere». Intende informazioni, non caffè.

Così si salutano con una stretta di mano, Maredda torna alla sua Alfa che lo aspetta fuori col motore acceso e l'appuntato al volante, e Ghezzi attraversa la strada verso il paradiso del salotto, pardon le «suggestioni d'arredo by Bernasconi since 1979» e comincia a cercare la sua sposa.

«Dieci minuti, eh!».

Lo ha trovato lei, prendendolo alle spalle. Ma poi, siccome si sta occupando d'altro, e le piace quella esplorazione di divani, aggiunge: «Belli sono belli, ma cari, Tarcisio! Carissimi!».

«Vabbè, ma un'idea te la sei fatta?», chiede lui.

Così viene trascinato al terzo piano, bordeggia sofà stile impero, aggeggi imbottiti, sacchi di pecari riempiti di chissà cosa che sembrano la poltrona del ragionier Fracchia, monumentali ottomane in raso giallo, o broccato rosso, o cachemire tessuto ancora vivo addosso alle capre tibetane, e arriva a un divano a tre posti marrone che grida tristezza tra quel campionario di stravaganze costose.

«Questo», dice Rosa.

«Ma è come il nostro!».

«È quello che costa meno».

«Andiamo, cerchiamo ancora». Forse si sente un po' in colpa, ma... «Dai», la prende per un braccio, gentile, «intanto mangiamo, poi proviamo in un altro posto».

13

Un uomo sui cinquanta, atletico, abbronzato, fluido, esce dalla stanza del vicequestore. Chiude la porta e fende la piccola folla dicendo:

«Signori...».

Che non è un saluto ma piuttosto un «fatemi passare».

Aspettano tutti in silenzio che lasci la stanza, che sarebbe l'anticamera dell'ufficio di Gregori, presidiata dalla fedele agente Senesi, la quale poi raccoglie tutti gli sguardi interrogativi degli astanti, ne fa un mazzetto come di asparagi e dice:

«Il sostituto. È uno nuovo».

In effetti ce l'aveva scritto in fronte: io sono la legge. Tutti uguali.

Finalmente entrano in fila indiana nell'ufficio di Gregori che sta seduto dietro la sua scrivania, zitto finché tutti sono installati e comodi, sempre se si può stare comodi lì dentro.

Ora picchia un pugno sul tavolo, pensa il sovrintendente Scipioni.

Ora fa una scenata, pensa il sovrintendente Carella.

Ora fa il diavolo a quattro, 'sto stronzo, pensa il vicesovrintendente Selvi.

Sannucci, invece, che è elemento di sintesi, non pensa niente, se non che non stanno combinando un cazzo e Gregori avrebbe pure ragione a dar fuori di matto.

E infatti eccolo che tira la sua manata sul tavolo, uno a zero per Scipioni, che però è il più fesso di tutti.

«Niente, non abbiamo niente! Scipioni!».

Un nome così, urlato in faccia a tutti, vuol dire: Scipioni, fai rapporto, e il «per piacere» potete scordarvelo, naturalmente.

Allora Scipioni si raddrizza un po' sulla sedia e fa il punto della sua parte dell'indagine.

«I controlli sono lunghi, capo, ma non c'è niente di che. I clienti del Serini... tutti coi soldi fin qui, non vanno in giro a ammazzare la gente, al massimo mandano qualcuno... però ci vorrebbe un movente e fino ad ora non ce l'abbiamo».

«Famiglia?», chiede Gregori, ma non ci spera nemmeno lui.

«Macché capo, la moglie... la ex, stava bene prima, starà meglio adesso... andavano d'accordo... niente... e poi...».

Sì, certo, e poi, una moglie mica fa ammazzare il marito e poi manda lo stesso stronzo ad ammazzare una puttana... a questo c'era arrivato anche Gregori. Sarebbe troppo facile, troppo bello.

Scipioni si aggrappa a quello che ha, che è poco, ma ci tiene a tirar fuori tutto perché sa che gli altri, lì dentro, non pensano esattamente che è un genio.

«Il lavoro grosso l'abbiamo fatto sui conti, capo. Cioè... il legame tra le due vittime è solo quel bigliettino che abbiamo trovato... parlava di un regalo, si ricorda... solito regalo, Andrea, una frase così... Ma nei conti del Serini non c'è nessun versamento per questa Anna Galinda, e pure prima non ci sono versamenti sospetti a donne o cose così, cioè, solo la moglie...».

«Quindi se faceva 'sti regali li faceva in contanti», dice Gregori.

Ora nella stanza c'è tensione.

Carella ascolta attentissimo, perché non si sa mai cosa può venir fuori dai dettagli, magari uno spiraglio, una fessura, un indizio che non è un dettaglio per niente. Si avvicina alla finestra e la apre un po', abbastanza per accendersi una sigaretta e fumare senza che nessuno gli rompa i coglioni. Selvi si guarda le scarpe, ma anche lui non si perde nemmeno un sospiro.

«Quella faccenda del sequestro?», chiede ancora Gregori. Sta andando a tentoni, e lo sa pure lui.

«Niente, capo. Il padre del sequestrato ha avuto i suoi cazzi con la Finanza, perché dice di aver tirato fuori più di tre milioni e quelli vogliono sapere se li teneva nel materasso, ma la storia è vecchia... Tanto i due sospettati del sequestro non stanno qua di certo, uno è morto e l'altro sta in galera in culo al mondo, tipo nella steppa...».

«In Serbia», dice Selvi. «In Serbia non c'è mica la steppa».

Ancora Gregori: «L'arma?».

È un tormento.

«Lo sa, capo, una 7,65. Silenziata, secondo quello che ci ha detto frate Ghezzi...».

Nessuno ride e quindi continua:

«Potrebbe essere qualunque pistola, anche se il silenziatore restringe un po' il campo, ma non è niente di raro, roba che si trova... Insomma, aspettiamo ancora dei dati dall'Interpol, metti che abbia già sparato da qualche parte in Europa, ma ci credo poco, anche perché il tipo ha lasciato lì i bossoli senza problemi e questo di solito vuol dire...».

Gregori lo sa, cosa vuol dire, un lavoro, una pistola... che poi finisce nel Naviglio o sa il cazzo dove. Solo che stavolta i lavori sono due. Comunque fa un gesto con la mano per dire: sì, vabbè, abbiamo capito.

Gregori si spara l'ultima cartuccia.

«Donne? Amici? Gente che può dirci qualcosa... se 'sto Serini stava sul cazzo a qualcuno?».

Carella spegne la sigaretta sul davanzale e sbuffa. È chiaro che il caso è legato a quella Anna, cazzo c'entrano gli amici e le donne. E c'è un altro particolare che non gli torna. Possibile che uno vada lì ad ammazzare un altro così? Da solo? Senza un palo? Senza qualcuno che gli copre la fuga? È strano... ci dev'essere un complice, un altro uomo... Comunque ascolta ancora senza dire nulla, e Scipioni continua:

«La segretaria ci ha dato dei nomi e dei numeri. Donne un paio, ma... occasionali, ecco, amiche... tutte e due dispiaciute e cadute dalle nuvole, anche un po' incazzate perché era un tipo generoso e magari per farsi una scopata era pronto a volare a Parigi un weekend... ma non professioniste, eh!».

Selvi alza gli occhi al cielo.

«E anche dagli amici, niente... giocava a calcetto, il giovedì, tutto qui, niente serate strane, o bische o cose così... amava solo le sue macchine, il tipo».

La faccia che fa Gregori è di quelle che uniscono delusione e sollievo, un sollievo leggero dato dal fatto che almeno ci ha provato, a cavare sangue dalle rape. Ma ora lancia l'ultima zagaglia e la faccia delusa la fa quell'altro.

«Prossime mosse?».

«Tutto da capo, come al solito», risponde Scipioni.

È l'immagine stessa dell'impotenza. Che per un cretino non è il massimo, ma questo è quello che pensa Carella. Sa che ora tocca a lui e...

«Carella!», dice Gregori. L'ha quasi gridato.

«Tante cose che non vanno, capo, ma non ne usciamo. Allora, cerchiamo una casa, lo studio di via Borgonuovo non era la casa della vittima... non la sola, almeno. Aveva un buco da qualche parte, o parenti, o genitori, un uomo, non so... stava lì anche in pianta stabile, magari per giorni, ma aveva un altro posto, sono sicuro. Solo... niente di niente. Prima di quattro anni non c'è nessuna traccia di questa Anna, da nessuna parte, quindi...».

«Cosa dicono gli scienziati?», chiede Gregori. Intende la Scientifica.

«I documenti sono perfetti, capo. Dicono che sono quasi originali. Quasi perché lei non esiste, non per altro. Adesso stiamo cercando i furti di carte d'identità in bianco di quel periodo là, ma è un ago nel pagliaio, anche ammettendo... e poi per quelle cose lì bisogna conoscere dei delinquenti veri, non basta il tipografo sotto casa... Però andiamo avanti...».

«I clienti?».

«Ci arrivo, capo. Tutti stronzi uguali, oddio, qualcuno di più, ma... Gente che ha lavori importanti, che sa sempre dov'è stata e quando, gli abbiamo messo un po' di pressione, almeno a quelli sposati, ma niente da fare... Uno voleva farci parlare con la segretaria che tiene tutti gli impegni, è gente così... E poi la ragazza aveva un giro ristretto, nell'ultimo anno ne abbiamo contati una dozzina, non di più, tutti abituali, tutti con una... ehm... frequentazione media di una, due volte a settimana... facili da controllare. Certi si sono comportati come se gli avessero ammazzato la fidanzata, e forse un po' è così...».

A questa notazione Selvi alza gli occhi dalle scarpe. Gli è venuta un'idea, ma decide di non dirla lì, ne parlerà dopo a Carella, se deve beccarsi del cretino perché è un'idea stupida, che non sia in sessione plenaria, ecco... però se la segna mentalmente, potrebbe pure funzionare...

Carella non è come Scipioni, che va imboccato come un vecchio all'ospizio, e quindi continua senza aspettare:

«La mia ipotesi... ma vaga, eh... insomma, per ora solo quel... come si chiama... Monterossi ci ha parlato di confidenze fatte dalla vittima. Il tesoro, si ricorda? Ecco, io credo che il cambiamento di... vita, identità, faccia lei, di quella Anna venga da lì. Ha fregato qualcosa a qualcuno. Sa che la cercano. Cambia vita, cambia nome, cambia tutto. Al punto di non portarsi dietro nemmeno una minuscola traccia della sua vita di prima...».

Ora si fanno tutti più attenti, vogliono vedere dove va a parare, e Carella continua, come se parlasse tra sé e sé...

«La data sui documenti falsi è aprile 2012, quindi si può pensare che prima di quella data sia successo qualche fatto che l'ha convinta a fare il salto... non è una faccenda che si sbriga in due giorni, voglio dire, mica si va all'anagrafe... Dunque due priorità: cercare qualcosa accaduto... diciamo da gennaio a febbraio, massimo marzo del 2012... e poi...».

Gregori freme. Che cazzo fa, quello, gli indovinelli? Ma vede che sta riflettendo e quindi non dice niente. Aspetta. E fa bene, perché Carella va avanti e dice una cosa controvoglia:

«Magari diffondendo la foto... Ne abbiamo una buona, in barca a vela... Che ne so, qualcuno la riconosce. Lo so che...».

Non venisse da Carella, che è uno che pensa prima di parlare, il vicequestore Gregori avrebbe già messo mano alla pistola, che peraltro tiene nel cassetto della scrivania e non usa da decenni. Invece si arma solo di una santa pazienza.

«Lo sai come la penso, Carella».

«Sì, lo so, è come mettere una scritta al neon che dice "non ci stiamo capendo un cazzo"».

Gregori annuisce:

«Esatto, ma non solo. Vuol dire anche mettere gente a ricevere le telefonate, vagliare decine di false piste, mettersi in mano ai matti...».

«Allora ci sarebbe la strada difficile, capo».

Gregori fa la faccia di un naufrago che vede un salvagente sei onde più in là, nell'oceano in tempesta. Carella va avanti:

«Allora, capo. Diciamo così, mi venga dietro... una si fa i documenti nuovi e di mestiere si prostituisce. Ok, come volete, alto livello, clienti selezionati e tutto il resto, ma sempre quello è, no? Stile, esperienza, nessun incidente in tre anni e passa... E allora viene naturale pensare che si prostituisse anche prima... Se lo faceva come adesso, è un vicolo cieco. Ma se lo faceva in un altro modo, con annunci e cose così... potremmo provare... Abbiamo una foto, la faccia si vede bene, se i siti di escort hanno tenuto un archivio...».

Gregori pensa un attimo. Pensa all'indagine, ma anche alle risorse, alla gente che ci vuole per passare al setaccio centinaia, migliaia di foto di puttane che hanno messo un annuncio in rete quattro o cinque anni fa. E infatti Carella ci mette il carico:

«Serve gente, capo...».

Gregori annuisce. Lo sa. Sospira e dice:

«Vedo se riesco a farmi dare due o tre dalla Postale». Ma decide di non fare sconti anche a Carella, e allora aggiunge: «Prossime mosse?».

«Abbiamo deciso di stare un po' dietro a quelli del funerale. La signorina, la prostituta... Serena, mi pare, ecco. Potrebbe sapere più di quanto ci ha detto. E anche il nero... dopotutto oltre ai clienti era il più vicino alla vittima, ma l'abbiamo sentito due volte e a parte il tran tran di lava le lenzuola e pulisci la casa non c'è altro... le chiavi dello scannatoio di via Borgonuovo, le sue copie, ce le ha portate lui al primo contatto, non ha negato niente, se sa qualcosa lo sa per caso e non sa che ci serve, ecco, penso questo...».

Il vicesovrintendente Selvi alza ancora gli occhi. Gli è venuta in mente un'idea, ma se n'è andata subito... Cos'era, un lampo. Ora lo rincorre disperatamente, ma vai a prenderlo un lampo... Se n'è già andato. Cazzo!

Ora si sono detti tutto, ed è pochissimo, e lo sanno. Sono stanchi e frustrati.

Ma soprattutto sono incazzati. Perché, insomma, c'è tutto un impero di burocrazia e moduli e pratiche e consuetudini e sistemi e trucchi per cui loro in qualche modo la vita delle persone la possano controllare facilmente. Banche dati e anagrafi e schedari. E anche, se un magistrato mette la firma, intercettazioni, perquisizioni, verifiche, riscontri. E invece lì, niente. Questa Anna è spuntata dal nulla e del periodo pre-Anna non si sa niente.

«Un'altra cosa», dice Carella, «possiamo controllare se in quei mesi là o subito dopo abbiamo preso qualcuno per documenti falsi... non so, traffici simili. Magari se abbiamo culo, metti che aspetta il processo, possiamo intortarlo un po'...».

«Sì, siamo qui a sperare nel culo», dice Gregori e poi: «Sannucci, hai capito tutto?».

«Certo, capo».

«Se scopro che c'è anche solo una virgola che una squadra ignora di quello che ha scoperto l'altra ci vai di mezzo tu, lo sai, vero?».

«Lo so, capo», dice Sannucci con l'aria di chi intende: non servono le minacce, ci tengo anch'io a far carriera.

Poi si alzano tutti insieme, senza un ordine. O forse perché hanno interpretato quell'abbassare le mani sulla scrivania di Gregori proprio come un ordine, il solito: fuori dai coglioni. C'è bisogno che lo dica a voce? No, non serve propr...

«Fuori dai coglioni», dice Gregori, e già alza la cornetta del telefono.

Escono piano dall'ufficio. Carella corre a fumare con Selvi che lo segue a ruota, Scipioni si ferma a fare il cretino con l'agente Senesi, la biondina dal baricentro basso che dirige il traffico fuori dall'ufficio del capo. A Sannucci, invece, suona il telefono e il display dice: Ghezzi.

Quindi esce in fretta come se fosse una telefonata privata da prendere senza orecchie indiscrete.

Che poi è così, no?

14

Alla fine ci è dovuto andare.

Uno dei superpoteri di Katia Sironi è che ti rimangono le sue parole ficcate in testa, o nel petto come un paletto di frassino, e finisci per ubbidire. Così si era alzato con quella frase nel cervello: «Non fare il disperso in Russia». Che palle.

Aveva preso la macchina, attraversato il gelo milanese dal centro alla periferia, pazientato ai semafori, guardato l'umanità dolente delle consegne e dei trasferimenti urbani, compianto pedoni e maledetto ingorghi. E alla fine aveva attraccato il bastimento nel suo posto, barra, guardiano, righe gialle e la scritta «riservato» ripassata da poco con la vernice rossa.

Poi, il solito calvario. Flora De Pisis l'ha accolto proprio come un disperso in Russia, uno che è tornato, e l'ha platealmente abbracciato davanti a tutti dicendo: «Ecco il mio campione», con sottotesto lampeggiante: non come voi cretini che non mi valorizzate abbastanza. Carlo ha salutato tutti con cenni cordiali, come dire: oh, mica è colpa mia se questa è matta. E poi hanno vagliato le storie della prossima puntata, la solita roba, il solito senso di nausea. Il clou della puntata sarà il risentito, livido racconto della signora Salmassi Franca, provincia di Novara, casalinga quarantaseienne, che si è scoperta una tardiva e piuttosto impacciata passione per la lap dance, fortemente osteggiata dal marito, Colorni Gianfranco, ferramenta, che ha accettato il dibattito pubblico con la consorte, cioè di andare in tivù a coprirsi di ridicolo. Fin qui tutto bene. Flora finge di interessarsi a qualcosa che non siano le sue rughe da nascondere.

«Filmati?», chiede.

«Certo», risponde uno degli autori giovani. «Tre rvm già montati sullo... ehm... show della signora. Il locale è stato subito d'accordo, ovviamente, ma dovremo mostrare l'insegna. I clienti che le mettono i dieci euro nel tanga li abbiamo pixelati in faccia».

«Bene», dice lady Flora.

Ancora l'autore giovane:

«C'è un problema, però. Quei due, marito e moglie, su 'sta cosa della signora che fa la porca al Las Vegas di Biandrate, litigano da un anno, ormai si sono detti di tutto e stanno agli avvocati. Cercavamo un modo per... vivacizzare, ecco».

«Sì», dice Flora, «è una storia che va pettinata per bene, se no... che noia!».

L'autore giovane abbassa gli occhi. Ci ha messo settimane a trovare una storia vera, e ora gli dicono che la storia è troppo vera per essere interessante. Lui lo sapeva, ma...

«Idee?», chiede Flora. Tamburella con le unghie rossissime sul piano di vetro, impaziente.

Tutti si guardano come se quella parola – idee – appartenesse a un vocabolario sconosciuto e arcano, un concetto che si ricordano solo vagamente, che conoscevano prima di andare a lavorare lì. Poi tutti guardano Carlo. È lui il genio, no? E lui potrebbe scommettere che intorno a quel tavolo c'è qualcuno che spera, che prega, di vederlo fare scena muta.

E invece lui parla:

«Rovesciamola», dice.

In cambio ottiene solo sguardi di gattini ciechi. E allora fa un piccolo sbuffo.

«Bravo Alex che ha trovato la storia – sempre rendere i giusti meriti – ... ma pensiamo a venderla. Qual è il fuoco? Lui è geloso di lei perché invece di stare a casa a fare gli involtini va a fare la trottola intorno a un palo mostrando il culo?».

Tutti lo seguono, ora, qualcuno annuisce. E lui va avanti:

«Bene, ma è un po' ovvio. Giriamola. Lei si presenta in trasmissione pronta a raccontare la sua storia e a denunciare la stupida possessività del marito... il suo essere antico, giusto?».

Quell'Alex annuisce:

«Sì, quelle cose... la mia libertà... non faccio niente di male... mi diverto, se fosse per lui tivù tutte le sere... cose così...».

«Benissimo», va avanti Carlo, «... e mettiamo che lui, invece di venire a fare la parte del marito bacchettone, si presenti con una... ballerina, diciamo, più giovane di lei. Magari la becchiamo nello stesso locale...

una collega. Oh, un po' di realismo, non prendiamo la star del posto o una da far girare la testa... una con cinque, dieci anni di meno andrà benissimo... Lui lo avvertiamo e lo istruiamo per bene, a lei non diciamo niente... Voi cosa dite che succede?».

Tutti si guardano.

Quell'uomo è il diavolo.

Flora De Pisis batte le mani... approva, annuisce, stira un sorriso da un orecchio all'altro, col rischio di lacerare il lavoro di chirurghi anche famosi, e poi riassume, in modo che l'idea sembri sua:

«Quindi a lei non diciamo niente e la facciamo parlare per prima... raccontare la storia e iniziare il lamento... e poi entra lui con quell'altra».

«Eh...», dice Carlo che si odia dalla punta dei capelli alle unghie degli alluci.

Entusiasmo in sala.

Carlo Monterossi, l'Uomo Senza Principi.

Non resta che convincere Colorni Gianfranco, ferramenta in Granozzo con Monticello, che la sua vendetta è bella e pronta e cucinata. Mi hai fatto ridere dietro da tutto il circondario, da Trecate a Casalvolone, da Caltignana a Terdobbiate? Bene. E ora riderà il paese intero, il mondo, l'universo, isole comprese.

«Ci starà di sicuro», dice Flora, e aggiunge: «Briffatelo bene».

Ecco. Briffatelo. Così la misura è colma.

Carlo si alza dalla sua sedia, raccoglie il telefono e le chiavi della macchina e saluta i presenti. Tutto ciò che odia di se stesso, di quel lavoro, di quella stanza, della diva Flora pitturata in faccia come i lupanari di Pompei, delle sue moine, è scivolato via in meno di un'ora. Un'ondata di nausea ora si porta via tutto, la signora Franca attaccata al suo palo, il marito ferramenta i cui clienti ammiccheranno alle corna ogni volta che lui va dietro il bancone a cercare una vite del nove, i clienti del Las Vegas di Biandrate, gli otto, magari nove, milioni di spettatori, affezionati clienti della Grande Fabbrica della Merda.

E naturalmente se stesso e il suo amor proprio, tutto indistinto, fangoso, trascinato a valle con la melma e i tronchi d'albero da una piena violenta e improvvisa di cinismo, di cattiveria per il mondo, di ferocia.

E così, quando risale in macchina e accende il motore, si chiede se la rabbia che prova per la povera Anna non venga anche da lì, dalla rabbia per se stesso, per quello che è diventato. Ancora le parole di Katia Sironi: «È la tivù, Carlo, non è la vita vera»... ma intanto, la sua, che cazzo di vita vera è?

Senza contare María che «torno» e non torna per niente.

Ma poi, mentre guida e sente la sua musica, mentre schiaccia piano l'acceleratore e gira un poco il volante in compagnia del suo Dylan gracchiante e risentito pensa che no, non è così, sarebbe troppo facile. E che anzi, per una volta è proprio il contrario. Che la sua rabbia e il suo odio, quando ci sono stati, riguardavano lui, chi colpiva lui, chi intristiva, o feriva, o derubava lui. Che persino di fronte a un lutto, o a una disgrazia, lui, Carlo Monterossi, dedicava pietà a se stesso più che al resto.

Se ti muore il gatto sei tu il poverino, che ti è morto il gatto, e il gatto, in fondo, cazzi suoi.

Ma questa volta invece, si dice Carlo, è tutto diverso.

E si dice anche che la sua rabbia e il suo odio riguardano solo quella povera Anna, con cui è stato meno di due ore, di cui non sa niente, di cui difenderebbe persino il diritto di essere, magari, chissà, stronza, o insopportabile, o banale, che tanto lui non la conosceva e non è lì il problema. E forse è per questo che se la tiene stretta, la sua rabbia, che se la coltiva. Perché per una volta non è mischiata alla merda dell'autocommiserazione, ma è dolore vero, astio puro. E se ci pensa bene, sente un odore di polpastrelli bruciati da un ferro da stiro, due occhi spaventati, le urla soffocate da un bavaglio, le corde che tagliano i polsi, e soprattutto un rumore.

Clac.

Questo aumenta la nausea, ma anche il furore, come strizzare una spugna in una mano e ricavarne, gocciolante, sul palmo, solo bile e rancore. E tutto questo mentre fuori dalla macchina il vento soffia ancora forte, muove i rami degli alberi nudi, sbatte le falde degli impermeabili di quelli che – incoscienti – gli attraversano la strada davanti.

Mentre l'impeccabile climatizzazione del carrarmato gli dice: dentro venti gradi, fuori meno uno.

Mentre gli passa sotto le ruote il pavé di via Leoncavallo.

Mentre Bob Dylan canta:

We cried on a cold and frosty morn
We cried because our souls were torn
So much for tears
So much for these long and wasted years.*

Bene, e questo sarebbe abbastanza per un primo pomeriggio, e anche per una vita intera, e così posteggia nel box sotto casa, sale di corsa le scale verso la via fendendo l'aria ghiacciata e tentando di conservare il poco tepore che gli rimane.

E mentre sta per girare la chiave nella serratura del portone, vede una sagoma piccola che si avvicina, che sembra esitare, che gli dice:

«Ciao».

È Serena.

«Ti ricordi?».

«Certo... ciao». Carlo sta mettendo insieme i pezzi. Che ci fa questa, qui? Come mi ha trovato? Che vuole? Ma non riesce ad essere sgarbato, né scontroso, perché lei fa la faccia triste di una che si scusa anche solo di essere lì a occupare il marciapiede. Cosa vuoi dire a una così? Gli viene in mente solo questo:

«Come sai dove abito?».

Lei alza le spalle.

---

* Bob Dylan, *Long and wasted years*: «Abbiamo pianto nel gelo di un freddo mattino / Abbiamo pianto perché le nostre anime erano lacerate / Bella roba, le lacrime / Bella roba questi lunghi anni sprecati».

«Ho una cosa da dirti».

Ha le labbra tagliate dal vento, secche. Come cazzo siamo finiti tutti nel deserto nel Nevada in pieno inverno? Cos'è 'sto vento? Perché non ci dà tregua?

«Dai, vieni su», le dice.

«Grazie».

«Aspetti da tanto?».

«Sarà mezz'ora».

«Dai, che su almeno fa caldo».

E ora tra le cose notevoli della giornata, quelle di cui si ricorderà, Carlo deve mettere anche l'occhiata che Katrina lancia a Serena. Che si è tolta il cappotto e sotto è vestita come una di quelle. La gonna cortissima, gli stivali, una camicetta che lotta come una diga per contenere quel petto esagerato, probabilmente puntellato da qualche trucco o reggiseno push-up, o impalcatura edilizia, e ci riescono a stento, i bottoni della diga. E poi il trucco della signorina è più pesante, stavolta, chissà, forse risparmia su fard e rossetto solo ai funerali, si dice Carlo, ma insomma, un po' perché lo sa e un po' perché si vede, quella il mestiere ce l'ha scritto in faccia.

O almeno Katrina lo legge al volo.

Che infatti, sarà il nervosismo, sarà il tentativo di comunicare senza parole il suo disappunto, comincia a muoversi con gesti nervosi, passi affrettati, tra la cucina e le camere, i bagni, il salotto piccolo. E ogni tanto si affaccia sul salotto grande dove i due, Carlo e Serena, si sono seduti uno di fronte all'altra.

«Che bella casa!», dice Serena.

«Sì».

La manifesta ostilità di Katrina lo mette in imbarazzo, ma decide di non curarsene.

Carlo va in cucina, dove Katrina lo trafigge con i suoi occhi moldavi, senza dir nulla, ma continuando a confabulare con l'immagine della Madonna di Medjugorje, la piccola calamita acquistata in loco, laggiù dove appare e scompare come Houdini, che ha piazzato sul frigo.

«Ecco dove siamo finiti», mormora. E poi come ammonimento alla sua amica Vergine, alla sua socia di tante preghiere: «Ma signor Carlo non è così, signor Carlo non... sarà cosa di lavoro...». Insomma, Katrina vuole tranquillizzare la Madonna, rassicurarla, ecco, il che, anche nella situazione di gelo che s'è creata, strappa a Carlo un sorriso di affetto vero.

Poi torna di là coi bicchieri, lui si fa un whisky, lei ha chiesto un'aranciata «o quello che hai».

«Allora», dice Carlo, «che ci fai qui? Chi ti ha detto dove abito?».

Lei alza ancora le spalle e lui decide di lasciar perdere. La guarda con aria interrogativa, e lei ricambia lo sguardo, non è una che tiene gli occhi bassi, ma non per arroganza o aria di sfida, solo perché non sa come si fa, non ne vede il motivo:

«Penso sempre ad Anna».

Carlo non dice niente. Dalla cucina vengono rumori di piatti, di posate appoggiate senza garbo.

«Non la conoscevo, ci avevo lavorato solo qualche volta. Però era gentile. Sai, un cliente cattivo può capitare, io all'ospedale un paio di volte ci sono finita... ma così... con la pistola...».

Non sa delle torture e non glielo dirà certo Carlo. Non per farle lo sconto sull'angoscia, non gli interessa, ma per una forma di pudore, di... intimità con la vittima che le ha subite. La rabbia che si era posata un attimo per la sorpresa di trovare la ragazza sotto casa torna su come un rigurgito.

«Ho trovato una cosa», dice lei.

Si alza e raggiunge il cappotto che ha posato sullo schienale di una sedia del tavolo grande, quello dei pranzi importanti, che occupa parte di quel salotto immenso. Si china a frugare in una tasca, e lo fa senza precauzioni, senza calcoli, così che la gonna cortissima si alza mentre lei piega la schiena e mette in mostra tutto quel che c'è da mostrare, quasi tutto, ecco. E questo proprio mentre Katrina rientra nel salone per qualche sua faccenda. Una situazione che avrebbe fatto ridere Carlo, sempre pronto a stuzzicarla, ma che ora è solo volgare e imbarazzante.

«Ecco». E gli porge un piccolo rettangolo di cartoncino bianco. Un biglietto da visita.

Carlo lo prende e lo guarda, lo rigira per le mani. Ci sono stampigliate due labbra rosse, come quegli adesivi che i giovani mettevano una volta sulle macchine, roba beat, roba da insegna di posto malfamato, ma che lì, accanto al nome scritto in bodoni, un po' in rilievo, sembrano quasi eleganti. E il nome, ovvio, è Anna Galinda. E sopra c'è una scritta a penna nera, leggermente sbavata, tutta in maiuscole:

TERRAZZO DI PONENTE, XVII

Carlo si rigira il cartoncino tra le mani.
Ora guarda Serena con aria ancor più interrogativa.
«Dov'era?».
«In una tasca della borsetta. Non so come ci è finito, forse Anna mi ha dato un bigliettino con il suo numero e si è sbagliata... me ne ha dato un altro... non so...», pare confusa.

Carlo fa una faccia così. Quando qualcuno ti dà un biglietto da visita – fateci caso – tu lo guardi, il biglietto. Gli dai almeno un'occhiata fugace, anche distratta, ma insomma, lo vedi se c'è sopra un numero o una frase... E poi che fanno tra colleghe, si scambiano il biglietto da visita come i rappresentanti di caldaie?

Serena lo guarda imbarazzata, ora.
«Perché lo porti a me e non alla polizia?», chiede Carlo.

Lei non esita nemmeno un secondo, si vede che ci ha pensato:
«No, la polizia no... e poi che ne so se serve... ma... noi abbiamo parlato, ti ricordi? Mi hai detto che sei arrabbiato per quello che è successo ad Anna... pensavo...».

Non finisce mai una frase, pensa Carlo.
E invece stavolta la finisce:
«Avete scoperto qualcosa?».

È una domanda che a Carlo fa scattare un allarme. È diretta, per esempio, e poi... Avete? Che vuol dire?

Così sta per rispondere, ma lei, ora che ha archiviato la missione, che ha fatto ciò che doveva fare, cioè consegnargli quel biglietto, è come se fosse in un altro luogo e in un altro tempo, cambia tono e sguardo, si scrolla via quella insicurezza di prima come scuotesse la testa per levarsi i capelli dagli occhi.

«E allora, l'hai vista la pagina con il mio annuncio?».
«No».

Lei fa un broncio finto, da bambina delusa, che le corruga le labbra peggiorando il trucco già troppo carico. Una di quelle facce che devono piacere ai clienti di quel target lì, si dice Carlo, pentendosi subito della cattiveria.

«Ma insomma... io ci avevo sperato... ma no, scherzo». Lo ha detto con un risolino che contiene un po' di autocommiserazione e la smorfia con cui si scaccia un pensiero assurdo. «Beh, se ti capita...».

Carlo non dice niente. Si rigira il cartoncino tra le mani:

TERRAZZO DI PONENTE, XVII

Sarà un indirizzo? Strano, no, scrivere in numeri romani? E poi... Ponente? Levante? Dici quelle due parole lì e a un milanese viene in mente la Liguria, servono a ricordarti dove hai la seconda casa. O la terza. Carlo si ripromette di cercare in rete, ma già si vede perso tra trilocali vista mare a Varazze, Alassio, Borgio Verezzi. Balconi e terrazzi che guardano la Riviera, occasionissima, posto auto... cosa c'è di meglio di una premorte di pini marittimi a Loano, Ceriale, Finale Ligure, e tutti quei lontani quartieri di Milano baciati dal mare...?

Lei riprende il cappotto e se lo mette con un gesto veloce. Il seno spinge sulla camicetta come un detenuto innocente che agita le sbarre, ma niente da fare, la stoffa resiste.

Lui la accompagna alla porta e la tiene aperta per farla uscire.

«Ciao, Serena», le dice. Si è intristito, come se già...

«Ciao», dice lei. Si alza sulla punta dei piedi e gli sfiora una guancia con un piccolo bacio leggero. Lui lascia fare.

Poi quando richiude la porta, si sorprende a passarsi una mano sulla guancia, sul centimetro di pelle dove è stato appoggiato quel bacio. Che brutto gesto, pensa, ma che sto facendo?

Poi fa per tornare in salotto.

È pronto ad affrontare Katrina, che invece gli passa accanto senza dire una parola, più ritta e rigida del solito, ed esce anche lei verso le scale.

«Io torna dopo per stirare», dice, offesa.

Nient'altro. Carlo può solo sperare che la Madonna di Medjugorje, giù nella guardiola, dove c'è una specie di altarino, le spieghi bene che è un quiproquo senza peccato. Se no glielo spiegherà lui.

Poi recupera il telefono dalla tasca della giacca e chiama Oscar Falcone.

«Vieni qui?».

«Mezz'ora».

È fatto così. È uno stronzo telegrafico.

15

Tarcisio Ghezzi si rivolta nel letto come fanno i leoni marini sulle spiagge della California – l'ha visto alla tivù –, con la differenza che quelli sembrano divertirsi e lui proprio no. La sveglia sul comodino dice che sono le quattro e sette minuti. Rosa dorme come un angelo cullata dal suo lieve russare e dal conto dei giorni che mancano all'avvento.

Il divano nuovo arriverà fra tre settimane – ma forse prima, signora – e lui ha versato un acconto a cui non vuole nemmeno pensare, almeno fino al momento in cui avrà qualcosa di più grave per cui preoccuparsi: il saldo. Totale, 1.240 euro, la spedizione è omaggio, così come il ritiro del catafalco vecchio.

Uno stipendio, o poco meno.

Che poi si sa che quando arriverà il divano nuovo sembrerà tutto vecchio, in quel salotto, e l'argomento dei prossimi anni sarà il tavolino, o il televisore, o... Probabilmente Rosa sta già indagando per scovare qualche vicino con un arredamento da salotto nuovo, in modo da indicarlo ad esempio e farne oggetto di segreta – segreta per tutti, ma non per lui – invidia.

Naturalmente non è sveglio per quello.

È sveglio perché le cose gli succedono così, gli vengono in mente quando meno se lo aspetta. E quello che gli ha detto ieri Sannucci dopo la riunione delle due squadre gli si è piantato qui e non se n'è più andato. Lo ha torturato.

E poi gli è venuto in mente nel cuore della notte, così, come una luce che si accende. E come sempre in questi casi Ghezzi ha passato i primi dieci minuti a darsi del cretino, a chiedersi come abbia potuto sfuggirgli una cosa così evidente... Che poi, a dirla tutta, se è cretino lui che non dovrebbe entrarci per niente e gioca all'eroe convalescente che segue l'indagine da lontano, gli altri sono cretini al quadrato.

E ora è impaziente.

La sveglia dice quattro e undici.

Che calvario.

Alle sei e un quarto si decide.

Si alza piano cercando di non svegliare la Rosa, di lasciarla al suo conto alla rovescia sulla consegna del divano, come i bambini contano i giorni prima di Natale. Mette su il caffè, prende il telefono e si sposta nell'angolo più lontano del salotto, dove forse, se lui parla piano, e se lei dorme, potrà fare la sua telefonata senza conseguenze.

Uno squillo, due, tre, quattro.

«Sannucci», dice Ghezzi.

«Eh?».

«Sannucci, sono io».

«Io chi?».

«Sannucci, hai presente la Rinascente? Ti mando a fare l'antitaccheggio per sei mesi, ti piace l'idea?».

«Uh, sov... ma che ore sono?».

«Ora di muovere il culo, Sannucci».

«Ma sono le sei e venti, sov! Ma checcazzo!».

«Fatti un caffè e svegliati, vai a pisciare, vestiti, ti chiamo tra dieci minuti e ti voglio con le idee chiare», dice Ghezzi. E mette giù. Roba da matti, due morti sul groppone e se la dorme come un cherubino, lo stronzo.

Poi va in cucina e beve il suo, di caffè. Apre una bustina di dolcificante, versa il contenuto nel lavandino e lascia lì la bustina vuota, in bella vista. Quindi prende il barattolo dello zucchero e ne cava un cucchiaino pieno. Mentre beve il caffè pensa che sono gesti così che dicono delle cose sul matrimonio, la vita in comune, e forse anche sull'amore. Che idee, a quest'ora, si dice. Fa tutto lui. Si accorge che quando Rosa non è nei paraggi lui recita anche la sua parte, si ripete le cose che gli direbbe lei. Ossignùr, Tarcisio, che idee, a quest'ora!

Poi torna in salotto e riprende il telefono.

«Sannucci».

«Ecco, sov, sentiamo...».

«La casa, Sannucci».

«Eh? Che casa?».

«La casa della Galinda...».

«Eh, sì, gliel'ho detto, capo! Carella è convinto che avesse un altro posto... sì, ci sta, perché lì non è che c'erano... effetti personali... non c'è storia, non ci sono cose... boh, le cose che ci stanno nelle case, sov...».

«Va bene, questo è giusto, segna un punto per Carella, anche se ci poteva arrivare chiunque... Ora pensa, Sannucci, tu c'eri alla perquisizione? In via Borgonuovo... lì nello scannatoio... nello studio della Galinda?».

«No, sov, c'erano Carella e quel suo vice là, come si chiama... Selvi...».

«Quindi un lavoro fatto bene...».

«Sì, sov, su questo...».

«Bene, Sannucci. E il verbale della perquisizione ce l'hai, no? Sei elemento di sintesi, no?».

«Sì, ce l'ho nelle carte... stanno in ufficio però...».

«Ecco, bravo, mai portarsi il lavoro a casa, che potrebbe venirti un'idea, non sia mai... Allora senti. Adesso tu vai in ufficio, subito, di corsa, prima che arrivino gli altri, prendi 'sto verbale della perquisizione a casa... insomma, casa... nello studio della Galinda e mi chiami con quello in mano».

«Ma...».

«Sbrigati, Sannucci, dammi retta, per una volta».

Poi il vicesovrintendente Ghezzi in licenza di convalescenza mette le scarpe, la giacca, il cappotto, prende le chiavi della macchina e fa per uscire.

«Ma Tarcisio, ma sei matto? Ma dove vai a quest'ora?».

«Torna a letto, Rosa, vado a fare due passi».

«Ma col freddo che fa? Alle sei e mezza?».

Lui fa un gesto di impazienza:

«Su, Rosa, non rompere. Non ho sonno, sto sdraiato da una settimana, o posteggiato sul divano... voglio muovermi un po'».

Poi pensa alla teoria napoleonica che la miglior difesa è l'attacco e ci si aggrappa come un fantino del Palio di Siena alla criniera del cavallo.

«Ma anche tu sei strana, eh? Mi hai fatto tutta una predica, ieri sera, sulla vita sedentaria e lo... come si chiama, lì, lo stile...».

«Lo stile di vita».

«Ecco, lo stile di vita, quelle cose lì delle riviste che leggi tu. E adesso che vado a fare due passi mi rompi l'anima?».

«Ma alle sei e mezza, Tarcisio? Con questo vento che c'è fuori... ma ci sarà meno tre, meno quattro, dove vai... aspetta almeno che ti faccio il caffè...».

«L'ho già preso».

Lei si affaccia sulla porta della cucina e vede la tazzina vuota e la bustina del dolcificante. Così si ammorbidisce, e lui zac, rapido come un pivot dell'NBA spicca il suo salto:

«Dai, su, torna a letto, io arrivo presto».

Poi esce, finalmente, e scende le scale piano, col sorriso del gatto che ha preso il sorcio.

«Eccomi, sov».

Il telefono gli è squillato nella tasca del cappotto due minuti dopo che ha posteggiato all'angolo di corso di Porta Nuova. A quell'ora lì non c'è in giro nessuno, a parte i pazzi che vanno a duecento all'ora in città bruciando i semafori perché pensano che non c'è in giro nessuno, e bisogna stare attentissimi. Si posteggiasse sempre così, semplicemente accostando al marciapiede, come nei telefilm americani, pensa Ghezzi, sarebbe una favola, Milano.

«Dai, Sannucci, leggi».

«Tutto il verbale?».

«No, Sannucci. Voglio sapere se avete trovato delle chiavi».

Ora sente il cervello di quello che lavora e la sua voce che recita un piccolo mantra, scorre al volo le righe del verbale, gira i fogli: chiavi... chiavi... chiavi... E poi:

«No, capo, niente chiavi».

«Ma cazzo, Sannucci, non è possibile...».

«Aspetti, sov... dice le chiavi di casa? Quelle erano nella toppa... e un altro mazzo ce le ha date il nero...».

«Ma no, non quelle di lì, Sannucci! Altre chiavi!».

«Un attimo... c'è un altro foglio con il contenuto della borsetta...».

«E dai, Sannucci, non farmi incazzare!».

«Vediamo... chiavi... chiavi... sì, capo. Ecco qui. Le chiavi della macchina».

«E l'avete perquisita la macchina? Toccava a Carella, no?».

«Sì, capo. Però Carella era preso e se n'è occupato Scipioni... ci ha mandato Cappelli, il ragazzino... ci ha guardato lui, dice che non c'era niente... le solite cose che si tengono in macchina, occhiali da sole, il libretto...».

Ghezzi sente un piccolo prurito alla base della nuca. È solo un attimo, ma lui sa cosa vuol dire. Però non fa una piega, non si lascia travolgere dalla speranza, anzi si prepara mentalmente alla delusione.

Mette su un tono sarcastico:

«Senti Sannucci, ma secondo te, Scipioni è scemo?».

Quello esita, e poi:

«Mah... un pochetto sì, sov».

«E tu, Sannucci, sei scemo?».

«E mo' che ho fatto, sov?».

«Come che hai fatto! Hai mandato un bambino che non troverebbe nemmeno quello che tiene in tasca a fare una cosa importante, Sannucci!».

«Mica ce l'ho mandato io, capo... 'sta cosa l'ha decisa Scipioni».

«E tu, Sannucci, che cazzo di elemento di sintesi sei?».

Lo lascia per qualche secondo a riflettere sul suo nuovo grado che non esiste in nessun regolamento, e poi:

«Ora vai di là... la roba sequestrata la puoi prendere, vero?».

«Certo, sov». Lo ha detto un po' piccato.

«Bene, prendi le chiavi di questa cazzo di macchina e ci andiamo insieme... dov'è?».

«Nel garage là vicino... l'abbiamo chiusa e lasciata là... abbiamo detto di non toccarla...».

«Va bene, ti aspetto, sono qui dietro l'angolo».

«Ma sov...».

«Sannucci, guarda che la Rinascente non è male, eh...».

«E che palle, però! Arrivo».

Dieci minuti dopo sono in un garage sotterraneo di via Fiori Chiari, e Ghezzi non può impedirsi di pensare che un posto macchina lì costa come l'affitto di un trilocale per una famiglia con figli. Lo sa che le cose vanno storte, ma si stupisce sempre. È anche convinto che quando smetterà di stupirsi andranno pure peggio.

Sannucci mostra i documenti al guardiano, e Ghezzi va verso la macchina. È una Audi Tre decappottabile bianca, pulitissima dentro e fuori. Ghezzi apre la portiera del passeggero e si siede. Sannucci apre quella di guida, ma non fa in tempo a sedersi:

«Fai un piacere, Sannucci», dice Ghezzi, «vai a chiedere al guardiano se qualcuno è venuto per vedere la macchina...».

Quello sbuffa e si avvia di nuovo verso l'uscita del garage. Ghezzi guarda ogni angolo dell'abitacolo. Ci sono cassettini ovunque, scomparti, fessure portadocumenti. Non li tocca nemmeno. Scende dalla macchina e si china in ginocchio sul pavimento del parcheggio, scorre i palmi sotto i sedili. Trova un rossetto e due scontrini. Li guarda. Benzina pagata col bancomat. Poi gira i palmi in su e fa lo stesso con la parte inferiore dei sedili. Ma pensa che non va bene. Se quella Anna nascondeva le chiavi lì, da quanto lo faceva? Tre anni? Quattro? Dopo tutto quel tempo le procedure di sicurezza diventano noiose, sembrano inutili... un nascondiglio, sì, ma una cosa rapida, quasi meccanica... Niente nastro adesivo, niente cose che si svitano e si riavvitano ogni volta.

Risale in macchina, questa volta sui sedili dietro, abbassa il bracciolo centrale. Niente. Dentro c'è la struttura in plastica grigia che serve a poggiare le bibite. La tocca. La esplora con le dita. Si muove un poco. La solleva. Sotto, tra quella struttura in plastica portabottiglie e il fondo del bracciolo in pelle c'è un mazzo di chiavi.

Ghezzi se le mette in tasca proprio mentre sente i passi di Sannucci che si avvicinano.

«Nessuno, capo... non è venuto nessuno, a parte l'agente Cappelli e noi».

Ghezzi esce dalla macchina e si spolvera i pantaloni sulle ginocchia. Hai voglia a spolverare, c'è dell'olio. Poi mette il rossetto che ha trovato sotto il naso di Sannucci:

«Porca puttana, Sannucci, questa sarebbe una macchina perquisita? Ma la piantate di fare le cose col culo? E due ricevute, anche! E se erano prove?».

«Beh, capo, ma non lo erano, no? Forse Cappelli le ha trovate e le ha lasciate lì... avrà deciso...».

«Cappelli decide? Da quando? Ma chi, uno che sviene se si graffia un dito affettando il salame?».

Ora si dice: calma Tarcisio, non rovinare tutto. E allora si fa più conciliante:

«Andiamo, va', Sannucci, per fortuna non c'era niente, se no veniva fuori un casino, con Gregori».

Ora sono le nove e dieci, il traffico si incattivisce.

Ghezzi posteggia nella zona di casa, un po' distante, ma un posto buono rispetto a quando è costretto a girare come un pollo nel cortile per vedere se si libera un buco da metterci la Renault. Fa una telefonata.

«Rosa?».

«Dove sei?».

«Qui sotto, vuoi che prenda qualcosa?».

«Ma dai che scendo io, Tarcisio, vieni su che fa freddo...». Però poi si interrompe: «Magari il latte se sei dalla parte del lattaio, di là...».

«Va bene», dice lui, e sta per chiudere.

«Tarcisio!».

«Sì?».

«Quello della Centrale, se c'è. È bianca, la scatola, con scritto alta qualità... non quello a lunga conservazione, eh! Se non c'è quello, prendi la bottiglia di Granarolo... ma non quella blu, cioè, il tappo è blu, ma...».

«Rosa...».

«... Guarda bene la scadenza... e non quello parzialmente scremato, mi raccomando... se ha il tappo verde non va bene...».

«Rosa...».

Ma lei taglia corto:

«Lascia stare, Tarcisio, non sei capace, lo prendo io il latte».

Così il vicesovrintendente Ghezzi Tarcisio, in temporanea licenza di convalescenza, chiude la telefonata e rimette il telefono nella tasca del cappotto. Tira fuori la mano che stringe un piccolo mazzo di chiavi. Le guarda per la prima volta. Due chiavi normali – evidentemente una del portone sulla strada e una dell'appartamento o di quel che è –, una lunga, quella di sicurezza dell'appartamento, e una piccola chiavetta nera, forse della cassetta della posta, pensa. Un anellino che le tiene insieme e un piccolo coniglio giallo che fa da pendaglio e portachiavi.

Non è che si aspettasse un cartellino con l'indirizzo, ma così non servono a niente. Sono chiavi come milioni di altre, e lui sperava in quelle numerate, moderne, che ti vendono con una schedina e un codice, facili da rintracciare. Per la precisione, quelle chiavi che quando te le vendono sembrano le più sicure del mondo, e quando poi ti rubano in casa ti dicono: «Beh, ma se vogliono entrare entrano...».

Invece no. Chiavi normali, chiavi come ce le hanno tutti.

Sarebbe stato troppo bello, si dice.

E anche: sei un cretino, Ghezzi.

Perché sa che le chiavi che tiene in mano sono la differenza tra «me ne occupo per hobby» e «intralcio alle indagini». Su quella cosa lì nel codice penale ci sono capitoli più lunghi dei *Promessi sposi*.

Scuote la testa, le rimette in tasca e sale le scale, senza latte.

16

Carella fuma vicino alla finestra. Gli piace il freddo che entra, pensa che in qualche modo gli schiarisce le idee. Gli piacciono anche i disegni e i ghirigori che fa il fumo quando passa attraverso la lama di luce che entra da fuori. Anche se è mattina l'ufficio è quasi buio, c'è una lampada accesa sulla scrivania, le persiane, a parte lo spiraglio che ha aperto lui per fumare, tutte chiuse. Finché non si trova qualcosa di buono, di utile alle indagini, lì dentro sarà sempre notte, ma questo Carella non lo pensa, non è tipo da metafore, e poi è stanco.

Quando entra Selvi con i caffè non alza nemmeno lo sguardo.

«Fatto?».

«Fatto».

«Vedere».

Prende i fogli che il vicesovrintendente – oggi è in divisa – gli tende. È una lista di nomi. Quattordici nomi, tre cerchiati a penna: il Monterossi, che non sentiranno, per ora. Il nero, il cameriere della vittima, a cui hanno messo dietro un agente, e la puttana del funerale, anche lei con uno in borghese sotto casa.

«Bisogna organizzare il cambio di questi qua», dice Carella.

«Fatto, due turni di dodici ore... non abbiamo tutta 'sta gente».

«Il primo?».

Intende il primo di quelli che hanno convocato.

«Alle nove».

«Va bene, prepara qui, io vado giù un attimo dai guardoni».

Così Selvi sistema la scrivania per il prossimo atto della commedia, la lista dei clienti sopra una pila di cartelline gialle, che sono le informazioni che hanno raccolto su quelli da risentire. Sa che ci vorrà tutto il giorno, se va bene e se nessuno fa i capricci presentandosi con l'avvocato. Poi mette due foto di Anna Galinda sotto l'ultima cartellina, nascoste. Una è quella di lei in barca a vela: la luce di taglio, il sorriso felice, la faccia abbronzata, le gambe che penzolano fuoribordo. L'altra è la prima foto che hanno fatto al cadavere quando sono entrati là dentro: i segni rossi delle scottature sul collo e sul petto, le mani bianchissime con le punte delle dita quasi scomparse, il volto sfigurato dal dolore. E un buco in testa, poco sopra l'occhio sinistro. La luce è quella del flash, quindi è tutto bianco e schiacciato, i dettagli risaltano, sembra di sentirne l'odore.

Carella invece prende le scale a passo svelto, gira un paio di angoli, infila un corridoio e scende qualche altro gradino. È una specie di sotterraneo, i neon bianchi gli danno un'aria da laboratorio, se fosse tutto un po' più pulito potrebbe sembrare un ospedale.

Nella stanza ci sono tre agenti, jeans e maglioni, scarpe da jogging, bicchierini di caffè ovunque, seduti davanti a tre schermi, tutti e tre con le mani sul mouse o sulla tastiera.

«Allora?», dice.

Uno saluta, gli altri due alzano gli occhi dallo schermo e fanno un cenno, sono qui in prestito, quello non è il loro capo, non esageriamo coi salamelecchi.

Parla il più anziano – avrà trentacinque anni – e lo fa scuotendo la testa.

«Con le acquisizioni del materiale siamo quasi a posto, qualcuno ha fatto storie, ma alla fine abbiamo quasi tutto... qui c'è la lista».

Carella prende il foglio e gli dà una rapida scorsa. Sono i nomi dei siti che ospitano gli annunci delle prostitute, sono decine.

«Così tanti?», chiede Carella.

«Sì, sono ventisei, aprono, chiudono... Mica facile stargli dietro... ma gli annunci sono quasi sempre uguali... dovremo guardarli tutti, per quelle con il volto oscurato nelle foto non potremo fare niente, i siti tengono i backup di quello che pubblicano nei server, ma non le foto originali, quando le hanno ritoccate tengono il file buono e buttano il vecchio...».

«Cominciate da Milano», dice Carella, «e fate prima la... categoria più costosa, le straniere non mi interessano, questo dovrebbe restringere il campo».

«Sì, anche di parecchio... ma tanto, per capire se sono straniere bisogna guardare tutto lo stesso... abbiamo cominciato dalle escort di lusso, poi scendiamo nei bassifondi».

Carella si sporge un po' alle spalle di uno dei tre che è rimasto seduto, e fissa lo schermo. Scorrono nomi tutti uguali, Debora, Samantha, Marisol, Luna. Sembrano le schede della questura: qualche foto, spesso molto esplicita, pose ginniche innaturali, divaricazioni improbabili, pochissimi peli, lingue tirate fuori per toccare le labbra, il tempo dello scatto... Poi auto-identikit minuziosi: misure, specialità, lingue parlate. Alcuni siti hanno le recensioni dei clienti. In altri l'annuncio si dilunga in descrizioni di pratiche più o meno fantasiose. Qualcuna ha scritto in grassetto: italiana, come se fosse un optional importante, l'air bag o i fanali allo xeno. Altre suggeriscono di stampare e portarsi le foto, quando si bussa al paradiso, così i gentili clienti vedranno che non ci sono trucchi, che quella dell'annuncio è davvero lei.

«Sono su tutto il giorno, fate un fischio se c'è qualcosa», dice Carella. Poi guarda l'orologio, le 8.43. Allora prende il telefono e schiaccia un tasto di chiamata rapida. «Selvi».

«Sì, ecco».

«Vieni giù, al portone».

Escono dalla questura e vanno al bar lì davanti.

«Dobbiamo stare là dentro tutto il giorno, facciamoci un caffè serio», e questo è Carella.

Intende: almeno per vedere la luce del sole. Che c'è in effetti, e manda lampi gelati in linee perfette, che non le sposta nemmeno il vento.

«È calato un po'», dice Selvi, «era ora».

Poi, mentre zucchera il cappuccino, si decide a parlare. Ci ha ripensato e si è detto che forse sì, con molta fortuna...

«Capo, ho pensato questo».

Quello lo guarda, come per dirgli: dai!

«Mettiamo che questa Anna Galinda avesse un'altra vita. Cioè, i documenti sono falsi, aveva un altro posto dove stare o dove andava ogni tanto, dove teneva la sua roba... diciamo che aveva una sua vita diversa da quella che... diversa, ecco, magari normale».

«Ti seguo», dice Carella attento.

«Che ne so, capo, magari nella vita normale ci stava un fidanzato, un uomo... magari addirittura un uomo non al corrente della sua... ehm... attività».

Carella sta zitto.

«Ora, quella è morta da una settimana. Mettiamo che tu sei il fidanzato di una che non si fa viva da una settimana. Non telefona, non passa da casa... magari è uno che non legge i giornali... ma non necessariamente un uomo. Un genitore, un amico... che fai?».

«Denuncia di scomparsa».

«Ecco».

«Sarebbe un colpo di culo veramente esagerato, Selvi, ma non costa niente, proviamo, bravo, buona idea anche se...».

«Faccio io, capo».

«Sì, ma prima incominciamo a sentire gli stronzi, al primo buco vai».

Il primo degli stronzi è un commerciante di abbigliamento con tre negozi in città, vicepresidente di una potente lobby di bottegai, quelli che vendono borsette da un milione e chiamano le volanti per due neri che spacciano brutte copie Prada a venti euro fuori dal negozio, e dicono che gli rovinano la piazza.

Ha aspettato in corridoio, al caldo, col cappotto di cammello e la sciarpa, quindi adesso è sudato e a disagio sulla sedia che Carella ha messo davanti alla scrivania. Selvi sta in piedi vicino alla porta, alle spalle del tipo, che ogni tanto deve girarsi verso di lui, quando arriva una domanda o un commento acido. Questo aumenta il disagio.

Ha tentato una piccola protesta:

«Mi avete già sentito, quanto andrà avanti questa storia?».

«Quanto serve», e questo è Selvi.

Carella invece non dice niente, apre la cartellina gialla, fa in modo che quello veda la scritta a pennarello sulla copertina. Il tuo nome su un fascicolo in questura non è una cosa che ti distende i nervi.

Carella sposta fogli, finge di leggere.

«Questa pistola?», dice.

«È a casa, chiusa a chiave, mai usata. L'ho comprata due o tre anni fa, ho il porto d'armi, tutto regolare...».

«Un soprammobile», dice Selvi da dietro.

«Era per difesa... con quello che succede... ma...».
«Ma?».
«Ma bisogna andare al poligono, imparare... e poi», abbassa gli occhi e fa un gesto con le braccia, «... il delinquente la sa usare meglio di me, quindi, mi sono detto... non ti compri una stecca per sfidare a biliardo uno bravo, no?».

Se si aspettava un commento comprensivo o anche solo un piccolo annuire resta deluso.

«Parliamo di questa Anna», dice Carella. «Nel 2015 lei l'ha vista... quattordici volte, più due viaggi. Come faceva? Telefonava prima? Prima quanto?».

«La chiamavo il giorno prima, di solito... mi trovavo bene, lei era gentile e non rompeva i coglioni...».

Carella alza un sopracciglio, che in tutto il mondo vuol dire: cioè?

«... Non metteva fretta», dice quello, con un qualche imbarazzo appena attenuato dal fatto che sono tra uomini. «... E niente... pagavo e me ne andavo... 500 euro per un mezzo pomeriggio, di solito, dalle tre alle sei...».

«Ci ha fatto un paio di viaggi, ci risulta».

«Beh, viaggi... ho una barca a Bellagio, sì, ce l'ho portata un paio di volte, ma lei aveva paura del lago... navigarci, intendo... non voleva farlo lì, così ho anche dovuto pagare un albergo...».

La battuta è così scontata che Selvi decide di non farla.

Carella prende la foto di Anna in barca e la allunga sulla scrivania, in modo che quello la veda bene:

«Questa l'ha fatta lei?».

«No... quello mica è il lago».

Ora Carella prende l'altra foto e fa lo stesso gesto.

«E questo l'ha fatto lei?».

Da quella distanza, anche se saranno trenta centimetri, l'uomo non vede bene, sembra solo una donna seduta su una sedia con le braccia appoggiate ai braccioli. Allora la prende in mano, la guarda meglio, e subito la getta sulla scrivania come se scottasse.

«No... io... ma come...», e poi diventa pallido, si tocca lo stomaco, lascia partire un piccolo fiotto di vomito sul pavimento. La colazione.

E poi: niente conoscenze in comune, niente confidenze, niente movimenti o visite sospette in sua presenza. Droga? Mai vista, lui è contrario, di solito beveva un'acqua tonica. Telefonava, andava, faceva, pagava e via, un po' alleggerito nel fisico e nel morale. E nel portafoglio, ma questo era il meno.

Lo tengono lì altri dieci minuti, poi lo lasciano andare via.

Quando esce dalla stanza è bianco come una chiesetta sulle isole greche.

«Chiama qualcuno per pulire», dice Carella a Selvi, «poi vai a fare quella cosa, il prossimo aspetta».

«Già aspetta da un po'».

«Cazzi suoi».

Ora ne hanno sentiti otto – una pena inutile, quelli delle pulizie sono venuti tre volte – e sono le diciotto e quaranta.

Carella si alza e si stira, accende una sigaretta e non si cura più di andare a fumarla vicino alla finestra.

Selvi scrive qualche appunto, sta aspettando, ma non è un tipo nervoso.

«Pausa», dice Carella. E aggiunge: «Qui tra mezz'ora». Poi va al davanzale a spegnere la sigaretta ed esce dalla stanza. Esce anche Selvi. Carella scende le scale, lui le sale.

Quando il sovrintendente Carella entra nella stanza dei guardoni, due sono davanti allo schermo, uno è al telefono che dice con voce irritata: «Manca tutto il 2011, qui, cos'è, cercate rogne?».

Tutti e tre quando vedono entrare Carella fanno no, con la testa. Fa caldo, là sotto, loro hanno volti nauseati. Sono nove ore che leggono quelle cose. Preliminari da urlo, dove le altre si fermano io vado avanti, quarta naturale... e poi sigle all'americana, formule da catalogo illustrato, bacio alla francese, body massage... distinguono alla prima occhiata gli annunci del tipo «elegante, riservata» da quelli più volgari, pieni di parolacce, maiuscole, punti esclamativi. Sono stanchi e schifati, si ricordano i primi giorni di quel lavoro di monitoraggio, alla polizia postale, le battute da caserma, i commenti volgari, i colleghi più grandi che li guardavano sorridendo. Ora non hanno più battute, solo un senso di schifo duro, ruvido come la suola di una scarpa, e sporco uguale.

«Manca molto?», chiede Carella.

Quello che ha messo giù il telefono si avvicina al muro e guarda un foglio appeso con una puntina da disegno.

«Se quegli stronzi ci mandano le cose che mancano, domani sera abbiamo finito».

Domani sera, pensa Carella. È tutto così lento.

«Va bene», dice.

Quando rientra nella sua stanza, Selvi è già lì. Ha una faccia che comunica: niente.

Poi lo dice anche a voce:

«Niente».

Carella va alla finestra a fumare, lo guarda per chiedere, per non parlare, così quello spiega:

«Ho allargato tra i trenta e i quaranta e tutta la Lombardia. Ci sono quattro donne scomparse, credono siano allontanamenti volontari... una è rumena, le altre... le foto non corrispondono, comunque...».

Carella fa un gesto che dice: basta, dai, va bene, ci abbiamo provato, era una buona idea.

«Quanti ne mancano?», chiede.

«Tre».

«Sono qui?».

«Due sì, uno arriva alle sette».

«Mandali via, digli di tornare domani, di mattina».

Selvi esce e torna dopo due minuti.

«Uno dice se può venire dopodomani... domani ha una riunione importante a Roma... lo ha chiesto con molta cortesia, dice che vuole collaborare, ma se si potesse...».

«Chi è?».

Selvi guarda un foglio sulla scrivania.

«Il Morzeni... sai, quello della ditta di allarmi...».

191

Tra i clienti della vittima è il meno peggio, pensa Carella. Tra parentesi anche l'unico che ha un vero alibi. Però non è che vuole mollare subito.

«Cazzo, Selvi, mica siamo dal parrucchiere qui, che si prende l'appuntamento».

«Ma sì... però... È uno a posto, mi sembra, noi non vogliamo che magari domani si presenti con un avvocato, no?».

«Perdiamo un giorno, Selvi!».

«Sì, è vero. Però facciamo finire il lavoro ai guardoni, e poi sentiamo un po' come vanno le cose con quelli là che stiamo tracciando, la ragazza e il nero del cimitero... lo faccio venire presto dopodomani».

«Ma sì, va bene».

Poi Carella torna alla scrivania e rimette a posto le cartelline, riordina un po', aspetta che torni il suo vice, che infatti torna.

«Selvi, lo sai cosa vuol dire questo, vero? Figura di merda o no, se da questi tre non viene fuori niente e i guardoni giù non trovano un cazzo nemmeno loro, bisogna pubblicare la foto sui giornali e chiedere se hanno visto una tipa morta da una settimana».

«Gregori impazzirà».

«Che ti devo dire, andremo a trovarlo al manicomio».

Mentre sta per metterla in un cassetto, guarda ancora la foto di Anna, la versione morta, quella con i dettagli che oggi hanno fatto vomitare tre uomini adulti, quasi anziani, che se la scopavano a pagamento quand'era viva.

«Sì, andava fatto anche prima», dice Selvi che ha capito quello che sta pensando il capo.

Poi escono. Selvi prende la sua macchina in cortile. Carella esce a piedi in via Fatebenefratelli. È buio da un pezzo, il vento è un po' calato, ma il freddo no.

Dieci ore lì dentro, pensa Carella, con quella... merda. Ora respira a pieni polmoni l'aria che c'è fuori, fredda che brucia i bronchi più delle sigarette, prende via Fatebenefratelli verso Brera, dovrebbe andare a casa, o a mangiare qualcosa, o... Invece cammina a passo spedito, senza una meta, finché arriva al Castello. Parla da solo, ma senza muovere le labbra. Ha paura perché gli è già successo una volta, e ne è uscito a pezzi, e sa che non è giusto, che non bisogna farlo.

Non è una questione personale, ecco. Si ripete questo.

All'altezza di una panchina, accanto al piccolo prato che dà sul fossato del Castello ci sono due ragazzini che rollano una canna.

Carella mostra il tesserino, e fa la voce dura: «Che state facendo, polizia!». Quelli fanno una faccia spaventata. Sono piccoli, uno lascia cadere le cartine Rizla grigie.

«Via, via subito, prima che mi incazzo!», dice Carella, quasi lo urla.

Quelli se ne vanno al volo, non di corsa, ma quasi. Allora si siede lui, si porta una mano agli occhi, sente la tensione ritirarsi, sente la rabbia, sente le grida di quella Anna soffocate dall'asciugamano infilato in bocca.

Non è una cosa personale, si dice.

No, non lo è. No davvero.

Non è una questione privata.

È lavoro.

17

Carlo Monterossi ha dormito male. Però si è svegliato bene, perché gli è entrato nel naso quel profumo di caffè appena fatto con cui Katrina sa riempire le stanze di quella casa troppo grande per lui. Allora si è alzato perché sa che ha una cerimonia da officiare, e anche forse che lei se l'aspetta, tutto quel teatrino.

Così esce dalla doccia, si mette un accappatoio azzurro che profuma di pulito e si presenta in cucina con i capelli bagnati, i piedi nudi, la barba di due giorni ancora umida.

Sul tavolo c'è una tazzina di porcellana immacolata, le fette di pane tostato, riccioli di burro, marmellata di albicocche, spremuta, sembra il Grand Hotel, anzi lo è.

Katrina traffica intorno al frigorifero, forse architetta le provviste da congelare, valuta ciò che manca, cerca ingredienti da trasformare in piatti per «signor Carlo». Lui si siede, imburra una fetta di pane, beve un sorso di caffè e si rialza subito. Prende un'altra tazzina, ci versa quello che rimane della moka e la posa all'altro capo del tavolo.

«Su, Katrina, il caffè», dice.

Lei fa ancora quei gesti nervosi come di stizza, però si siede. È un loro piccolo rito, centellinato come tutti i riti veri: lui si confessa, lei lo perdona, bevono il caffè, si fanno una risata. La sua Mary Poppins se lo merita, e poi gli piace sempre quel piccolo imbarazzo di lei nel sedersi a tavola con «signor Carlo», che contiene secoli di scorrerie cosacche, migliaia di verste percorse a piedi nella neve, anime morte, servi, padroni, cose così.

«Dai, Katrina, dimmi. Che c'è che non va? Posso sopportare tutto dalla vita... beh, quasi... tranne te che mi tieni il muso».

Katrina non fa sconti. Non è una di quelle che dicono «niente» e accumulano astio nel sottosuolo, bolle di metano che ti esploderanno in faccia quando meno te lo aspetti. No. È un tronco di betulla moldavo che è stata bambina nel socialismo reale e dopo adulta qui, nel liberismo surreale, e quindi governa le sue emozioni come un soldato confederato il suo fucile ad avancarica. E sempre con l'appoggio esterno della Madonna di Medjugorje, che ora li guarda dalla sua calamita sul frigorifero.

«Lei porta a casa quella ragazza, signor Carlo. Quella... *putana*... non è bene, non si fa... perché ha fatto?».

«Credi che io paghi per andare a letto con una donna, Katrina?», dice lui. Sorride.

«Io non credo, ma è sempre un uomo... chi sa!».

Ora Carlo ride. Gli sembra che sorrida anche la Calamita Santa, perché quelle due sono alleate strette e tutte e due la cosa sugli uomini che... «chi sa!» la pensano di sicuro. Non un sorriso, non proprio, piuttosto la piega delle labbra che fanno le madonne, una smorfia divertita e tenerissima, una piega delle labbra anche... ironica, sì, che dice: come siete piccoli! Come vi amo!

Carlo vorrebbe prenderla un po' in giro, adesso, Katrina, suscitare in lei quelle reazioni che conosce e lo divertono sempre: scandalo e riprovazione, i gironi dell'inferno, le punizioni divine, i settantaseimila anni di purgatorio che lo aspettano. Invece le dice:

«Non con quella, Katrina... diciamo che non è il mio tipo. Ma se vuoi saperlo ti spiego che ci faceva qui e... in un certo senso sì, sono stato, qualche sera fa, sì... con una... come hai detto? *Putana*...».

E le racconta tutto. Della cena, il pollo, ricorda? E della ragazza... no, giovane donna... che lo aveva abbordato. E di come lui avesse provato un'ebbrezza leggera che non sarebbe finita in sbronza, proprio no. E di come l'avesse seguita anche senza capire il perché, e di quello che si erano detti – e fatti niente – e di come poi era andata avanti la storia, l'omicidio, la polizia, il vicesovrintendente Ghezzi ospedalizzato, quel nero che ha visto, quel Meseret che ha mangiato le sue lasagne, e poi quella Serena che è venuta lì.

Perché?

Boh, questo non lo sa bene nemmeno lui, ma lo racconta lo stesso. Che quella si è forse spaventata, che gli ha portato un biglietto che può essere un indizio, che voleva sapere se avevano scoperto qualcosa, anche se questo – ci pensa mentre lo dice – è abbastanza incongruo, incomprensibile.

Ora Katrina è, lei da sola, un intero presepe di pie donne tramortite dall'idea del Peccato. Prega la sua Vergine e trema per le fiamme eterne, passa dal disgusto per la lussuria degli uomini alla pietà per le loro assurde piccolezze. Nei suoi occhi saettano i gironi danteschi, i diavoli sadici che infieriscono, la chiamata finale con il conto della vita da rendere alle Alte Sfere, dolore biblico e dannazione forever. Mette su uno spettacolo di condanna e stupore che porta ovviamente all'invocazione di grazie e miracoli che a Carlo sembrano voodoo, magie nere. Ha disegnata in faccia la pietà per quella... Anna?... sì, e forse anche un po' di compassione per l'altra, la *putana* vestita proprio da *putana*... Anche se, come tutti i cattolici, non può impedirsi di immaginare la scena, di visualizzare quella che si spoglia per i clienti, che apre la diga della camicetta e... e lì la sua pietà un po' vacilla, e tornano le fiamme dell'inferno.

Carlo comunque va avanti.

E il Ghezzi? Sì, se lo ricorda, era il signore vestito da pompiere alla festa dell'anno scorso, quella festa con... Katrina non lo dice, sposta gli occhi da altre parti, ma Carlo vuole farle vedere che non ha paura.

«Con María, sì».

Piccola fitta, sempre lì, tra il cuore e l'ascella sinistra.

Katrina non lo interrompe nemmeno per dire la sua pietosa bugia, che «signorina María torna, signor Carlo, torna», il che aumenta l'intensità della fitta.

E anche quell'Oscar che sta sempre in mezzo, che la Madonna faccia un po' di straordinari e tenga lontano dai guai pure lui, che magari è un bravo ragazzo, per quanto, boh, questo non si può dire con certezza.

Alla fine del racconto, Katrina ha gli occhi di una che ha già perdonato, anche se finge di dover ancora decidere se farlo o no.

Ma è una donna pragmatica, una che non ci gira intorno.

«Lei ancora guai, signor Carlo, perché?».

«Perché quello che succede non è giusto, Katrina», dice lui. Però sa che lei ha ragione.

Sì, lo pensa anche lui. Anzi. L'ha pure detto a brutto muso a Oscar, quando lo sciagurato pensava di forzare serrature e giocare a Fantômas. Ma... starsene buono e zitto? Aspettare gli eventi? Leggere i giornali sperando di trovare in un titolo la soluzione del caso?... Sono cose che non vanno d'accordo con la sua rabbia.

Eppure, come ha detto Ghezzi? Ci sono due squadre al lavoro, più lui che non dovrebbe pensarci ma ci pensa. E con mezza questura che si danna l'anima arrivo io? Io il giustiziere? Io il detective? Non scherziamo, si dice mentre imburra un'altra fetta di pane tostato. Non diciamo cazzate. Occupati delle massaie di Novara attaccate al palo, dei loro mariti derisi dai carpentieri, del monologo gozzaniano di Flora De Pisis, dei trucchetti televisivi per imbesuire i popoli, di audience, di whisky costosi, di ragazze che non tornano, dei tuoi blues da bon vivant, lascia stare legge e giustizia e...

Carlo Monterossi, l'Uomo Che Si Frusta.

Ma poi.
Poi non vuole nemmeno che sia la rabbia a guidare le sue azioni. Non perché abbia qualcosa contro il furore, l'astio, l'odio, che sono venuti a trovarlo anche stanotte. Una danse macabre di dita ustionate, di proiettili in testa, di corpi freddi a fargli il girotondo. No, non per questo, ma perché capisce che sarebbe ancora una volta mettersi al centro della scena, una questione di egoismo. Lui vivo che fa il protagonista, che fa il fenomeno, e quella là invece morta in una cassa anonima, con quattro gatti a salutarla al funerale.
Solo una cosa Carlo Monterossi vuole per sé, una sola: non sentire più, quando chiude gli occhi, il rumore di quella serratura.
Clac.

Katrina, che lo vede pensare e scuotere la testa, si alza e mette la sua tazzina nel lavello, ricomincia a trafficare con le provviste e il frigorifero, anche se i suoi gesti non sono più nervosi, il suo corpo non comunica più disappunto e stizza, come se Carlo l'avesse sollevata del peso della delusione, ma gravata di un altro più difficile da portare, la tristezza che ha lui. Una parte, almeno.
«Ma sì, Katrina, hai ragione tu», dice ora con il bicchiere di spremuta in mano.
E siccome lei lo guarda senza capire, continua:

«Me ne tiro fuori, ci rinuncio, niente guai. Parlerò con il poliziotto, il Ghezzi, sai, e ci penserà lui. Basta».

Poi gli viene un'idea e se la accarezza per qualche secondo. La guarda da più angolazioni, sotto luci diverse, ci gira intorno, e fa uno di quei suoi sorrisi che non sono sorrisi, più un contrarsi del labbro, a destra.

«Aspetta», le dice. Va in camera a recuperare il telefono e fa una chiamata veloce, due minuti, poi torna in cucina e si rivolge ancora alla sua Mary Poppins, la sorprende a discutere con la Madonna, che sta pure alzando la voce: «Lo vogliamo aiutare questo signor Carlo o no? O battiamo la fiacca?». Non chiede il miracolo, lo pretende, lo richiede come dovuto... non mi avete dato voi questo tagliando valido per scorciatoie sante? Beh, eccolo, fuori il miracolo.

Carlo non vorrebbe interromperla, ma la cosa ora è urgente.

«Katrina, ce la fai a preparare una cena... diciamo per sei? Stasera?».

Che domanda.

Colonnello, ce la fate a prendere quell'altura? Nonostante il mortaio nemico? A scavare le trincee?

Katrina lo guarda come se fosse in una scena di *Apocalypse Now*.

«Certo, signor Carlo, che io riesce».

Ma lui teme che ora cominci la raffica delle domande: carne o pesce? Una bella zuppa per cominciare? Tortellini in brodo? O magari un timballo? O l'arrosto? Sì, l'arrosto, forse... Ma anche un bel brasato, però...

con questo freddo... fare le salse, presto. O pesce? Qualcosa di speciale, però...

Così Carlo le dice: «Alle nove». E aggiunge: «Tu sei invitata, Katrina, mi raccomando!».

«Ma... io...».

È sempre così, rispetto dei ruoli, gerarchie, stare al proprio posto... Ma Carlo non ha intenzione di pregarla né di convincerla, né di spolverare un qualche interclassismo peloso da quartieri alti.

«Avrai un compito».

Come dire: mi servirai, e questo la tranquillizza. Ma siccome ora è un reparto sceltissimo nel cuore della battaglia, lei non lo ascolta più ed entra in modalità «cena per ospiti di signor Carlo alle nove», una delle più pericolose.

Carlo si veste ed esce, perché ha un appuntamento.

Mette i jeans più comodi che ha, le scarpe pesanti, sta per scegliere una giacca, e quella che aveva la notte di Anna – l'ultima notte di Anna – lo guarda dall'armadio. È una giacca blu, in cachemire, ovvio, del tipo che i sarti chiamano destrutturata, calda come un maglione, morbida, usata un milione di volte. Sì, d'accordo, si è offerta lei, e Carlo ci scivola dentro.

E così alle undici e venti è seduto in un bar di viale Brianza, con una tazzina davanti, mentre il gestore cinese pulisce il banco e due vecchie con la borsa della spesa si raccontano segreti che non hanno. La Stazione Centrale a due passi, il traffico lento sul viale a due corsie, pochi avventori frettolosi che prendono un caffè e scappano, una volante che si ferma in doppia fila e i poliziotti che entrano per un caffè anche loro, poi via di nuovo, con le radio alla cintola che gracchiano a volume basso. E Carlo aspetta. Non ci può essere luogo più anonimo. Ma come li trova 'sti posti Oscar?, si chiede.

Poi quello arriva e si siede vicino a lui.

Nemmeno ciao. Invece dice:

«Meseret lavora per te, giusto?».

Meseret. A parte un accenno nel riassuntino fatto a Katrina, Carlo se n'era quasi scordato.

«Beh?».

«Gli ho chiesto di fare una cosa».

«Vogliamo fare i misteriosi o me la dirai prima di pranzo?», chiede Carlo. Non sa perché, ma è irritato.

«Gli ho chiesto di stare un po' davanti a casa di quella... amica di Anna... la casa dove non vuoi che io entri...».

Carlo guarda l'amico come se avesse parlato in swahili, ma è un attimo.

«E perché?».

«Perché se l'abbiamo trovata noi potrebbe trovarla anche l'assassino», fa Oscar come se fosse ovvio.

«Ma Meseret... che fa un appostamento? Come?».

«Gli ho dato la mia macchina, tranquillo, sta al caldo, non ha battuto ciglio, ha chiesto se tu eri d'accordo, gli ho detto di sì, gli ho detto di portarsi da leggere, se voleva, deve solo guardare chi entra e chi esce, e se tra quelli che entrano ed escono c'è qualcuno che lo insospettisce, uno che cerca, uno che esce con qualcosa che non aveva quando è entrato. Uomo, probabilmente tra i trenta e i cinquanta, deciso ma circospetto».

Carlo sbuffa. Non è d'accordo, no che non è d'accordo. Ma se dovesse spiegare il perché non lo saprebbe dire. E poi è sicuro che Oscar abbia in tasca decine di argomenti e ragionamenti per convincerlo. Meseret... mah, perché no? È un lavoro come un altro, dopo tutto. E allora, quando ha finito di sbuffare dice:

«Basta che non corra rischi».

«Sì, rischia di rompersi le palle, addormentarsi e scaricarmi la batteria se sente la radio col motore spento».

Carlo sorride. E ora tocca a lui fare il capo. Oh, finalmente.

«Allora?».

«Allora niente. Niente in rete, niente facebook, niente notizie, ma...».

Carlo aspetta.

«... Allora, ho appena cominciato, ma un Amilcare Neroni l'ho trovato, sì, ha sei anni, fa la prima elementare, il padre è macellaio, madre casalinga, via Mac Mahon 101, bilocale, se cerchiamo un tesoro non ce l'hanno quelli lì, poco ma sicuro».

Carlo aspetta ancora.

«Quindi niente, ma potrebbe essere di Bergamo, di Brescia, per quanto ne sappiamo di Nassau, Bahamas, Tokio, Cefalù. Oggi mi danno una risposta in Lombardia... tessere sanitarie... e forse potrei avere anche una risposta da tutta Italia... Inps, e poi», allarga le braccia, «non sono mica la Cia, più in là di così non arrivo, sugli elenchi del telefono non c'è, ma chi li usa più?».

Ecco fatto, pensa Carlo. Fine corsa. Non è che non sono capaci, cioè, anche... è che non è il loro mestiere, non hanno gli strumenti, non...

Ora nel bar è entrato un tizio che si guarda intorno. Ha un impermeabile marrone, di quelli da vaquero australiano. In quel bar sembra la comparsa di un film che è andata a bere qualcosa alla mensa degli studios, senza cambiarsi il vestito di scena.

Milano è un posto interessante, sapete, se vi piacciono i pazzi.

Oscar si alza e lo raggiunge al bancone. Il cowboy di Sydney ordina un caffè, parla con Oscar per due minuti, parla solo lui, Oscar annuisce, fa qualche domanda, l'altro risponde rapido.

Poi si stringono la mano e il tipo se ne va. Oscar torna da Carlo, che lo guarda come i bambini guardano il mago dopo il numero del coniglio.

«Niente, cose mie», dice quello.

Quindi Carlo è un po' meno curioso, come dopo il numero del mazzo di fiori. Ma siccome ha ancora la domanda negli occhi, Oscar si decide:

«Uffa! Uno che sa delle cose e me le dice. Su quel... lo sceriffo, là, il fascistone, il Devoluti... gioca al lunedì e al giovedì, sempre. Poker, perde di brutto... è sotto di quarantamila, solo l'ultimo mese...».

Carlo lo guarda come dire: beh?, anzi lo dice.

«Beh?».

«Beh, niente. Sono cose che mi piace sapere... il cowboy mi doveva un favore».

Poi Oscar si leva la faccia di quello che risponde alle domande e indossa l'espressione di quello che le fa:

«Spiega».

«Spiega che?».

«Spiega 'sto Amilcare Neroni. Hai detto di cercare, ho cercato e sto cercando, se ne sapessi di più...».

Allora Carlo gli racconta da dove viene quel nome... che la ragazza, Serena, gliel'ha detto al cimitero... no, al bar dopo il cimitero, che lui aveva detto vabbè, sarà un cliente ricco che Anna chiamava il mio tesoro, ma che lei aveva detto no, no, sono sicura, lui è quello che ha il tesoro, che glielo tiene.

Ora Oscar riflette.

«Forse ho sbagliato», dice. Ma non a Carlo, lo dice a se stesso, pensa ad alta voce.

«Cioè?», chiede Carlo.

«Cioè ascoltami. Segui... Con calma... A quanto ne so la polizia non sta combinando un cazzo. Non è colpa loro, è un caso rognoso, non ci sono appigli, lo vedi, no?, tutte strade chiuse. Scipioni è un coglione e lo sanno tutti, ma Carella no, Carella è uno tosto, uno che la prende sul personale, sono sicuro che sta cagando vetro per venirne a capo...».

«E allora?».

«Allora noi abbiamo tre indizi. La casa di Anna, la casa vera...».

«O della sua amica», dice Carlo.

«Va bene, o della sua amica, ma io credo che sia la sua... poi abbiamo questo Amilcare Neroni che non esiste, o ha sei anni e studia le tabelline, e poi abbiamo quel biglietto da visita con scritto... com'era?».

«Terrazzo di Ponente».

«Ecco, altro mistero. Dunque risultato: noi tre, polizia zero. Ma non è questo... c'è una cosa che mi rode...».

«E dilla, cazzo!», ora Carlo è spazientito davvero.

«La dico. Di 'sti tre indizi, chiamiamoli così, due ce li ha dati quella là, Serena».

Carlo sobbalza. È vero.

«Forse Meseret dovrebbe fare la guardia là, da lei, e non a una casa vuota», dice Oscar.

«Beh, ma non sappiamo nemmeno dove sta», dice Carlo.

Oscar lo guarda come se avesse davanti un deficiente che per di più non studia, non si applica, non frequenta. Estrae il telefono dalla tasca della giacca a vento, schiaccia due tasti e lo passa a Carlo, che guarda il display.

Prima guarda la foto, che non ha bisogno di didascalie, poi legge:

Bianca Luna, la più porca di Milano, quarta naturale, preliminari come vuoi tu, senza fretta, ambiente tranquillo e climatizzato. Con me puoi fare tutto, disponibile anche con amica...

E si ferma lì, perché il testo va avanti, ma lui ha capito e gli basta così.

C'è un numero di cellulare.

«Via Capecelatro, è a San Siro, una palazzina a due piani, lei sta al piano terra, persiane sempre chiuse, sul citofono c'è scritto Luna».

Ora Carlo non sa che dire. È vera... la stranezza dei due indizi, intende. È vero anche che quella non ha spiegato bene... ma cosa doveva spiegare? Una ragazza così, non una cima, non un genio del crimine, anzi, una che gli sembrava anche confusa, non spaventata, ma...

«Ti sei incantato?», chiede Oscar.

«'Sto Carella lo conosci?», dice Carlo riprendendosi dai suoi pensieri.

«Non di persona, ma sì, è uno noto, è uno dei migliori, uno che chiude i casi, come il Ghezzi... forse un po' più furbo, visto che lui un po' di carriera la fa».

«Portiamogli tutto». Poi Carlo fa un segno con una mano perché vede che l'amico sta per incazzarsi. Un gesto che dice, aspetta, aspetta, lasciami parlare. E così va avanti: «Noi abbiamo delle cose che possono servire, loro non hanno niente, gliele diamo, magari loro lo trovano 'sto... Neroni, e nella casa ci entrano col mandato. Magari lo scoprono loro cosa cazzo vuol dire "Terrazzo di Ponente"... se tu dici che è uno bravo...».

«No», dice Oscar.

«Ma, scusa...».

«No».

«Ma perché?».

Oscar Falcone non risponde. Non saprebbe esattamente cosa rispondere, se non che non gli va di portare l'osso alla polizia ora che ha scavato e l'ha trovato lui, ora che sente che si può andare avanti col lavoro. Ma sono idee vaghe, si rende conto che sarebbe la decisione più sensata, però sa anche che lui, le cose sensate... insomma... E sarebbero anche rogne, perché Carella è uno che va al punto, e se gli porti un elemento che gli serve non farà tanto il difficile, ti direbbe un vaffanculo che sembra un grazie, ma il giudice si incazzerà parecchio, e Gregori si gonfierà come una rana-toro... Insomma, è un po' tardi, no?

Allora Carlo gli tira una ciambella.

«Diciamolo al Ghezzi».

Oscar alza la testa, lo guarda. Sta pensando. Il Ghezzi non c'entra con l'indagine, però... È sempre un poliziotto, non c'è dubbio... Però di lui si fida... Cioè, anche degli altri si fida, va bene, ma pensa che con Ghezzi la cosa possa restare... in famiglia, pensa che in quel modo non sarebbe tagliato fuori del tutto... è una storia che gli interessa e non vuole perderla... E poi, lui non è Carlo, lui non ha bisogno di dire che prova rabbia per essere rabbioso.

«Devo pensarci», dice.

«Non molto, perché viene a cena stasera».

«Chi?».

«Ghezzi e signora».

«Quindi avevi già deciso».

«Un po'».

«Sei uno stronzo».

«Meglio Carella?».

«A che ora?».

«Alle nove, naturalmente sei invitato».

«E allora anche Meseret».

«Anche Meseret, certo, anzi diglielo e digli di levarsi da quella casa».

«Sì, glielo dico alle nove meno un quarto».

«Sei uno stronzo».

«Sì, qualcuno lo dice».

Oscar si alza, chiude la giacca a vento ed esce dal bar. Carlo lo vede attraverso la vetrina che combatte con il vento per indossare il suo cappuccio di lana. Se ne va a piedi in direzione Loreto, con le mani nelle tasche e la testa chinata per non farsi tagliare la faccia dal freddo.

Carlo si alza con più calma, raccoglie il telefono, le chiavi della macchina e va verso il bancone. Il cinese sta leggendo un giornale cinese, le vecchie sono ancora lì, parlano di mariti che sono solo un ricordo.

«Pago i caffè», dice al barista.

«Tre euro».

«Erano due, veramente».

«Tre caffè, tre euro», dice quello, e Carlo si ricorda del tizio vestito da cowboy australiano che ha parlato con Oscar.

«Ha ragione, mi scusi».

Cerca qualche moneta nei jeans e nella tasca della giacca. Non ne ha e allora tira fuori dal portafoglio un biglietto da dieci. Mentre aspetta il resto, rimette la mano in tasca, perché ha sentito che c'è dentro qualcosa. Ne tira fuori un cartoncino bianco, piccolo.

Sopra c'è un nome, «Anna Galinda», e due labbra rosse. E due cifre scritte a penna nera, un po' sbavate:

14598
211264

«Resto», dice il cinese.
Carlo lo guarda.
«Resto, sette euro», ripete quello.
Carlo prende i soldi e li infila in tasca, si gira e apre la porta. Ma non esce e non rientra, sta lì a guardare quel biglietto bianco:

14598
211264

Non sente il freddo, non sente nemmeno l'aria che gli si muove intorno e gli morsica le orecchie, non riesce a togliere gli occhi da quel quadratino di carta.
«La porta!».
Una delle vecchie.
Esce su viale Brianza, nell'inverno di Milano.
Ora lo sente, il freddo. E il vento.

18

L'agente Iossia ha freddo. Sta pensando che sta in quella cazzo di macchina da nove ore e non può nemmeno accendere il motore, cioè, non potrebbe, secondo logica, per non farsi notare troppo, per non dover mandare via a gesti quelli che se vedono una macchina accendersi e uno scappamento fumare nell'aria gelata pensano subito al posto libero, tirano giù il finestrino e gli dicono:

«Esce?».

Macché, lui non esce, cazzo. Sta lì a guardare il portone del 38 come un cretino, il posto dove batte quella là... Bianca Luna, che razza di nome. Ha visto l'annuncio, piccoletta ma scopabile, pensa.

E ogni tanto il motore lo accende lo stesso, mica può congelare, là dentro. E un paio di volte è andato al bar lì vicino: caffè, pisciare, i titoli della *Gazzetta*.

Che poi, cosa dovrebbe sorvegliare non si sa. Lei è uscita solo dieci minuti, verso le undici, per un cappuccino. Se era vestita da troia non l'ha visto, perché aveva un cappotto lungo, ma insomma, si sa il lavoro che fa, quindi... Carella ha detto: guarda se con lei va e viene qualcuno, se ti dà l'impressione che abbia un cliente che non è un cliente, uno che torna spesso o che abita lì con lei.

Macché. I clienti, poi, li riconosci perché arrivano al portone e invece di suonare il citofono telefonano, e l'apriporta scatta quasi subito. Chi abita lì ha le chiavi. Solo un tizio ha citofonato due volte e gli hanno aperto, quindi non andava da lei, ha pensato Iossia. Uno grosso è entrato e uscito subito, pochi minuti, che non ci stava nemmeno una sveltina.

E ora l'agente Iossia si è veramente rotto i coglioni.

A fare la scenetta del telefono davanti al portone, guardandosi intorno come se fossero il palo di una banda, guardinghi e circospetti come cani che temono la bastonata, sono stati in sette, dalla mattina. La ragazza si dà da fare, rischia di raccattare in un giorno i soldi che lui tira su in un mese, solo dando via la fica. Iossia non riesce a smettere di pensarci e questo gli mette una piccola rabbia, che si somma ad altre rabbie e rancori sparsi, lì a trentasei anni, seduto al freddo. Ogni tanto, per passare il tempo, si rilegge l'annuncio.

La più porca di Milano, sì, buonanotte.

E poi.

E poi lo sapete come prendono forma i pensieri, no? Che ti vengono in mente e tu dici no, no, no, che pensiero cretino. Poi dici, no, però, se fosse... e da lì piano piano scollini come Coppi sul Pordoi verso un perché no?, che ancora ti suona male e contiene timori e prudenze. Ma sei lì e ci pensi, e ti rode, e ti scava. E allora cominci a limare quel perché no?, come fa un

213

orologiaio con gli ingranaggi, piano, lento, metodico. E dopo un po' il perché no? diventa, ma su, fallo, che cazzo ti frega.

E dopo dieci minuti l'agente Iossia, un giubbotto marrone sui jeans e le scarpe a carrarmato, è lì che suona il citofono con scritto Luna, e quando una vocina quasi timorosa dice... sì?, lui dice: Polizia.

E poi entra e lei ha una sottovestina che non copre niente e lo aspetta dietro la porta socchiusa. Lui non mostra nemmeno il tesserino, perché sa farlo capire al volo, che è uno sbirro. Non ha l'andamento titubante e timido dei clienti, entra senza cerimonie, la sposta, quasi.

E dice compiacendosi della sua arroganza, perché pensa che con quelle lì ci vuole:

«Su, da brava. Fammi 'sto lavoretto che finisco il turno e vado a casa contento».

Serena... no, Bianca Luna fa un piccolo sospiro. Perché quando suona il citofono sa che sono rogne, che gli altri telefonano, i clienti che hanno visto l'annuncio, e poi le è già capitato, sa come funziona. Spera e prega che non suoni di nuovo ora, che non arrivi quello là che va e viene come un padrone...

E allora pensa, va bene, dai, facciamo in fretta, che così finisco anch'io 'sta giornata di merda, e lo guarda mentre quello si apre la cerniera dei pantaloni e le ringhia qualcosa che lei nemmeno ascolta. E lei invece si siede sul letto, apre un cassetto e tira fuori un preservativo nella sua bustina.

«Vieni qui», dice.

19

Carella ha detto: a qualsiasi ora o quando finite il turno. A qualsiasi ora vuol dire proprio quello, a qualsiasi ora, e si intende: se succede qualcosa. Se invece va tutto liscio e niente da dichiarare, allora quando smontate e arriva il cambio.

Così sono le nove e a Carella suona il telefono.

È seduto con le spalle alla cucina in una trattoria a Porta Genova, vicino a casa. Si può dire che è la sua sala da pranzo, tanto ci va spesso. Un posto alla buona, se non c'è ressa gli tengono il tavolo, e lui mangia sempre le stesse cose, bistecca, insalata, acqua minerale. Poi sta lì a leggere, o a pensare, si alza solo per andare a fumare fuori e poi rientra a sedersi. Il cameriere è un siciliano di mezz'età che non dà confidenza e non ne vuole, e a Carella va bene così. Qualche frase ogni tanto, quel che basta per fargli capire che lo riconosce, che non è un cliente come gli altri. Oppure gli dice il piatto del giorno, che lui non prende mai. Quel grado zero virgola di confidenza sufficiente a dire «dottore, nessun problema, mi paga domani» se lui ha una banconota troppo grossa e loro non hanno il resto. Solo una volta gli ha chiesto perché non se ne andava a casa, e Carella aveva pensato a quel racconto di Hemingway con il vecchio che sta al bar troppo a lungo. E invece aveva risposto scherzando:

«No, a casa ci ho i fantasmi».

Il cameriere aveva riso, ma non di cuore. Riso e basta.

Ora Carella a casa ha il fantasma di Anna Galinda. Si ripete che non è un caso personale, non è una questione privata, ma intanto il fantasma sta là.

Per rispondere aspetta il terzo squillo, poi si decide. È quello che sta dietro al nero, l'agente Manunzio.

«Allora?».

«Mah, smonto adesso, sov, una cosa strana», dice Manunzio.

«Avevo detto di avvertire».

«Sì, capo, ma non c'era niente da avvertire».

«E allora che cosa strana è?».

«Niente, da stamattina a mezzogiorno quello, il nero, se n'è stato seduto in una macchina, a fare niente. Un po' leggeva, un po'... boh, magari dormiva... ogni tanto scendeva e faceva due passi, ma sempre lì, mai allontanato dalla macchina, sov».

«Che macchina?».

«Una Passat grigia».

«Domani prima del turno mi fai un controllino sulla targa».

«Capo, dodici ore di appostamento e anche il controllino?».

«Non mi rompere i coglioni, segna gli straordinari».

«Ho una moglie io, capo».

«Male, hai sbagliato a sposarti, o hai sbagliato mestiere».

«Vabbè, capo, a domani, eh!».

«Oh, Manunzio!».

«Sì, sov».

«Ma sei scemo? E dov'è 'sta macchina?».

«Ora se n'è andato, capo, alle nove meno venti se n'è andato, io ho avvertito Candini e credo che gli stia dietro lui».

«Manunzio, non mi fare incazzare. Ora lo dico piano, così magari capisci: il tipo che è stato nella macchina tutto il giorno, dove stava? Dov'era la macchina? Fermo dove?».

«Ah, intendeva quello! Viale Montello, sa dove c'è il distributore? Ecco, lì».

«E che faceva?».

«Gliel'ho detto, sov».

«Manunzio, ho capito. Hai avuto l'impressione che aspettasse qualcuno? Che dovesse consegnare qualcosa, o riceverla? O sorvegliava?».

Che fatica, pensa Carella, che cazzo di fatica.

«No, capo, prima ho pensato che faceva un appostamento, ma mica si fa così, cioè si faceva vedere, saliva, scendeva, su il vetro, giù il vetro, motore acceso, motore spento, insomma no, non sembrava lì di nascosto, ecco».

«Vabbè Manunzio, fammi 'sto controllino domani mattina, dopo casomai lo convochiamo, vai dalla signora adesso, ciao».

«Da chi?».

«E dalla moglie, Manunzio! Svegliati, va'».

Chiude la telefonata e appoggia il telefono sul tavolo, con malagrazia. La gente ha la moglie, pensa Carella. Ha un posto dove vuole tornare in fretta, un posto migliore di quelli dove li mando io.

Fuori dalla vetrina della trattoria, sta per adunarsi la movida dei Navigli, è tutto un lampeggiare di doppie frecce per le macchine in seconda fila, un muoversi di gruppetti, un indicare mete, suggerire nomi di locali. Il vento rende tutto più frenetico, pensa Carella.

E Anna? Ci andava a ballare, o a bersi un bicchiere con le amiche? Fuori, sulla strada, si vede attraverso il vetro della trattoria che trema quando passano i tram, è l'ora che fa incrociare i primi che escono e gli ultimi che tornano a casa, una specie di cambio della guardia, fine produzione, inizio divertimento, pronti? Via!

Ora ci andrà anche lui, a casa. Il tempo di un ultimo caffè e magari telefona anche quell'altro coglione, l'agente che sta dietro alla ragazza.

Che infatti chiama quasi subito, sono le nove e venti.

«Iossia, sov».

«Allora?»

«Allora niente, una decina di clienti, telefonano quando arrivano al portone e lei gli apre».

«Movimenti strani?».

«Macché».

«Va bene, Iossia... puoi andare, mi sa che lei chiude bottega, hai fatto il cambio?».

«Sì, è arrivato l'agente Crespi, se quella esce le andrà dietro».

«Bene».

«Ehi, sov?».

«Dimmi Iossia».

«Domani uguale?».

«Sì, Iossia, mi spiace ma è così, ne avremo per un paio di giorni se va tutto bene».

«Per me va bene, capo».

20

«Ma Tarcisio, ma cosa mi metto?».

Lui l'aveva guardata con quel misto di gentilezza e sconforto, quasi ammirazione per una che dopo venticinque anni insieme riesce ancora a farti cascare le braccia. Poi aveva deciso di prenderla solo un po' in giro.

«Una minigonna andrà benissimo».

«Cretino! Alla mia età! Ci saranno altre signore eleganti!».

«No, non credo, saranno tutti uomini brutti, noiosi, tu ti annoierai a morte, quindi stai tranquilla».

Era così dalla mattina, dalla telefonata del Monterossi. Un invito a cena, a casa sua, una stranezza, ma non poi così strana, dopo che uno è venuto a trovarti all'ospedale... Certo, va detto: il Ghezzi e le serate mondane vanno d'accordo come i serbi e i bosniaci, ma solo quando sono proprio incazzati. E l'istinto gli diceva che c'era anche altro, qualcosa che riguardava quell'indagine che non era un'indagine.

Però... sì, gli aveva fatto piacere, e le aveva gridato dal soggiorno:

«Non metterti a spignattare troppo, che stasera ti porto a cena dai ricchi».

Da quel momento, l'inferno in terra.

Agitazione, ansia, corse veloci all'armadio, architetture di accostamenti. Povera Rosa, aveva pensato lui, ha tre golfini in croce e sta lì davanti allo specchio come Audrey Hepburn prima di andare in vespa con Gregory Peck. Ma poi, quello era stato il meno, perché nel sonnambulismo leggero del primo pomeriggio – sonnambulismo di lui, perché lei sembrava agitata come un assaggiatore dei narcos – aveva tirato fuori un'altra questione.

«Ma Tarcisio! Ma cosa portiamo?».

«Come cosa portiamo?».

«Ma non si può mica andare a casa di quel signore lì, quel Monterossi, a mani vuote!».

«Non portiamo niente».

«Ma che figura, Tarcisio!».

«Me l'ha detto lui, me l'ha vietato espressamente, mi ha detto: Ghezzi, non porti niente che mi offendo».

Lei non ci crede nemmeno per un secondo, ma si adegua... che poi a uno così, cosa vuoi portare? Allora è sparita per un paio d'ore al grido di battaglia, una specie di danza rituale, che rimbombava per casa:

«Almeno il parrucchiere!».

E finalmente, alle otto e venticinque, si è presentata in salotto.

«Come sto?».

E lui che non ne poteva più non si è voltato nemmeno e ha detto:

«Bene».

«Ma Tarcisio! Non mi hai neanche guardato!».

«Ma se ti vedo da vent'anni! Su, su, andiamo che là non si posteggia».

Ora Katrina è all'offensiva finale, vede la vittoria, ne sente il gusto, ci manca solo che dica: «Adoro l'odore del cibo alle nove meno dieci», e se lo dicesse si sentirebbe un rumore di elicotteri.

Fa un ultimo giro di controlli: se ha calcolato bene sarà tutto perfettamente sincronizzato alle ventuno e quindici ora locale, emisfero nord, meridiano di Greenwich.

Carlo ha fatto partire dal Mac collegato alle casse dello stereo una playlist inverecunda, che tiene a volume bassissimo perché gli consente un gioco che lo diverte: centinaia e centinaia di canzoni di Dylan cantate da altri. Non sente veramente – il volume è basso davvero – ma coglie un verso qui e un verso là e gioca a riconoscere voci e titoli. Ci sono gli amici di sempre, zia Joan, i vecchi soci della Band, vari bluesmen dylaniati come lui, orchestre jazz, roba latina che mette le trombe dove abiterebbe l'armonica a bocca, un cantante giapponese, un gruppo mongolo, un ensemble greco che suona *Knockin' on Heaven's Door* spruzzata di sirtaki, Jimi Hendrix e tutti quelli che hanno maneggiato almeno una volta nella vita le canzoni di Bob. Coraggiosi.

Beve un gin tonic e va avanti e indietro tra il salotto e il citofono. Prima Oscar, poi Meseret. Strette di mano, saluti. Meseret fa il suo rapporto velocemente: sì, è stato là tutto il giorno e non è successo niente. Chiede se deve farlo anche domani. E poi a domanda risponde: sì, ha mandato i suoi dati a quei signori della televisione, sì, gli hanno mandato un contratto da firmare, che scade a giugno. Sono tanti soldi, tanti per i suoi standard, certo, e non sa nemmeno cosa deve fare per guadagnarseli.

«Vedremo», dice Carlo, e intende sia per il lavoro sia per l'appostamento.

Oscar si affaccia in cucina con l'intento di scoperchiare pentole e curiosare, ma Katrina lo caccia in malo modo. Poi scende nella sua guardiola a cambiarsi, a togliersi il costume da cuoca devota e a mettersi quello da cuoca vestita da signora. Mentre esce dalla cucina, la Calamita Santa la guarda con un affetto che non si può dire, sono proprio amiche, quelle due. Senza contare che la Madonna di Medjugorje si è dovuta sorbire, per tutto il pomeriggio, la dettagliata descrizione delle ricette in corso, e anche domande come: «Ma tu, che gli facevi per cena a Giuseppe?».

Quando Ghezzi e consorte entrano, Carlo fa gli onori di casa, Ghezzi ha subito in mano un bicchiere col ghiaccio che tintinna, la signora Rosa saluta tutti timidamente e si guarda intorno, mentre il padrone di casa appende cappotti e sciarpe. Poi si accomoda in salotto e continua a scrutare l'ambiente come se dovesse fare l'inventario, e un po' è così, perché sa che dovrà strabiliare le amiche. Resiste persino alla tentazione di dire al marito:

«Ma Tarcisio, cosa bevi! La glicemia!», e deve costarle parecchio.

Poi cenano chiacchierando di tutto e di niente, senza risparmiare sugli oh! ammirati quando Katrina annuncia la conquista degli obiettivi richiesti in mattinata dal generale, insomma, espone la carta bianca che le ha dato «signor Carlo» sotto forma di menù.

«Cena russa», dice, mettendo sul tavolo due piattini di cetrioli tagliati a fettine, ciotole di salmone a dadini, un cestino di blinis ancora caldi e due ampolle di liquido gelato e trasparentissimo che suscitano l'entusiasmo di Oscar:

«Vodka! Katrina, sposami!».

Lei ride. Tutti, in realtà.

Ghezzi pretende che Rosa provi la vodka insieme a una focaccina con l'insalata di aringhe e mele, e lei appare deliziata con una faccia che è la caricatura della penitenza e della colpa. «Ah, è questo il peccato? Beh, niente male, però!».

Poi arriva il boršč, e Katrina spiega a Rosa come mettere la panna acida – può mischiarla, ma anche no, a lei piace così, che galleggia, da pescare un po' col cucchiaio insieme a quella minestra rossa che ha nutrito quei popoli là per secoli, e ancora li nutre. E le spiega come farla, in un parlottio veloce e cordiale.

La conversazione si tiene sul generale, varie amenità, ricordi, battute. Meseret alle prese con la cucina della steppa è concentrato come se stesse scoprendo la penicillina, piacevolmente sorpreso. Dice che c'è un posto che lui sa, a Porta Venezia, che fa lo zighinì migliore di Milano, ma non come lo faceva sua mamma, che era inarrivabile. Dice a Katrina che, anche se gli ortodossi le stanno antipatici, deve andare una volta alla chiesa di rito etiope che c'è in via San Gregorio, che il pope è un tipo brusco, ma che dentro c'è ombra, quasi buio, e il rito è molto bello e vale il colpo d'occhio anche solo per le donne somale vestite di bianco. Lui ci va, ci è andato anche stamattina per la signorina Anna, una preghiera veloce, ma era giusto farlo. È l'unico accenno al fatto che si sa, e nessuno commenta, anche se Katrina pensa che quell'uomo così mite e gentile che perdipiù prega, beh...

«E poi», conclude Meseret, «la Madonna ha tante forme ma è sempre lei, no?».

Katrina si dice d'accordo, ma forse è solo cortesia, ne parlerà con l'Interessata.

Poi arriva un piatto lungo come uno skateboard con dentro uno storione al forno, cotto come sanno fare solo in certi racconti di Gogol' e, chissà, in paradiso quando il Capo ha voglia di qualcosa di speciale. Altri complimenti.

E infine, eccoli lì, esterrefatti di aver mangiato tutto quello che hanno mangiato e come stupiti di essere stati così bene e in pace. Katrina si gode la soddisfazione per la sua vittoria personale, un obiettivo raggiunto, l'abbiamo presa l'altura, visto capo? Anche con quel mortaio fastidioso, e senza nessuna perdita. Carlo Monterossi pensa che dovrebbe essere sempre così, anche se sa che dopo, a serata finita, se ne andrà nella sua camera e chiuderà gli occhi e sentirà: clac.

Ora Katrina rassetta il campo di battaglia che è il tavolo del salone grande coi divani bianchi, la signora

Rosa insiste per dare una mano, ma in realtà per fare, per dire, per essere della partita, per curiosare. E infatti lancia un altro oh! quando vede quella cucina perfetta, grande come una camera grande, piena di aggeggi lucidi, con un frigorifero a doppia porta che potrebbe contenere le scorte alimentari del Belgio.

Gli uomini si sono già alzati anche loro. Carlo prende la bottiglia di Oban e quattro bicchieri e dice: andiamo di là, e guida tutti nel salotto piccolo, che nelle magioni ottocentesche e nei romanzi russi sarebbe il salottino da fumo e che invece qui sta diventando la centrale della cospirazione.

Ghezzi chiede dov'è il bagno e si ritira un attimo. Appena entrato chiude la porta e prende il telefono.

«Sannucci».

«Oh, sov, è lei... ma che ore sono?».

«Sannucci, ma non ce l'hai l'orologio? Aspetti le mie telefonate per chiedere l'ora? Sono le undici e dieci, comunque, non dirmi che dormivi».

«Eh, magari, sov, sono ancora in ufficio, io... devo aggiornare tutto e mettere in comune quello che ha trovato Scipioni, cioè niente, e quello che trova Carella».

«Novità?».

Allora l'elemento di sintesi Sannucci recita un piccolo rosario. I guardoni non hanno trovato niente e hanno quasi finito: niente da fare per ora, la Galinda non figura negli annunci vecchi delle puttane... Poi domani Carella sente per la seconda volta l'ultimo dei clienti, che è solo la misera speranza di un gol di culo al novantesimo, perché poi la decisione è di andare da Gregori a chiedere a brutto muso di pubblicare la foto e aspettare di sapere se qualcuno l'ha vista e sa chi è.

«Tutto qui?».

«Tutto qui, sov... ah, no. Carella ha messo quattro uomini su due turni dietro al nero del cimitero e a quell'altra puttana là», qui Ghezzi sbuffa di irritazione, «e sa cosa?».

«Cosa, Sannucci?». Santa pazienza.

«Il nero è stato tutto il giorno in viale Montello, in una macchina, non si sa a fare che, ma insomma, una specie di guardia, o appostamento, o...».

Ghezzi non riesce a collegare quel filo con nessun altro.

«E vabbè, Sannucci, magari faceva la posta alla fidanzata». Gli viene da ridere. Se gli dicesse che il nero è lì a due passi, che ci ha cenato gomito a gomito...

Poi il consiglio di guerra può cominciare. Carlo ha preso da parte Oscar e gli ha detto di stare buono, che ci pensa lui. Quello ha fatto una faccia per dire, boh, vediamo come si mette.

E allora Carlo ha posato sul tavolino i due biglietti da visita di Anna Galinda, due rettangolini bianchi di cartoncino, due paia di labbra rosse, due scritte:

TERRAZZO DI PONENTE, XVII

e

14598
211264

Meseret li guarda molto attentamente. Ghezzi di più. Li prende in mano, li confronta, come se li pesasse. Anche se uno è scritto in stampatello maiuscolo e sull'altro ci sono solo numeri, decide che la calligrafia è la stessa, e forse pure la penna, perché le sbavature si somigliano molto.

E ora il vicesovrintendente Ghezzi in temporanea licenza di convalescenza si dice due cose precise. La prima: che a quella cena non ci doveva venire. La seconda: che ha fatto bene a venirci.

Però ancora non parla. Beve un sorso di quel whisky che il Monterossi può permettersi e lui no e si appoggia allo schienale della poltroncina rossa, come sconfitto. Poi si decide.

«Lo sapevo, cazzo! Ve lo avevo detto di lasciare stare, di non fare casino. Ma perché lo fate, eh! Cosa ci guadagnate, a parte il rischio di mandar tutto a puttane?».

Non lo ha detto con astio, forse nemmeno con rimprovero. Lo ha detto come un professore costretto a dare un quattro che suona come una constatazione, non come un giudizio.

Allora Carlo parla. Dice prima di tutto di Serena, la ragazza... la... ehm, collega di Anna. Che il giorno del funerale gli ha fatto quel nome, Amilcare Neroni, e che poi qualche tempo dopo gli ha portato un bigliettino – lo indica – quello con la scritta. Poi dice che l'altro, quello con i numeri, lo ha trovato lui, nella tasca della giacca che aveva la sera dell'omicidio, e l'unica spiegazione che si è dato è che lei, lei Anna, ce lo abbia infilato di nascosto, ma si scervella da stamattina e non saprebbe dire il perché.

Ghezzi prende il telefono e schiaccia un tasto di chiamata rapida.

«Sannucci, sei ancora lì?».

«Sì capo, ma sto staccando».

«Ecco bravo, stacca. Però prima fammi un controllino veloce su questo nome, Amilcare Neroni».

«Ma capo, ci vuole una vita!».

«Sì, lo so, Sannucci, domani ci lavori meglio, ma adesso dimmi se c'è qualcosa al volo negli archivi nostri. Precedenti, denunce, insomma, se lo conosciamo. Poi domani vediamo meglio».

«Sov...».

«Dimmi, Sannucci».

«Ma porca puttana!».

«Eh, sì, Sannucci, proprio così, porca puttana. Aspetto», e mette giù.

Ora Carlo parla dell'intuizione che ha avuto Oscar: di tre indizi che hanno, che non si capiscono, non si incastrano e non vogliono dire niente, due glieli ha portati quella là, Serena. E non capisce perché li ha portati proprio a lui, né come li ha trovati. Il nome di Amilcare Neroni dice di averlo saputo da Anna, il bigliettino lo ha trovato nella borsetta, risalente, dice, all'ultimo servizio che avevano fatto insieme, qualche settimana, forse mesi prima. Strano, no?

La cartuccia della casa segreta di Anna, l'appartamento che lei diceva essere di una sua amica, la tiene per ultima, un po' per il colpo di teatro, ma soprattutto perché vuole vedere le reazioni del Ghezzi. Se comincia a sbraitare cose come «Deficienti! Sottraete prove alla polizia!» e dà fuori di matto, potrebbe anche tenersela per sé, quella scoperta. Se invece lo vede disposto al dialogo, cioè se si ferma a «Deficienti!», allora la consegnerà con il pacco dono e il fiocco dei regali preziosi.

Ghezzi non dice niente, invece, perché sta pensando.

Non dice niente anche per un altro motivo, perché quel nome misterioso potrebbe essere una pista, e i due bigliettini, beh, anche lì c'è da ragionare. Ma soprattutto non dice niente perché non si sente nella posizione di fare scenate a nessuno su intralci alla legge e sottrazioni di prove, visto che nella tasca del suo cappotto scottano come scorie nucleari quelle chiavi che ha trovato nella macchina della vittima.

Stallo.

A sorpresa parla Meseret:

«Noi vogliamo prendere quello che ha ammazzato la signorina Anna. Il modo che dice lei va bene, commissario».

«Vicesovrintendente», precisa Ghezzi, come per un riflesso condizionato. «E voi pensate che alla polizia siamo scemi e quindi è meglio fare da soli, no?», aggiunge. Sta riprendendo il controllo.

Ora tocca ad Oscar:

«No, scemi no, Ghezzi, e Carella lo so che è uno bravo, e lei pure, ovvio. Ma i fatti sono questi e c'è poco da fare: la gente viene qui a dire quello che ricorda, cosa ha trovato, cosa può magari servire, e non va in questura».

Lo ha detto come una constatazione, come dire, guarda, piove, la strada è bagnata. E Ghezzi lo sa che una come Serena, che fa quel mestiere, a parlare coi poliziotti non ci va volentieri, e questo ci sta, lo può capire. Ma... va dal Monterossi? Perché? Lo guarda e decide di chiederglielo, che è sempre la via migliore.

«Scusi, ma lei ha detto a Serena che stava in qualche modo indagando?».

«No», risponde Carlo, «le ho solo detto che ero triste e che quello che è successo ad Anna non è giusto».

Un po' poco per usarlo come confessore, ma forse, chissà, quella sperava che ci andasse lui, alla polizia, magari – speranza scema, d'accordo – senza dire chi gli aveva dato indizi e informazioni.

Ora Carlo pensa che non ha senso tacere ancora. Si versa un dito di whisky e fa per parlare, ma viene interrotto dall'ingresso di Katrina, con a ruota la signora Rosa, ormai incantata, estasiata, raggiante. Katrina posa sul tavolino quattro flûte con un liquido arancio pallido e dice:

«Io fatto sorbetto al mandarino, venuto bene, mi pare».

Sobria, misurata.

La signora Rosa, invece, parla come se avesse assistito alla moltiplicazione dei pani e dei pesci fatta in persona da Lazzaro dopo la cura che si sa:

«Tarcisio, guarda, ha fatto il gelato! Lo ha fatto lei! Ha una macchina per fare il gelato!».

Come se dicesse, caro, tranquillo, quando vuoi fare una TAC puoi venire qua, c'è tutto in questa casa!

Ora che bevono il sorbetto con piccole cannucce nere, o lo sorseggiano piano gustandosi quell'impasto di ghiaccio e nettare di Sicilia, Carlo sta per decidersi. Guarda Oscar come per dire, dai, su, poche storie, fuori tutto e becchiamoci il cazziatone.

Invece suona il telefono di Ghezzi.

«Dimmi», dice Ghezzi. Non pronto, chi è, come sta, tutto bene a casa, no. Solo: «Dimmi».

«Sono Sannucci, sov».

«E lo vedo, Sannucci, mica sono cieco, dai, parla!».

«Allora, sov, certo che è un fenomeno lei, eh!».

«Devo pregarti in ginocchio o può bastare una ginocchiata nelle palle, Sannucci? Allora!».

«Allora non conosciamo nessun...», si sente che sta cercando, «nessun Amilcare Neroni. Né detenuto né pregiudicato, niente. Però...».

Ghezzi alza gli occhi al cielo. L'unico modo di farlo andare al punto è non interromperlo, ma i nervi gli si stanno arrotolando come i fili delle cuffiette tenute in tasca.

«... Però abbiamo qui una denuncia, di un Amilcare Neroni, che l'altra sera... no, tre giorni fa... ha trovato la casa frugata. Effrazione e furto, sembrerebbe, ma lui dice che non manca niente, che ha trovato i cassetti rovesciati, gli armadi svuotati sul pavimento, gli hanno tagliato il materasso e il divano, hanno spaccato le piastrelle in bagno. Non se ne capacita, ma insiste che non è sparito niente. Io dico che cercavano qualcosa, vai a sapere se l'hanno trovata e lui non ce lo dice».

Ghezzi pensa, e poi:

«Ce l'hai lì la denuncia?».

«Sì, sov. L'ha fatta lui... cioè prima ci ha chiamati e sono andate due volanti, e il giorno dopo è andato al commissariato a fare la denuncia...».

«Quindi ha chiamato lui».

«E certo, sov».

«E quindi se aveva peccati da nascondere o se gli hanno fregato in casa qualcosa che lui non vuole dire, magari non chiamava, vero o no, Sannucci? Ci arrivi?», pausa. «Si dice se era assicurato?».

«No, capo, non si dice niente qui».

«E chi è poi, 'sto Amilcare Neroni? Professione, età, indirizzo, e dai Sannucci che facciamo notte».

«Già l'abbiamo fatta, sov...», un altro movimento di fogli, «allora, Amilcare Neroni, via Spalato 11. È all'Isola. Lui è del... Quaranta, quindi ha... settantacinque anni, professore in pensione. Di latino, sov».

«Va bene, Sannucci, grazie...».

«Ma lei come lo sapeva, sov?».

«Sapevo cosa?».

«Di 'sto Neroni».

«Eh, è lunga, Sannucci, lascia perdere. Ora vai a dormire e... senti!».

«Che c'è ancora?», stavolta sembra incazzato davvero.

«Mentre esci lascia in portineria una busta per me, ci metti dentro una copia di 'sta denuncia e una foto della Galinda».

«E poi mi stacco anche i coglioni a morsi, sov?».
«Sì, Sannucci, ma quello fallo a casa, dopo», e mette giù.

Ora tre paia di occhi, Carlo, Oscar e Meseret, guardano Ghezzi come se avesse in tasca l'indirizzo del Sacro Graal e dovesse solo andare a prenderlo come si fa con le camicie in lavanderia.

Lui racconta velocemente del professore di latino settantacinquenne che si è trovato la casa messa sottosopra, niente furto, ma effrazione e danni e disastro sì.

Carlo guarda Oscar come a dirgli: vedi? Loro lo trovano, Amilcare Neroni. Oscar risponde all'occhiata con un eccheccazzo, non sono la polizia, io, sempre in silenzio.

Le facce non si rasserenano, comunque, perché la rivelazione del Ghezzi aggiunge casino a casino e non chiarisce niente. Cioè, un punto sì, e lo dice Oscar, che è il più veloce:

«Allora non siamo i soli a sapere di Amilcare Neroni».

«No», dice Ghezzi.

Nel silenzio che arriva, durerà due o tre minuti, si cristallizzano un milione di domande che nessuno fa, ragionamenti, ipotesi, tentativi di spiegazioni che si arrampicano su vetri insaponati e cadono a terra con le ossa rotte. Allora ci pensa Carlo:

«Supponiamo che non sia una coincidenza...».

Oscar fa una smorfia, come dire: seee, figurati.

«Supponiamo che chi ha sfasciato la casa al Neroni sia quello che ha ucciso Anna. O magari un complice. Come lo ha saputo? Non ci sono molte alternative: o da Serena, che può averglielo detto come l'ha detto a noi, e quindi c'è un contatto, oppure da Anna dopo averla... interrogata».

Non ha finito di dire quella bugia pietosa che sente ancora quel rumore: clac.

«Andando a casa passo in questura a prendere 'sta denuncia», dice Ghezzi, «e magari domani vado a parlare col professor Neroni, vediamo se viene fuori qualcosa... ma prima vorrei chiedere una spiegazione...».

Carlo decide che è ora di finirla e prende la parola.

«Devo dirle io una cosa, Ghezzi, una cosa che...».

«Un attimo», lo interrompe quello, «prima io. Poi mi dirà la sua, Monterossi...». Lascia la frase in sospeso, non per la suspense, piuttosto perché i tre capiscano che non deve chiedere un dettaglio o la ricetta del minestrone, ma che farà una comunicazione importante. Poi, finalmente, quando ha l'attenzione di tutti, e sei occhi lo fissano ancora come fosse l'oracolo di Delfi, si decide a parlare, e lo fa guardando tutti, Meseret per primo.

«Cosa cazzo ha fatto tutto il giorno il vostro amico, qui, appostato in viale Montello da mezzogiorno a stasera prima di cena?».

Ora, dire che le facce di quei tre crollano come un ecomostro puntellato con la dinamite sarebbe troppo, è vero, ma qualche crepa si vede, e anche dei calcinacci che cadono sul tappeto.

«Beh?», incalza Ghezzi.

Ora Oscar e Carlo si guardano, e decidono che il copione va avanti come previsto. Infatti parla Carlo:

«Crediamo che lì ci sia la casa di Anna Galinda. Quella vera».

Poi fanno come Qui Quo e Qua quando raccontano ognuno una parte della storia.

Meseret: «La signorina Anna mi aveva portato in quella casa, a fare dei lavori, diceva che era di una sua amica, io me n'ero scordato, ma...».

Oscar: «... Che lo studio in via Borgonuovo non fosse casa sua si capiva, no? Quindi abbiamo fatto due più due...».

Carlo: «Sì, siamo andati a vedere, ma mica abbiamo forzato la porta, non siamo delinquenti. Comunque la cena di stasera era anche per dirlo a lei, Ghezzi, per metterla al corrente».

Ecco fatto, bravi cittadini rispettosi della legge, anche se un po' in ritardo.

Ora si aspettano la scena madre, il «io vi faccio arrestare», l'impennata di indignazione e rabbia, le urla che si alzano fino al cielo. Invece Ghezzi guarda Meseret e dice:

«Lei quando esce di qui va a casa e non si muove più da lì. Le hanno messo dietro una piccola squadra e quindi sanno dov'era oggi. Non ci torni, dia retta».

Poi guarda gli altri due, soprattutto Oscar, perché Ghezzi ha da sempre questa certezza che è lui il portatore di rogne, e l'altro, il Monterossi, è solo un impiccione generoso che ha in mente un'idea di giustizia che nemmeno nei fumetti.

«Ve l'avevo detto di non fare cazzate. Questa qui è una cosa seria, difficile da risolvere anche al naturale, senza che ci si mettano dei dilettanti. Sapete perché bisogna prendere uno che tortura e spara in testa alla gente? Per punirlo. Sì, ma non solo... perché uno che lo ha fatto può rifarlo».

Tutto qui?, pensa Carlo.
Tutto qui?, pensa Oscar.
Solo che Carlo lo dice:
«Glielo dico sinceramente, Ghezzi, credevo che si incazzasse di più».

Allora quello stupisce tutti per l'ennesima volta, esce dal salottino, va nell'ingresso di casa Monterossi e fruga nelle tasche del suo cappotto. Poi ritorna e si risiede al suo posto, con gli altri che si guardano tra loro perplessi.

«Volete sapere perché non vi faccio il culo che vorrei?», chiede.

Ma è una domanda retorica, che non aspetta risposta. Ghezzi mette sul tavolino, accanto ai bicchieri, un piccolo mazzo di chiavi, due Yale normalissime, una chiave lunga di sicurezza e una piccola chiavetta in metallo nero, tenute insieme da un anellino e con un piccolo coniglio giallo come ciondolo.

«Perché sono nei guai anch'io», dice.

A mezzanotte e mezza è ora di andare. Rosa starebbe lì a parlare con Katrina ancora per due settimane, e

Katrina anche si trova bene con quella signora così gentile e semplice, che le interessa, che le piace, anche se ha capito che con le faccende di Madonne non va tanto d'accordo.

È il momento dei saluti. Meseret va via per primo, con Ghezzi che gli sussurra:

«Mi raccomando a casa subito, e domani faccia le solite cose che fa, niente stranezze, avrà qualcuno dietro».

Poi lui, Oscar e Monterossi si lanciano una piccola occhiata che significa: ok, d'accordo, e tutti vanno per i fatti loro, cioè il sovrintendente Ghezzi Tarcisio con la sua consorte verso la Renault e verso casa, Katrina nella sua tana-guardiola, e Oscar... Oscar rimane lì ancora un po'.

«Che ne pensi?», dice a Carlo.

«Non lo so, che siamo gente speciale per far casino, forse», risponde lui.

Oscar guarda l'orologio e dice:

«Va bene, un paio d'ore, svegliami tu».

Si sdraia su un divano bianco del salotto grande e si addormenta in meno di un nanosecondo, come se avesse spento un interruttore.

Carlo invece si siede su un altro divano, si versa ancora un po' di whisky e non pensa a niente, si fa avvolgere dalla nebbia della digestione, dall'alcol, dal blues che ha addosso e che non se ne va, che gli si appiccica al corpo come una camicia sudata nel calore dell'estate. Si dice che non ci voleva finire, in mezzo a una storia così, ma che certe volte le storie ti cercano loro, che scappare non serve a niente.

Chiude gli occhi anche lui e sente: clac.

Sente anche il suono della banda mesta e meravigliosa che Bob conduce sicuro e solenne:

«Don't reach out for me», she said
«Can't you see I'm drownin' too?».
It's rough out there
*High water everywhere.**

Poi si alza dal divano e va verso la grande porta finestra che dà sulla terrazza. La apre ed esce nel gelo. Si prende quello schiaffo ghiacciato, porge l'altra guancia, e ne porgerebbe ancora se ne avesse altre. In maniche di camicia, a tremare nella sospensione di quella Milano congelata e luccicante, a farsi percorrere dai brividi.

Lo vedete quest'uomo descamisado con le mani in tasca che sfida il gelo, che scruta l'orizzonte fino alla curva dei bastioni, dove le luci delle macchine diventano ghirigori rossi? Ma perché non se ne sta tranquillo, perché si agita tanto? Perché non si pacifica col vecchio trucchetto del c'è chi sta peggio di me? Perché, ora, questo furore?

Come fosse sul ponte di una nave sbattuto dal vento ghiacciato pensa che sì, ancora una volta ha ragione

---

* Bob Dylan, *High water (for Charley Patton)*: «"Non cercare di aggrapparti a me" mi disse / "Non vedi che sto affogando anch'io?" / È duro qua fuori / C'è acqua alta dappertutto».

Bob: sta annegando, e si aggrappa a quella rabbia come a un tronco che galleggia. Sente in qualche modo indistinto e confuso che solo in quel rancore può esserci una salvezza, una giustizia. Si stupisce della sua collera, ma non smette di coltivarla, di chiamarla a sé come un piccolo esercito disperato, come se l'odio combattesse lo spavento, e potesse sconfiggerlo.

E tutto questo, perché?

Perché Anna non se lo meritava, perché María non torna, perché lui ci rimane schiacciato in mezzo, perché quella storia gli sembra scura, nera, minacciosa. Acqua alta dappertutto. Perché sente che può spezzarsi... Perché c'era una giovane donna spaventata, e non faceva nulla di male, disarmata e ferita anche lei, ed è stata spazzata via malamente, uccisa, torturata, vilipesa. Perché Carlo cova un odio uguale e contrario, e se ne fa abbracciare, danza con lui nella nota del blues che esce dal salotto grande.

E perché c'è quel vento, da giorni, che non smette mai, che frusta tutti, che rende nervosi, che gli vuol dire qualcosa. Ma cosa? Cosa?

Rientra in casa, chiude la finestra, porta i bicchieri in cucina, spegne lo stereo. Gesti meccanici.

Poi tocca la spalla di Oscar e lo sveglia piano.

«È ora, andiamo».

21

Alle due e trenta precise sono sotto casa del vicesovrintendente Ghezzi, che è lì che li aspetta appoggiato al portone, sentinella infreddolita nella notte. Sale in macchina quasi di corsa per levarsi dal vento e partono. Ci vuole poco, perché lui sta in fondo a via Farini e devono andare verso Chinatown. Quindi fanno il ponte sulla ferrovia, costeggiano il Cimitero Monumentale e sono arrivati: viale Montello ha le rotaie del tram, qualche albero costretto dal cemento dei marciapiedi e le case solo da un lato. Carlo trova un buco per la macchina, che è già un piccolo miracolo. Poi si avviano, in fila indiana.

Anche se ora non ce ne sarebbe motivo, perché sono ancora in strada e c'è pure qualche passante freddoloso che torna a casa tardissimo, tacciono come cospiratori. Carlo pensa che potrebbe essere una scena dei *Soliti ignoti*, nel caso lui vorrebbe fare Gassman. Poi arrivano davanti al 4, Ghezzi tira fuori le chiavi e il portone si apre senza nemmeno un piccolo cigolio: le chiavi sono di quel posto lì, se qualcuno dubitava.

Carlo fa strada su per le scale, poi lui e Oscar si fermano prima del ballatoio e fanno andare avanti Ghezzi, che si piazza di fronte alla porta verde e apre con le chiavi come se fosse il padrone di casa. Poi aspetta che quelli lo raggiungano, e ora sono dentro. Cercano un interruttore, lo trovano, ma quando lo spingono non succede niente. Allora Oscar accende una torcia e fa qualche passo, trova il quadro elettrico e fa per azionare la levetta, ma Ghezzi lo ferma. Toglie dalla tasca del cappotto una pallottola di roba bianca e distribuisce a tutti. Guanti in lattice. «Per le impronte», dice, anche se non ce n'era bisogno, poi passa la manica del cappotto sull'interruttore dell'ingresso che Oscar ha già toccato e sbuffa per quel dilettantismo operoso ma irritante. Finalmente Oscar può procedere, la luce si accende subito e Ghezzi tira un sospiro di sollievo: fare quel lavoro lì in fretta, alla luce della torcia, non sarebbe stata una passeggiata. Certo, corrono il rischio che qualcuno veda le luci da fuori, ma lui preferisce così, magari penseranno che la signorina è tornata, e comunque se si facesse vivo qualcuno può sempre mostrare il tesserino e identificarsi. Polizia. Ma sono quasi le tre del mattino e nessuno andrà a bussare perché vede una luce accendersi. Spera.

Ora si guardano in giro, anche se non c'è niente da guardare, perché sono in un piccolo ingresso largo due metri. Carlo si accorge che senza dirselo e senza concordarlo, lui e Oscar sono agli ordini del vicesovrintendente, che è lui che comanda il gioco.

«Mi raccomando», dice Ghezzi, «da qui non esce niente. Qualunque cosa me la fate vedere e la rimettete a posto. Niente casino, tutto com'era, perché prima o poi Carella questo posto lo trova».

Poi si dividono. Segugi che annusano.

Carlo va in soggiorno. Un salottino piccolo ma carino, molto più semplice e meno costoso, si vede al volo, dello studio di via Borgonuovo. È la casa di una donna che vive da sola, che cura i dettagli, ma senza ricercatezza, senza dover colpire o convincere nessuno, senza bisogno di adeguarsi all'idea di comfort e lusso che hanno i clienti.

E così Carlo viene investito dall'onda d'urto.

Quella casa, quei muri, quel piccolo divano giallo, la libreria disordinata, la fotografia di una coppia di anziani sorridenti e imbarazzati su un mobile basso in un angolo, la tenda che porta alla piccola cucina con degli scheletrini messicani stilizzati che ballano... era il mondo di Anna, quello vero. C'è una foto di lei con una salopette di jeans, vicina a un motorino verde, incorniciata, appesa alla parete sopra un piccolo tavolo in legno per pranzare da soli, al massimo in due. Ci sono delle riviste per terra vicino al divano, c'è una maglietta nera dei Radiohead buttata sullo schienale di una sedia.

Carlo viene colpito in pieno dalla distanza tra la Anna fasciata nel suo costoso vestito optical, la sfrontata e spontanea adescatrice, e quella che abitava qui, più ragazza, più giovane donna single, più... Si immagina le sue serate solitarie lì dentro, il divano e la tivù, un libro, niente mani di estranei addosso, niente biglietti da cento e da cinquanta appoggiati da qualche parte, niente chiacchiere di circostanza per convincerli che ci sa fare, niente «Allora, dimmi cosa ti piace».

C'è un mobile in legno chiaro con quattro cassetti e due sportelli. Negli sportelli piatti, bicchieri, dotazione minima per quella casa minima. Nei cassetti carte, un fascio di lettere legate con un elastico giallo, alcune non aperte, indirizzate ad Angela Gelloni, via Sant'Ambrogio 32, Garbagnate Milanese. Poi carte di tipo burocratico, forse cose mediche, sempre a nome di Angela Gelloni, Carlo non ci capisce niente e le lascia lì. Poi una scatola larga e bassa con dentro qualche decina di fotografie vecchie. Lei al mare con le amiche, lei accanto a un tipo con la moto, belloccio, aggressivo. Lei con quei due vecchi che ha già visto nell'altra foto, forse i genitori...

Ghezzi entra in soggiorno con una grossa cartelletta marrone in mano, la appoggia sul piccolo tavolo, si siede e comincia a sfogliare.

Oscar esce dalla cucina e dice:

«In frigo c'è roba scaduta da poco... è un posto in cui veniva, ci viveva... E c'è un aggeggio per mettere la roba sottovuoto, credo, di solito si fa quando si congela e si sta via un po'».

Poi fa un cenno a Carlo, come dire, vieni a vedere.

Lo porta in un piccolo bagno pulitissimo. Gli asciugamani bianchi di spugna, la vasca con accanto una mensola piena di boccette. Oscar muove il mento come a indicare qualcosa e Carlo si trova a guardare una cornice in legno dorato appesa sopra la tazza del cesso. Dice che Angela Gelloni si è laureata in Lettere all'Università Statale di Milano il 16 febbraio del 2006, 110, niente lode.

Carlo fa un piccolo sorriso, apprezza l'ironia anche quando è amarissima, e la laurea appesa sul cesso di una ragazza che è finita a fare la puttana, insomma... c'è bisogno di andare avanti?

Può immaginare la risata aspra, lo sconforto, ma anche il divertimento cattivo, l'autocommiserazione cacciata via, infranta come un cristallo dall'astio e dal fatalismo, schiacciata per sempre picchiando quel chiodo nel muro. Perché lo ha fatto lei, Carlo ne è sicurissimo, non un fidanzato di passaggio, non un amico bricoleur. Lei, per forza, ogni colpo una martellata al suo amor proprio. O forse alternando cinismo e risate, cinismo e lacrime, pensando a se stessa, mormorandosi «pietà l'è morta».

Dall'occhiata che si scambiano capisce che Oscar sta pensando le stesse cose. Ma anche che a tutti e due sta montando una rabbia sorda e cattiva, come un'onda che sale piano, che non minaccia, che non gorgoglia, sale e basta, e non le serve altro per mettere paura.

Carlo si affaccia anche alla piccola camera da letto. Un armadio in legno chiaro che occupa tutta una parete, con i pannelli scorrevoli aperti, i cassetti aperti anche loro, sarà dove Ghezzi ha trovato le carte che sta leggendo di là. C'è un manifesto incorniciato con il plexiglass proprio sopra il letto, la faccia nera di Miles Davis che ti fissa da dietro la tromba. È una stanza da post studentessa, da ragazza, più che da donna, e certo non da donna fatale, da spirito solitario più che da mangiatrice di uomini. Si può essere così diversi restando la stessa persona? si chiede Carlo.

Poi, di colpo, quell'intrusione in camera da letto gli sembra una cosa brutta, una specie di sacrilegio. Non ha voluto entrare in quell'altra, di alcova, dove era stato invitato, là in via Borgonuovo, ospite pagante; a maggior ragione non vuole curiosare in questa, dove lei non lo avrebbe invitato mai, dove non era in vendita.

Così torna nel piccolo salotto trascinando con sé il suo peso di tristezza e rabbia. Oscar è seduto al tavolo con Ghezzi, guardano le carte, lui continua con i cassetti. C'è un libro illustrato per bambini, lussuoso, costoso, i disegni sono bellissimi e curati, la carta spessa e lucida, il titolo dice: *Principesse*.

Carlo sta per rimetterlo a posto quando ne escono dei fogli, ritagli di giornale, un po' ingialliti, i bordi frastagliati come fossero stati strappati dalle pagine, non tagliati con le forbici.

Uno è un trafiletto del *Corriere della Sera*, gli altri due sono pezzi più lunghi, con il titolo grande e delle foto, in tedesco.

Carlo se li porta sul divano giallo e legge:

SALISBURGO:
PREGIUDICATO ITALIANO
UCCISO DOPO RAPINA

Salisburgo – Il cadavere di Enrico Sanna, pregiudicato italiano noto alle forze dell'ordine, è stato trovato martedì sera, parzialmente carbonizzato, all'interno di un'auto, anch'essa bruciata, nelle campagne a nord di Salisburgo. Secondo fonti della polizia austriaca, il Sanna avrebbe partecipato nella giornata di martedì a una rapina in una sede della Salzburger Sparkasse. Colpo finito male grazie all'intervento della polizia austriaca che però, dopo un inseguimento tra le vie cittadine, ha perso il contatto con i malviventi. A sera, la macabra sco-

perta: la BMW *usata per la fuga è stata trovata carbonizzata con all'interno il corpo del Sanna. Il riconoscimento è avvenuto attraverso effetti personali della vittima. La polizia austriaca sospetta un regolamento di conti tra complici e sta studiando i filmati delle telecamere della banca. Enrico Sanna, trentasei anni, originario della zona di Meda, risulta colpevole di numerose rapine in Italia, ed è tra i sospettati del sequestro lampo di Davide Caprotti, figlio allora minorenne di Giovanni Caprotti, industriale del mobile, avvenuto nel settembre 2009, i cui responsabili non sono mai stati assicurati alla giustizia.*

Il trafiletto riporta la data: 18 febbraio 2012.

Gli altri due ritagli sono in tedesco, tratti dal *Salzburger Nachrichten*, le date dicono: 17 e 18 febbraio 2012. C'è qualche riga sottolineata con una penna rossa, ma Carlo non conosce la lingua e quindi non ci prova nemmeno. Porta tutto al tavolo e fa delle foto con il cellulare: per il trafiletto del *Corriere* ne basta una, per gli altri fa due o tre foto in modo da poterle montare, dopo, e leggere con calma, qualcuno che sa il tedesco lo troverà.

Oscar chiede con gli occhi, Ghezzi, invece, sta leggendo il pezzo del *Corriere* tenendolo un po' lontano, dev'essere presbite.

Annuisce, batte piano una mano sul tavolo. Allora quei due lo guardano fisso, perché sembra il depositario di un segreto. Ma lui si alza da quel piccolo tavolo in legno e dice:

«Rimettete tutto a posto, esattamente com'era. Ce ne andiamo».

Carlo e Oscar non discutono. Uno rifà il percorso che ha fatto prima, bagno, cucina, camera da letto.

Ghezzi sparisce a rimettere via gli incartamenti, a chiudere le ante e i cassetti dell'armadio. Carlo ripone tutto nel mobile in soggiorno, com'era prima che ci frugasse dentro. Scatta una foto a una di quelle buste con l'indirizzo di Angela Gelloni. Quando hanno fatto, Ghezzi li lascia nel piccolo ingresso davanti alla porta e fa l'ultimo giro di controllo.

Poi escono, prima Oscar, poi Carlo, lui abbassa la levetta del contatore della luce, chiude la porta e si rimette le chiavi in tasca. Scendono piano le scale e raggiungono il portone. Carlo e Oscar escono sulla strada, Ghezzi fa un gesto come a dire: un minuto, ed esce davvero un minuto dopo di loro, forse due, con una faccia leggermente perplessa. Sono le cinque meno dieci.

Parlano solo quando sono seduti in macchina.

«Angela Gelloni», dice Carlo. Si era abituato a chiamarla Anna.

«Antonia Galli», dice Ghezzi. Oscar annuisce.

Eh? Che succede? Carlo non capisce. Che stanno dicendo quei due? Ma tutti tacciono ora, finché Oscar si rivolge a Carlo che sta guidando:

«Torna su per via Farini, so un posto dove possiamo parlare».

Appena passano viale Stelvio, Oscar dice: «Di qua, a destra», e imboccano una via stretta dove Carlo non è mai passato. Non c'è in giro nessuno, il termometro del carrarmato dice: dentro venti gradi, fuori meno quattro. Poi c'è una piccola luce e un bar a due vetrine, aperto.

«Qui», dice Oscar.

Come faccia a conoscere certi posti rimane un mistero. Forse ha a casa l'Enciclopedia dei Bar Malfamati di Milano, in più volumi, comprata a dispense. O l'ha scritta lui, probabile. Comunque Carlo mette la macchina come capita, mezza su e mezza giù dal marciapiede, che tanto non è il caso di preoccuparsi dei pedoni, ed entrano.

Il bar è di quelli come ce ne sono migliaia, il banco in acciaio, la macchina per gli espressi e una fila di bottiglie dietro, qualche tavolino, le macchinette del videopoker, un angolino con la cassa e le caramelle, qualche cliente. Potrebbero essere negli anni Cinquanta, o Sessanta, o Settanta, indistintamente, perché certe cose non cambiano mai. L'unico indizio che sono rimasti nella loro epoca è la copia ciancicata della *Gazzetta*, che sarà passata per decine di mani. E c'è una foto incorniciata di Mourinho che fa il gesto delle manette.

Ora Carlo tenta l'esercizio di distinguere, tra gli avventori, quali andranno a dormire e quali si sono appena alzati. Ci sono due neri vestiti da lavoro, i pantaloni sporchi di vernice, imbianchini, muratori, non sa. Forse quelli stanno andando a lavorare, o aspettano qualcuno per andarci. Un travestito alto due metri con una birra davanti, invece, forse ha finito. Ha la faccia stanca e pare una drag queen senza entusiasmo, il trucco pesante, un vestito azzurro leggerissimo che gli lascia scoperte le gambe fin quasi all'inguine sulle calze nere, le scarpe aperte come fosse a Rimini in luglio. Con quel freddo, pensa Carlo. Poi c'è un vecchio a un tavolino che fissa il vuoto, un bicchiere davanti, vuoto pure quello.

Dietro il bancone c'è un omone massiccio con un golf marrone che guarda quei nuovi clienti come fosse naturale, persino giusto, che tre persone vengano a bere qualcosa lì alle cinque del mattino, un così bel localino, un posto così accogliente.

Si siedono e fanno un gesto: tre caffè.

«Allora», chiede Carlo.

Ghezzi aspetta che il padrone del bar metta le tre tazzine sul tavolo e torni al suo posto, poi comincia parlando piano.

«Prima i nomi. La casa è sua, c'era il passaporto con la sua foto, rilasciato nel 2012, quindi come quegli altri documenti falsi, intestato a Antonia Galli, Milano, 13 luglio 1980, viale Montello 4. Falso anche questo, ci scommetto».

Oscar e Carlo aspettano che vada avanti.

«La ragazza non aveva una, ma ben due identità false. Come Anna Galinda affittava lo studio di via Borgonuovo e faceva il mestiere, come Antonia Galli ha comprato la casa lì, tra l'Arena e il Monumentale. Insieme al passaporto ci sono un po' di documenti, la banca, ricevute, spese condominiali...».

Ora parla Carlo:

«Il nome vero era Angela Gelloni» tira fuori il telefono e guarda l'ultima foto che ha scattato là dentro, «... via Sant'Ambrogio 32, Garbagnate Milanese... la laurea appesa in bagno, le lettere private, le foto... direi che si chiamava così».

Angela Gelloni.
Antonia Galli.
Anna Galinda.
Perché?

«Ha tenuto le iniziali», dice Oscar.

«Lo fanno sempre», dice Ghezzi.

«Ma perché?», chiede Carlo, stavolta non tra sé e sé.

«Scappava, si nascondeva», dice Ghezzi.

«Sì, ma due volte?», chiede Oscar.

Ghezzi sposta in avanti, verso il centro del tavolino, la sua tazzina vuota e dice:

«Posso fare solo un'ipotesi: che Angela volesse sparire dalla circolazione e che si sia procurata un'identità finta. Documenti, carta d'identità, passaporto, patente, il servizio completo. Ma voleva anche tenere divise le sue due vite, la signorina di viale Montello, casa sua, la sua vita, e la prostituta di via Borgonuovo. Dicono in questura che i documenti sono perfetti, probabilmente fatti su moduli originali. È roba che non si trova dietro l'angolo, e quando la trovi costa un bel po'... Forse quando ha individuato il falsario giusto si è detta, perché non fare due di tutto? Certo, raddoppiava la spesa, ma magari aveva dei soldi da parte...».

«Il tesoro di Anna», dice Carlo.

Ghezzi e Oscar annuiscono.

«E quei ritagli?», chiede Oscar.

Ora si apre la porta del bar ed entra un uomo basso con un giubbotto chiuso fino al collo. Fa un cenno ai due africani che lo seguono subito. Voi credevate che non ci fosse il caporalato a Milano? Beh, c'è, state tranquilli, non è che qualche grattacielo di vetro può cambiare le sane tradizioni del paese.

È solo un attimo di distrazione, i tre tornano subito al punto e gli occhi di Carlo e Oscar ripartono con le domande.

Ghezzi racconta del sequestro Caprotti, di quello che gli ha detto il capitano dei caramba a Meda, di Enrico Sanna morto a Salisburgo, probabilmente ammazzato dal suo complice nella rapina e bruciato nella macchina con un colpo in testa. Dice che dell'identificazione sono tutti sicuri, ma adesso si sa che c'è un legame con Anna e quindi con quel Serini delle macchine, il primo morto di questa storia, che era sospettato di essere il «dito» nel sequestro. Quindi era vero. E il legame non può che portare lì: il Sanna non è morto. Ha organizzato la sua morte, oppure, chissà, ha colto al volo un'occasione, e si è rifatto un'identità. È stato buono qualche anno... buono, poi, chissà... E ora è tornato perché aveva lasciato qualcosa in sospeso. Poi ci sarebbe sempre la possibilità di un terzo uomo del sequestro, uno più intelligente, che magari sta aiutando il Sanna, ma questo non lo dice, lo pensa soltanto.

«Il tesoro di Anna», dice Oscar.

«Il morto che la cercava», dice Carlo.

«Questo spiegherebbe la tortura», dice Ghezzi.

«E anche che lei non ha parlato». Carlo sente rimbombare nelle orecchie quel clac della porta come fosse un'esplosione, e ha un piccolo brivido.

«Oppure non gli ha detto tutto», dice Ghezzi, «o ha tentato di depistarlo, e quello si è incazzato ancora di più».

Ora stanno zitti.

Ghezzi pensa che un conto era un mazzo di chiavi e un altro conto è quella miniera di indizi e prove, sì, addirittura prove, che hanno trovato stanotte. Riflette su come sistemare le cose con Gregori, magari parlando con Carella: se gli porta un regalo simile, quello non lo tradirà coi capi. Pur di chiudere l'indagine, Carella si prenderà la colpa di aver cercato male le chiavi e di averle trovate tardi, e si può mandare Meseret in questura a dirgli che si era scordato quel dettaglio della tapparella nella casa dell'amica di Anna. Un po' contorto ma può stare in piedi: lui e Carella sono diversi, ma la pasta è la stessa, sono sbirri veri, e per prendere un figlio di puttana simile non stanno a guardare troppo i regolamenti.

Carlo pensa a Anna, invece. Una donna con due o tre vite, che se le trascina dietro come fardelli. Un nome per questo, un nome per quello... che fatica, che spreco. La laurea appesa sopra la tazza del cesso...

Non prenderà il posto del clac della porta nei suoi incubi, però ci andrà vicino.

Oscar, invece, è un passo più avanti.

«Domani... cioè, oggi... vado lì a vedere se la conoscono, se aveva una famiglia, dove hai detto?».

«Garbagnate Milanese, via Sant'Ambrogio 32».

«Vediamo se qualcuno ci dice di quel Sanna, che ne so, Garbagnate e Meda non sono lontane, magari c'è qualche traccia».

Ghezzi annuisce. Non perché approva l'indagine di quei due, ma perché pensa che se Oscar se ne andrà a far domande al liceo di Garbagnate, ai negozianti, alla famiglia, se c'è, alle amiche del cuore di tanti anni fa, almeno se ne starà fuori dai coglioni.

«Meseret e Serena sono in pericolo», dice Carlo. Gli è venuto in mente all'improvviso e l'ha detto d'istinto.

«Ma no, li stanno seguendo, sono controllati, sono gli unici al sicuro», dice Ghezzi, come se archiviasse la questione: almeno quello non è un problema.

«Non c'è niente che spiega gli indizi, però, né i biglietti da visita né Amilcare Neroni, chiunque sia».

«Magari più tardi vado a parlare con quel professore, anche se sa di falsa pista lontano un chilometro... anche il bastardo sta andando a tentoni», dice Ghezzi.

Si alzano dal tavolino tutti e tre nello stesso momento. Ghezzi fa per pagare i caffè, ma Carlo lo precede mettendo tre monete da un euro sul bancone. La drag queen è ancora lì, ha nello sguardo tutto il disastro del mondo.

Risalgono in macchina e dopo cinque minuti depositano Ghezzi, si stringono la mano.

Poi i due corrono verso casa di Carlo, lì Oscar scende e raggiunge la sua macchina.

«Vediamo se si dorme un paio d'ore», dice Carlo.

«Io vado a Garbagnate», dice Oscar, «... gita fuori porta».

È fatto così.

E ora, mentre gira la chiave nella toppa del portone, Carlo sente una folata improvvisa di vento che lo scuote, gli fa svolazzare il lembo della sciarpa che esce dal collo del cappotto chiuso fino all'ultimo bottone. Invece di entrare sta lì a prendersi quella sberla gelata, e se la gode tutta, e se la merita tutta, perché lo fa sentire congelato ma vivo, in piedi nella notte, stanco, triste, arrabbiato come un cane che sbava dalla bocca e che non sa con chi prendersela, chi azzannare. La giustizia e la legge sono belle cose, e lui ci crede pure. Però vuole vederlo in faccia, quel figlio di puttana, e magari gli sparerebbe, se potesse, anche se tutta la retorica del giustiziere non gli appartiene, farsi giustizia da soli è una cazzata, la vendetta è un veleno, siamo gente civile e progressista, democratici europei, mica animali del Texas, eccetera, eccetera. Le sa quelle cose, le sa tutte, ma ora saperle non gli serve a niente.

Perché è Carlo Monterossi, l'Uomo Avvelenato.

22

L'agente scelto Sannucci, promosso o degradato a elemento di sintesi, questo non l'ha ancora capito, sta per entrare nella stanza di Carella. Sono le otto e mezza, ieri ha finito a mezzanotte passata, che cazzo di vita è, eh?, diteglielo anche voi.

Saluta con un cenno il vicesovrintendente Selvi che sta leggendo dei fogli, in piedi, aspettando Carella che è andato al cesso, e in quel momento gli suona il telefono. Così Sannucci esce dalla stanza e si avvia per il corridoio freddo, verso la macchinetta del caffè. Risponde camminando.

«Ecco, sov».

«Buongiorno, Sannucci, grazie per ieri sera».

Porca miseria, Ghezzi che dice grazie è più raro di un appalto regolare. Sannucci si mette sulla difensiva: avrà bisogno di qualcosa...

«Senti, Sannucci, le ricerche su quel Neroni, Amilcare Neroni... escludi il professore, che ci parlo io, vedi solo se c'è qualcun altro in giro con quel nome, ok?».

«Poi mi spiega, però, sov, eh!».

«Sì, Sannucci, ti spiego tutto, e dimmi i movimenti

di Carella, oggi, che può essere che debba venire a parlargli».

«È incazzato perché Iossia, uno di quelli che aveva messo dietro alla puttana giovane, si è dato malato, e così la ragazza oggi non avrà l'angelo custode. Io mi sono offerto, ma lui ha detto, ma no, lasciamo perdere, quella farà le sue marchette e noi buttiamo un'altra giornata».

«Come cazzo ha fatto ad ammalarsi restando seduto in macchina tutto il giorno?», chiede Ghezzi, ma sa già la risposta.

«Non sarà mica malato, sov, avrà un servizietto privato, una scorta, cose così, sa, per arrotondare... Comunque Carella è qui, stamattina sente l'ultimo di quelli là, i clienti della Galinda, e poi credo che andrà a parlare con Gregori per pubblicare la foto sui giornali. Mica una giornata facile...».

«Vabbè, Sannucci, magari qualche ora sotto casa della ragazza ce la passo io, ma non dire niente, eh, mi raccomando. Io Carella devo vederlo prima che vada da Gregori, assolutamente, quindi mentre sta per andarci chiamami, va bene? Hai capito?».

«Capito, sov».

Ora nella stanza sono in tre. Carella manda Sannucci dai guardoni, giù nel seminterrato, a farsi dare un rapporto scritto, anche se non ci sarà scritto niente, e già lo sa. Ma vogliamo risparmiarci un po' di scartoffie? Dove siamo, in paradiso? Poi guarda Selvi e fa una domanda con un cenno del mento:

«Beh?».
«È di là, quando vuoi».
«Va bene, fallo entrare».

Giorgio Morzeni non è un tecnico degli allarmi, come ha scritto Selvi sui suoi appunti. Cioè, sì, ma non solo. È anche il numero due di una grande azienda della sicurezza, telecamere, sensori, quella roba lì. Da tempo non va più in giro con la borsa degli attrezzi, ora tiene i contatti con fabbriche, banche, supermercati, uffici pubblici. È l'unico che ha un vero alibi per la notte del delitto, perché alla Fondazione Prada continuava a suonare l'allarme, e non capivano perché, e lui aveva promesso al cliente – un cliente importante, di prestigio, un nome illustre di cui vantarsi per prendere altri clienti – che sarebbe uscito personalmente, insieme ai tecnici, per vedere di risolvere il problema una volta per tutte e far vedere che la ditta ci mette la faccia. Così mentre qualcuno ammazzava e torturava Anna Galinda, lui era dietro la stazione di Porta Romana, nel nulla periferico, ma nel cortile di una delle istituzioni culturali più rinomate della città, insieme a due dei suoi ragazzi più bravi e a due volanti con i lampeggianti accesi e gli agenti annoiati per quel falso allarme.

Più alibi di così.

È anche per quello che Carella decide di giocarsela in un altro modo.

«Si accomodi, dottor Morzeni», dice, gentile.

«Mi scusi per ieri, commissario, ma davvero avevo

una riunione preparata da mesi... sarebbe stato un disastro se...».

Carella fa un gesto con la mano che dice: non ci pensi più. Non lo corregge nemmeno sulla qualifica. Selvi è sempre alle spalle del tizio, vicino alla porta. Carella comincia:

«Non le nascondo, dottor Morzeni, che lei è la nostra ultima risorsa. E poi ha un alibi perfetto e quindi non starò a farle il giochetto di spaventarla o cose del genere. Solo... ci servono dettagli. Ci serve qualcosa su quella... Anna Galinda, che ancora non sappiamo. Quindi le chiedo di dirci tutto, ma davvero tutto, perché magari ci sono cose a cui lei non dà importanza, ma che possono aprirci uno spiraglio... Lei vuole che lo prendiamo, il bastardo che l'ha ammazzata, vero?».

«Certo, ovvio... ma... è un po' imbarazzante...».

«Siamo tra uomini, Morzeni, non verbalizziamo, non c'è niente di cui vergognarsi, su! Ci dia una mano», dice Selvi, tranquillo.

Giorgio Morzeni si può definire un bell'uomo, media borghesia colta, di quelli che capiscono le belle cose e le apprezzano, senza ostentazioni, ma soddisfatto del suo posto nella società. Non è uno che balbetta o si intimorisce, anche se raccontare quelle cose...

Comunque comincia. Lui Anna l'ha conosciuta in una situazione strana, una cena di lavoro a Lione, un grosso cliente che voleva discutere di una commessa. Per loro, loro della ditta, era importante, Morzeni era andato anche se a lui le public relations... mah. Quello, il cliente, un gigante di due metri che sarà pesato una tonnellata, sui sessanta, si era presentato a cena con una ragazza molto bella, elegante, prima classe. Ma era un tale cafone... la esibiva come un trofeo, ammiccava alle porcate che avrebbero fatto dopo, in camera, i commensali ridevano, Anna sorrideva come da contratto, ma si vedeva, cioè Morzeni lo vedeva, che era irritata. Poi, verso mezzanotte, se l'era trovata al bar dell'albergo e avevano chiacchierato. Lei aveva detto che il boss, quello che aveva annunciato urbi et orbi le Mille e una Notte, si era addormentato come un bambino, ubriaco da far schifo, e che per lei era molto meglio così, ed era scesa al bar per non sentirlo russare come un toro ferito. No, non aveva nascosto il suo lavoro, era abbastanza evidente, ma ne parlava con ironia, con leggero disincanto. Lui aveva fatto finta di niente e le si era rivolto come a una signora che sta al bar di un albergo extralusso, un po' annoiata, un po' brilla. Nessun ammiccamento, nessun secondo fine, due adulti seduti al bar. Lei gli aveva dato il suo biglietto da visita, scrivendo il numero con una penna, e lui non ci aveva più pensato. Solo dopo, forse un mese, forse due, gli era ricapitato in mano e si era detto la solita cosa: perché no? L'aveva chiamata e l'aveva invitata a cena, e poi erano finiti in via Borgonuovo.

Carella e Selvi ascoltano senza dire niente, le facce interessate, un'aria di complicità come se quello si stesse confessando a degli amici. Ogni tanto lo fanno, ogni tanto serve farlo.

Ora il dottor Morzeni si fa più guardingo: si sta entrando nel terreno minato dei pudori maschili, i peggiori, e sceglie bene le parole.

Sì, certo, pagava, cinquecento euro ogni visita. A volte se ne stavano a letto per ore, altre andavano a cena, o al cinema, e magari finivano lì solo per una mezz'ora, a lui non importava, era gradevole stare con lei, lui si era appena separato e...

«Si stava innamorando, Morzeni?», chiede Selvi. Lo chiede piano, una domanda ovvia, che ti farebbe l'amico sotto la doccia dopo il calcetto, non un vicesovrintendente in divisa.

Lui esita. No, quello era troppo. Lui sapeva che mestiere faceva lei, e non si sarebbe potuto permettere gelosie, non ne avevano mai parlato. Ma lei riusciva a farlo sentire... boh, speciale rispetto agli altri clienti, almeno così sperava lui, e quando stavano insieme sembravano... sì, fidanzati, assurdo, eh?

«Mica tanto», lo incoraggia Carella. Così il Morzeni si scioglie un po'.

Lui non voleva cose strane, anche se aveva visto i suoi... ehm... costumini. Lui voleva una donna con cui stare bene, a letto, certo, ma anche fuori. E... sì – lo dice con un sorriso di rimpianto per se stesso, non per lei – sì, ammette che ogni tanto si sentiva un ragazzino, se sapeva di poterla incontrare, la giornata era... diversa. E un giorno l'aveva addirittura seguita...

Carella e Selvi si bloccano di colpo. Cani da punta, le canne che si agitano, un rumore, forse una lepre. Immobili, la coda dritta.

«Eh? Come, seguita?».

«Ma sì, uscivo da un cliente lì vicino, faccio via Borgonuovo e vedo che parte sulla sua macchina, una Audi bianca con la capote bordeaux... Non avevo niente da fare e mi metto dietro, io ero in moto, quindi era facile...».

«Perché?», si intromette Selvi.

«Non lo so, mi sembrava divertente. Sì, era un'intrusione, me lo dicevo anch'io... una cosa senza senso... ma... giocavo, ecco. Mi piaceva davvero, e lei non avrebbe mai saputo che per dieci minuti le ero stato dietro per la strada...».

«E poi?», dice Selvi.

«E poi niente, mi avete chiesto voi dei dettagli anche insignificanti...».

«No, Morzeni, non ha capito. Dove andava, chi vedeva, un bar, un posto...», insiste Carella.

«No, ha posteggiato in viale Montello, sa lì, vicino al quartiere dei cinesi, al Cimitero Monumentale, ed è entrata in un portone, credo al numero 4».

«E lei l'ha vista proprio entrare?».

«Sì, stavo un po' dietro e ho fermato la moto, tanto col casco non mi avrebbe riconosciuto... ho pensato che andasse a casa di qualche amico, o amica, o dei genitori, non un... un lavoro, ecco... perché mi aveva detto che quello lo faceva solo in trasferta o in via Borgonuovo».

«E lo ha aperto con le chiavi, il portone?».

«Sì, con le chiavi... ecco perché ho pensato a casa dei genitori, o roba così...».

Le chiavi. Selvi si ricorda di quel pensiero che gli era sfuggito, che non era riuscito a catturare qualche giorno prima, alla riunione con Gregori e le due squadre.

Ecco cos'era. Riflettevano sul fatto che la ragazza avesse un'altra casa e non avevano trovato chiavi...

Prende il telefono e schiaccia un tasto.

«Sannucci».

«Eccomi, Selvi, dimmi».

«Siamo sicuri che negli elenchi delle perquisizioni della Galinda abbiamo fatto tutto per bene? Che non ci siamo scordati un mazzo di chiavi? Te lo chiedo per scrupolo..».

«Già fatto, Selvi, con grande attenzione, se vuoi saperlo... niente chiavi. Sono anche andato di nuovo alla macchina per vedere se le aveva nascoste là. Niente chiavi, controllato bene».

Selvi è un po' sorpreso che Sannucci abbia capito così al volo, ma in cuor suo è contento: uno sveglio, almeno, ce lo abbiamo. Guarda Carella e scuote la testa.

Ma quello è al telefono a sua volta. Giorgio Morzeni li guarda, non capisce, ma osserva interessato. Ha messo in moto qualcosa.

Carella parla nel suo iPhone:

«Manunzio, tu sei sempre dietro al nero, vero?».

«Sì capo».

«E che fa?».

«Niente, capo. È uscito presto... è andato in quella chiesa strana, in via San Gregorio, che da qua coi mezzi è un bel viaggetto. È stato dentro un quarto d'ora e poi è tornato a casa».

«Senti, Manunzio, ieri mi hai detto che stava gironzolando dove, esattamente?».

«Viale Montello, sov. Tutto il giorno. Avanti e indietro, fuori dal bar, dentro il bar, a piedi, seduto in macchina... un inferno, non riesco a capire perché».

«A che altezza di viale Montello?».

«Mah... nel giro di trenta quaranta metri, direi tra il numero 4 e l'8, due o tre portoni... su e giù...».

«Non lo perdere, Manunzio, che oggi lo fermiamo, ti chiamo io».

«Bene, sov».

Con Selvi basta uno sguardo.

Per Morzeni che è ancora lì, invece, Carella ha più riguardi. Si alza e gli tende la mano, così si alza anche quell'altro.

«Ci è stato di grande aiuto, dottor Morzeni», è un commiato, ovvio, «forse ci ha sbloccato una situazione».

Poi, mentre quello si avvia alla porta per andarsene, lo richiama.

«Ah, Morzeni... non serve a niente, ma sappia... Io non l'ho conosciuta da viva, ma quella... Anna, sì, piaceva anche a me».

Perché l'ha detto? Anche Selvi lo guarda stupito. Perché voleva dirlo, perché se lo ripete da una settimana che non è una cosa sua, che lui lavora e basta, che non è una questione privata.

Però...

E ora tutto si mette in moto alla velocità della luce. Sempre così, pensa Carella, o immobili o di corsa. Selvi va da Gregori perché chieda i mandati al sostituto, Carella chiama Sannucci:

«Chi abbiamo disponibile?».

«C'è Cappelli della squadra di Scipioni, capo».

«No. Fai così, raggiungi Manunzio, lui sta dietro al nero. Lo prendete e lo portate qui... gentili, ma anche non troppo. Lo fate aspettare quanto ci vuole, se si innervosisce meglio... passa di qui tra mezz'ora che Selvi ti dà le carte. Noi abbiamo trovato la casa di quella là e ci andiamo subito, così il nero cuoce un po'».

«Va bene, capo, ho tempo per un panino, allora».

«Mangia, mangia, Sannucci, che diventi grande».

Così, mentre diventa grande con un toast e una birra in piedi al banco del bar davanti alla questura, Sannucci fa anche lui una telefonata:

«Sov?».

«Dimmi, Sannucci».

«Ma che? Sta lì sotto da quella giovane?».

«Eh, Sannucci, se non li fate voi gli appostamenti, che i vostri fanno il secondo lavoro, li devono fare gli eroi in convalescenza...», scherza il vicesovrintendente Ghezzi, che in realtà è contento di far qualcosa che non sia scaldare il divano con la Rosa che gli gira intorno, fosse anche starsene seduto in macchina in via Capecelatro. E continua: «Dai, dimmi».

«Carella ha trovato la casa vera della Galinda, ci sta andando con Selvi».

Silenzio. Ghezzi sta valutando la notizia, e gli sembra buona. Ora le chiavi col coniglio giallo che ha in tasca non scottano più come il polonio.

«E poi prendiamo il nero».

«Eh? Perché?».

«Perché ieri stava in viale Montello sotto al 4, e la casa di quella dov'è? In viale Montello al 4. Come minimo non ci ha detto tutto, se invece va di lusso chiudiamo il caso».

«Non illudetevi troppo», dice Ghezzi. Ma sa che è una mossa da fare. Lui l'avrebbe fatta, almeno.

Così si salutano e lui rimane lì nella Renault, a pensare.

Ora Carella freme. Sente l'odore. Ora sapranno chi era Anna, avranno una storia da ricostruire, avranno delle piste nuove, forse addirittura la soluzione. Se Selvi si sbrigasse... E infatti eccolo.

«Mandato», dice agitando un foglio.

«Andiamo», dice Carella.

«Chi portiamo?».

«Nessuno, io e te, pochi ma buoni, dai».

In viale Montello non c'è la portineria, allora aspettano che qualcuno esca e si infilano. Poi bussano alla prima porta che trovano. Esce una vecchia e le mostrano la foto di Anna. Il mare, la barca, il sorriso. Viva. Quella dice:

«Ma certo, la signorina del secondo piano... 'spettate», e bussa a un'altra porta, lì accanto.

Ne esce una sciura milanese che sembra presa da un documentario sulle sciure milanesi. Elegante, alta come una pertica, una sessantina d'anni truccati e mascherati per sembrare cinquantanove e mezzo.

«Ah, la signorina Antonia! Perché la cercate, è successo qualcosa?».

Così Carella e Selvi scoprono che Anna si chiama Antonia Galli, fa l'interprete, fiere, convegni, aziende, quella roba lì, ed è spesso via. Ma quando c'è è tanto carina e gentile.

«Fin troppo carina», dice la vecchia, ed è già partita a spifferare che lo spilungone del terzo piano, il geometra, ci prova da anni, a farsi notare, ma lei niente: «Una ragazza seria, per fortuna».

Poi le due cominciano a chiacchierare tra loro, lì nel cortile. Sì, ma anche il geometra non è male, mica fa il cascamorto. Però lei è meglio, sempre tutta in ordine. E poi sa le lingue. Insomma, decidono che la ragazza, che adesso non c'è, perché è una che lavora, si dà da fare, merita di meglio del geometra, però al tempo stesso deplorano che sia ancora sola.

«E non è più una ragazzina», dice la vecchia con l'aria di chi pensa: deve sbrigarsi, se no ciao.

Carella freme. Selvi chiede qual è l'appartamento e le due donne glielo indicano col dito, la ringhiera del secondo, là, la porta verde, la vede?

Così i due fanno i gradini a salti e sono su in un attimo, Selvi traffica con degli aggeggi di ferro e dopo tre minuti sono dentro. Cercano la luce, ma niente. Allora cercano il quadro centrale e accendono tutto. Aprono le finestre, anche se entra il freddo, e si mettono al lavoro.

Carella rimane un attimo incantato davanti a una

foto. Lei, più giovane, un motorino verde, una salopette di jeans.

La guarda come se fosse un fantasma.

«Se troviamo chi ti ha fatto male te ne vai, vero? Ti levi dalle palle, signorina?».

23

Il vicesovrintendente Tarcisio Ghezzi ha tempo per pensare. È nella situazione perfetta per farlo, seduto in macchina riparato dal vento che continua a soffiare come una maledizione marziana, ma non dal freddo. C'è un cielo grigio adesso, con nuvole più scure che corrono sullo sfondo di nuvole più chiare, e via Capecelatro sembra in bianco e nero, ma forse questo anche d'estate, chissà.

Pensa che se Carella ha trovato la casa della ragazza è un bene per tutti: per l'indagine e per lui, che esce da quella situazione di sottrazione prove, intralcio alle indagini e insubordinazione grave in cui si è cacciato. Poi pensa che il fermo di Meseret potrebbe complicare tutto. Immagina l'interrogatorio di Carella, che lo spaventerà, che gli farà balenare davanti lo spettro dell'ergastolo. Ma che fare? Poteva avvertirlo – cioè avvertire il Monterossi di chiamarlo – prima che andassero a prenderlo, ma per dirgli cosa? Non parlare? Stai zitto? Non gli è sembrato giusto, è stato preso da una specie di fatalismo che gli diceva: ma sì, vediamo come si mette, vediamo quello che succede. Un po' come sentire la voce della Rosa:

«Però se ti agiti è peggio, Tarcisio!».

La Renault è posteggiata quasi davanti a casa di Serena, un po' più verso lo stadio, sull'altro lato della strada, e lui vede perfettamente il portone nello specchietto. Ora si chiede se ha senso starsene lì a guardare attraverso il retrovisore quell'ingresso grigio con le sbarre, il va e vieni dei passanti infreddoliti, il balletto sui piedi dei clienti che aspettano il clac dell'apriporta come un via libera per il loro quarto d'ora di sfogo animale.

È quasi mezzogiorno e per ora la ragazza ha avuto un solo cliente, uno che è arrivato lì, ha tirato fuori il telefono e ha aspettato che si aprisse il portone, procedura standard, il minimo sindacale della sicurezza per una che apre a tutti, e chissà chi sono.

Però è successa anche un'altra cosa, che non sa come interpretare. Alle undici e mezza si è fermata una macchina, una BMW grande, bianca, roba lussuosa. Ne è sceso un tipo grosso che l'ha lasciata lì in seconda fila con le doppie frecce ed è andato anche lui a quel portone, solo che non ha telefonato, ha suonato il citofono. A Ghezzi è sembrato di vedere che fosse proprio il citofono della ragazza, quello con scritto Luna, il tasto in alto a destra, ma da quella distanza non può esserne sicuro... Comunque il tizio è stato dentro cinque minuti, è uscito e se n'è andato subito. Non abbastanza nemmeno per una di quelle scopate senza passione che si pagano ottanta euro. Ghezzi ha preso la targa, complimentandosi con se stesso perché non ha perso l'abitudine e il tocco, ma poi scaccia via quel pensiero: ha solo preso la targa di uno che magari non c'entra niente, che è andato lì a vedere che non sia morta la vecchia zia, a o a riscuotere un affitto, o... Però sa che il segreto di un appostamento è non addormentarsi, e non si intende non chiudere gli occhi, ma restare svegli, elaborare, pensare, costruire castelli di ipotesi che possono crollare in ogni momento, allenarsi alla delusione. E combattere la noia.

Così prende il telefono e chiama la centrale. Sono Ghezzi, ciao, chi sei. Gli sembra di sentire i risolini, che non sente, ovviamente, ma li immagina. Ehi, c'è al telefono Fra' Ghezzi!

Lui chiede, loro rispondono. Così ora ha il cellulare di Iossia, l'agente che stava lì il giorno prima, il malato immaginario, e lo chiama. Quello risponde al secondo squillo e insieme alla sua voce Ghezzi sente rumori di traffico, gente che parla, come se fosse in un posto affollato.

«Iossia?».

«Sì, chi è?».

«Vicesovrintendente Ghezzi». Questa volta il risolino lo sente.

«E che vuoi?».

Ghezzi sospira. Il tono, le parole. L'arroganza di chi attacca perché è in torto, la stupidità umana, gli stipendi da fame... tutte cose che gli passano per la testa in un secondo. Decide di dirglielo dritto, in modo che quello si regoli e capisca che non ha a che fare con un fesso.

«Mi dispiace disturbarti mentre sei malato e fai un secondo lavoro per curarti, Iossia...».

«Sto andando dal medico».

«Certo, certo... Senti, ieri hai fatto quell'appostamento in via Capecelatro».

«Sì, dalla troia».

Ghezzi stringe il telefono come se spremesse un limone.

«Oltre ai clienti della ragazza, hai visto qualcosa?».

«No».

«Pensaci, Iossia, uno che ha citofonato invece di telefonare... Uno che è entrato nel portone e uscito poco dopo, dai... magari il dottore ti dà le pillole per la memoria. Magari a Carella interessa che rispondi al telefono nel casino del traffico mentre sei a letto moribondo».

«Sì, uno così è passato, ma mica è detto che andava dalla ragazza. Non ha fatto come gli altri clienti, io guardavo loro».

«E magari noi cerchiamo uno che non è un cliente, Iossia...».

«Due volte, mattina e primo pomeriggio. Uno grosso, giubbotto pesante...».

«Macchina?».

«Un BMW grande, bianco, non so il modello».

«Hai preso la targa?».

«No, e perché?».

«Per esempio per fare un controllo, o anche solo per fare un rapporto decente che non sia solo carta da culo, Iossia».

«Non l'ho presa la targa... mi sta insegnando il mestiere, sov? Uno che va in giro vestito da frate e si fa pure menare?».

«Per insegnarti il mestiere non basterebbero trent'anni, Iossia. Vai, torna ai tuoi lavoretti extra, spero che ti paghino bene, per quanto vedo che non è gente che prende personale di prima qualità».

«Che stronzo».

«Eh, sì, Iossia, che stronzo», e mette giù.

Tiene gli occhi fissi sul portone. Ora c'è un altro cliente che saltella nervoso, il telefono in mano. Poi sparisce nella palazzina appena la serratura scatta.

Dunque, ammettiamo che il tizio col macchinone bianco vada proprio da Serena, ma non a spassarsela come gli altri. Che ci va a fare? È il protettore e va a controllare che sia tutto in ordine? Va a ritirare i soldi in modo che quella non stia da sola in casa con il contante guadagnato? Va solo a parlarle? Due volte in un giorno, e ancora questa mattina, perché?

Il vicesovrintendente Ghezzi chiama di nuovo la centrale, ai risolini non ci pensa più.

«Ancora Ghezzi, mi spiace».

«Dimmi, Ghezzi, nessun problema».

«Mi serve una targa».

«Dammi».

Detta il numero e mette giù. Aspetta una risposta.

Il cliente esce dal portone e si avvia con la testa bassa verso il bar dall'altro lato della strada. Ghezzi lo vede nello specchietto, non sembra essere più felice di quando è entrato, ma è così che va il mondo, no?

Poi gli suona il telefono e lui risponde senza dire niente. Dall'altra parte:

«Ghezzi, la tua targa».

«Dimmi».

«È una BMW X6».

«Lo so, intestata?».

«DesioFin srl, via Tripoli 8, Desio».

«Merda!».

«Speravi nome e cognome, eh, Ghezzi?», dice la voce.

«Sì, ma lo so che quelle macchine lì, di solito...».

«Eh!».

«Vabbè, grazie».

Altre cose da pensare. Tutto là, succede. Tutto in Brianza. La vittima, Anna, o Angela, o Antonia, di Garbagnate. Il sequestro a Meda, il Sanna di Meda anche lui, questo qui col macchinone di una ditta di Desio. Può essere un caso, certo... Sì, certo, certo, come no, si dice Ghezzi. Pensa al colloquio col capitano Maredda, al terzo uomo del sequestro, quello col cervello, quello che l'ha fatta franca. Sì, è vero, è un filo esile, ma...

Poi gli viene un pensiero. Prima un abbozzo, come lo schizzo su un foglio di carta. Che si precisa lentamente, si arricchisce. Poi lui alza travi, trasporta secchi di malta, comincia a imbullonare, e ora ha una costruzione che potrebbe somigliare a un'idea. Poi comincia a occuparsi dei dettagli, ne aggiunge altri, lima, lavora di fino. Sempre con gli occhi sul portone grigio, senza smettere di elaborare il pensiero, che è prima diventato un'idea, e che ora è quasi un piano. È un piano che non sta in piedi, si dice. Allora porta qualche altra trave, lo puntella meglio, gli gira intorno. Si chiede cosa può funzionare e cosa no. L'ideale è quando nella colonna «pro» ci sono tante voci e in quella «contro» nemmeno una, ma non succede mai.

È l'una e un quarto. Quando ha chiamato Rosa per dirle che non tornava a pranzo ha avuto in cambio solo un mugugno risentito. Ora scende dalla macchina per sgranchirsi un po' le gambe, magari mangiare un boccone. Lì ci sono uffici, dove ci sono uffici ci sono bar, dove ci sono bar per uffici ci sono panini e piattini riscaldati al microonde, così si avvia, e intanto riprende il telefono.

«Monterossi?».

«Ehi, Ghezzi, mi dica!».

È sorpreso della chiamata, ma nemmeno troppo.

«Che sta facendo, è occupato?».

«Sarei al lavoro, Ghezzi, ma se mi dà una scusa per venir via di qui potrò essergliene grato».

Così Ghezzi lo prega di ascoltare senza interrompere e gli spiega cosa deve fare. Glielo spiega due volte. Una a grandi linee, aspettando che Carlo si riprenda dalla sorpresa, poi un'altra precisando i dettagli e il motivo per cui gli chiede di farlo. Alla fine lo lascia libero di parlare, nel caso quello trovasse nel piano qualcosa che non va, non funziona, una parete che traballa e che può tirar giù tutta la struttura con uno schianto.

Invece no. Monterossi resiste solo un po', fa un paio di domande, evitando quelle strategiche, o filosofiche, o etiche, o inutili, categoria che le comprenderebbe tutte. Si limita ai dettagli operativi, il che vuol dire che ha capito. E si salutano.

Ora il vicesovrintendente Ghezzi Tarcisio in licenza di convalescenza ma al lavoro come lupo solitario si apre il cappottone siberiano ed entra nel bar, si appoggia a uno sgabello alto, scomodo come un trespolo per fachiri. Guarda un foglio unto con quel che c'è da mangiare e storce il naso. I panini hanno nomi di calciatori: visto che siamo in zona stadio, al gestore dev'essere sembrata un'idea geniale. Così alla signorina stanca che lo guarda con le sopracciglia alzate dice:

«Un Recoba».

Poi sente la voce di Rosa come da una galassia lontana che gli sussurra:

«La glicemia, Tarcisio!».

E allora aggiunge:

«Senza salse. E una birra piccola».

Quella se ne va verso il bancone trascinando i piedi, lui aspetta il panino, e anche che il tipo seduto accanto a lui smetta di sfogliare la *Gazzetta* e la posi sul tavolino.

La porta si apre e si chiude in continuazione, gente che va e viene, pare il bar della stazione.

Poi entra Serena. Ha un cappotto lungo e lo tiene chiuso anche se lì dentro fa caldo. Ordina un cappuccino al banco e aspetta in piedi, senza guardare nessuno. Ha il trucco pesante. Ghezzi la guarda e pensa che ci ha dato dentro con il fard, la ragazza. Più su una guancia che sull'altra, tra parentesi. Come dovesse coprire qualcosa, un rossore, un livido. Mescola il cappuccino lentamente, ci ha messo tre bustine di zucchero, e lo beve piano, perché scotta. Lascia qualche moneta sul bancone e fa per uscire. Ghezzi la segue con gli occhi finché la ragazza di prima si avvicina e gli mette un bicchiere e un piattino davanti

«Recoba senza salsa».

Ghezzi scuote la testa e comincia a mangiare.

24

Ora Carlo Monterossi fa il balletto sui piedi che fanno i clienti. Richiama il numero che ha fatto prima per farsi dare l'indirizzo – lei non lo ha riconosciuto – e dice:

«Ho telefonato poco fa, sono qui».

«Sì, ti apro».

Ghezzi lo guarda dalla macchina, nello specchietto, fare quella danza strana. Uno potrebbe pensare che è il freddo, quel mettere il peso del corpo su un piede, poi sull'altro, si chiede perché lo facciano tutti, non è un gesto di desiderio o di impazienza come potrebbe sembrare. È l'imbarazzo di aspettare un piccolo rumore elettrico davanti alla porta di una puttana.

Siamo creature strane, si dice Ghezzi.

Poi Monterossi scompare nel portone.

Un piccolo cortile, una porta socchiusa. Carlo la spinge piano, e dietro il battente, nel semibuio di un minuscolo ingresso c'è lei, una piccola vestaglietta rosa che non copre niente, i seni che escono dalla scollatura, una provocazione voluta che a Carlo sembra solo una tenuta da lavoro.

«Sei tu!». Serena gli salta al collo, sembra contenta davvero. «Non ci speravo più, finalmente uno che vale la pena!».

Carlo sorride, ma deve avere qualcosa di amaro nella piega della bocca. La tocca piano su un fianco, ma solo per allontanarla, anche se per un secondo gli sarebbe venuto spontaneo stringerla anche lui, rispondere a quell'abbraccio. Che strano, pensa, un corpo che non voglio e che però è pur sempre un corpo.

Lei lo guida nella stanza. È un quadrato di tre metri per tre, un letto grande, un comodino, un piccolo ripiano in legno con un computer portatile aperto e acceso che manda della musica lounge, quelle cose che Carlo ha sempre odiato, musiche da ascensore, da aereo prima del decollo, tappezzeria, pornografia, finto jazz per bianchi che picchiano i neri.

È scuro lì dentro. Abbastanza per vedere le forme e i gesti, non per vedere bene le espressioni del viso. Studiato anche questo, si dice Carlo. Dovesse scapparle una faccia disgustata, ogni tanto, che la gentile clientela non veda e non immagini. Il cliente ha sempre ragione.

«Ci divertiamo», dice lei. Ha la faccia contenta, ma non divertita, no davvero.

Carlo leva il cappotto e lo appoggia su una sedia. Poi prende il portafoglio dalla tasca interna della giacca e ne toglie due biglietti da cinquanta. Li appoggia sul piccolo tavolo.

«Bastano?».

«Sì, bastano, ma tu puoi darmeli anche dopo... di te mi fido».

Lui si siede sul letto. Lei gli si siede accanto e gli accarezza il collo. Abbassa un po' la vestaglia e si scopre i seni, prende una mano di lui e la appoggia lì. Carlo la leva subito. Sta attento a non fare un gesto brusco, a non comportarsi come se lei scottasse, o fosse sgradevole. È un rifiuto, ma non è un rifiuto cattivo, non vuole offenderla in nessun modo, una che è già così offesa.

Lei sembra non accorgersi di quel suo levare la mano, gli si stringe un po' addosso.

«Allora hai visto l'annuncio».

Carlo annuisce.

«Ti piace?».

Carlo non parla, cerca qualcosa da dire, e poi dice la più stupida. Perché? Perché è stupido, forse, cioè, questo è quello che pensa mentre la pronuncia:

«Sì... guarda che pioggia dorata si scrive senza apostrofo... non d'orata, dorata».

Lei ci pensa un attimo, spiazzata. Poi ride:

«Mi prendi in giro... d'oro, no? D'orata».

Lui scuote la testa. Si sente l'uomo più cretino del mondo. Poi dice:

«Parliamo».

«Sì parliamo, puoi dirmi tutto quello che vuoi, se ti eccita».

«Non hai capito, Serena... o fai finta, non lo so. Non voglio niente. Voglio parlare».

Lei si scosta un po'. Ha una faccia delusa, ma è una

recita, perché Carlo si immagina sollievo, forse si sbagliano tutti e due.

Ora la guarda bene in faccia – si è abituato alla penombra – e vede un segno, non è ancora un livido, ma... poco sopra lo zigomo.

«E qui?», chiede.

Lei si passa due dita sulla guancia.

«Si vede?».

«Un po', fa male?».

«Un po', ma passa... lo sportello della cucina».

Lui si guarda in giro. C'è il letto e quasi nient'altro, un piccolo bagno.

«Non c'è la cucina, qui».

«Dai che hai capito... vuoi parlare di questo?», e si ritira un po' irritata. Poi sbotta: «Sì, ogni tanto allungano le mani. Ho imparato che è meglio prenderne una sola che resistere e prenderne quattro».

Carlo scuote la testa. Non è lì per confessarla, o consolarla, o... È lì per fare una cosa che gli ha chiesto Ghezzi e la farà, non permetterà alla pietà di insinuarsi nella faccenda, si sta irritando, come se Serena stesse solo moltiplicando il suo furore, quella rabbia che va e viene, a ondate, e ora sente che arriva, che gli pulsa alle tempie.

«Lo sapevi che Anna si chiamava Angela?».

«Eh?». Pare stupita davvero e siccome fin qui ha dimostrato di non essere una grande attrice, Carlo tenderebbe a crederle.

«Sì, si chiamava Angela», dice Carlo. Per un attimo sente l'impulso di dirle tutto, di dirle della laurea appesa al cesso, del clac della porta che non lo fa dormire, di quelle due persone che erano una sola, Anna, che ha incontrato, e Angela, che gli pare di aver conosciuto solo sfogliando qualche carta, guardando qualche vecchia foto. Ma si trattiene. Perché è così agitato? Prima di entrare lì si era detto: vai, di' quello che devi dire ed esci, che ci vuole?

Ora invece si sente stanco.

Mette una mano in tasca e le mostra il biglietto da visita di Anna, quello coi numeri:

«Ho trovato questo».

Vede che le brillano gli occhi. Lei si morde un labbro e dice:

«Cos'è?».

«Non so, ho pensato che magari potessi dirmelo tu».

Lei prende in mano quel bigliettino e lo guarda attentamente.

«È uno dei biglietti di Anna».

«Sì, questo lo so, mi chiedevo se ti dicono qualcosa quei numeri».

Lei legge ancora.

14598
211264

«No», dice, «sono numeri, ma non di telefono», come se questo spiegasse tutto. E poi: «Posso tenerlo?».

«No».

«Allora li copio». Si alza e prende un cellulare sul tavolo, vicino al computer, scatta una foto al biglietto, controlla se è venuta bene e glielo rende. Carlo vede solo ora le unghie rosa, qualcuna è un po' rosicchiata.

«Allora?», dice lui. Impaziente.

«Allora cosa? Numeri, non so... ma magari ci penso». Poi aggiunge guardandolo con un'aria complice, o forse quella che lei considera seduttiva, chissà: «Io lo sapevo, avevo ragione».

«Cosa sapevi?».

«Che tu cerchi il tesoro».

«E chi altro lo cerca, Serena?».

Ora lei ha un piccolo moto di spavento, un sussulto infinitesimale che nasconde subito dietro una risata finta.

«Nessuno, che idee ti vengono!... Certo, a me piacerebbe, un tesoro...».

«Ho trovato la casa», dice Carlo.

Lei lo guarda, in silenzio.

«Non mi chiedi quale casa, Serena?».

«Quale casa?», chiede lei. Si morde di nuovo il labbro. Si sente inadeguata a quel gioco, lo sa, capisce che lui se n'è accorto, non sa come fare, cosa dire, non se l'aspettava, una visita così.

«La casa di Anna, quella vera, non lo studio figo dove si faceva scopare».

Perché l'ha detto così? Si fa schifo, ora, si prenderebbe a sberle. Ma quella: nemmeno una piega.

«Ah!».

«Prima della polizia», dice lui, come per far capire: certe cose le so solo io. Lei sta per parlare, ma Carlo la precede.

«Sapevi che l'avrei cercata, vero?».

«Sì, lo sapevo... no... ci speravo».

«Perché?».

«Perché c'è un tesoro e tu puoi trovarlo meglio di una... di una come me».

«Per quello mi hai detto di Amilcare Neroni, del bigliettino che hai ripescato dalla borsetta?».

«Boh, forse... mi sono detta che tentare...».

«E tutto da sola, vero? O te l'ha fatta venire qualcuno, questa idea? Magari... magari lo sportello della cucina», dice, indicando col mento il livido sulla guancia di lei nascosto dal fard. Nascosto male.

«Ma no... ma sì, certo, da sola, che vai a pensare!». C'è di nuovo paura. Paura di cosa? si chiede Carlo. Poi Serena parla ancora: «E... cosa c'era?».

«Dove?».

«Nella casa, nella casa di Anna. C'era, il tesoro?».

Lui ride. Ride di lei, e glielo fa capire. Cattivo. Che mi prende, pensa Carlo, che cazzo mi sta succedendo.

«No, nessun tesoro. Ma forse ho scoperto come trovarlo».

«E perché lo vieni a dire a me, perché vieni a ridermi in faccia?».

«Perché senza sapere come, senza volere... anzi, sì, volendo, mi hai aiutato. Ripeto la domanda. Perché?».

Ora lei lo guarda senza capire. Cosa vuole, allora, questo qui?

Riflette un attimo, poi:

«Puoi non crederci... ho pensato, ecco un cliente come li vorrei io, gentile, ricco, uno che ti parla al bar... che ti parla come a una persona. Ho pensato che trovare il tesoro insieme, non so... io mi faccio questi film, ogni tanto, che scema, eh? Non sono Anna, non mi portano in viaggio o alle cene d'affari... io sto qui... telefonano, entrano e mi danno due colpi per sfogarsi. Io so come farli sbrigare. Tutto qui... mi sono raccontata che uno così, uno come te, poteva cambiare le cose...».

«Il principe azzurro che ti porta il tesoro?».

Lei ora alza gli occhi e lo fulmina con i suoi, una luce cattiva dentro, un lampo d'odio purissimo come solo certi diamanti. C'era del sarcasmo, addirittura del disprezzo in quella frase che ha detto lui, e lei se n'è accorta, ed è stata peggio di una sberla, peggio di uno sputo in faccia.

«Vai via», dice lei.

«Sì, vado». Carlo si alza, prende il cappotto. Lei è ancora seduta sul letto, lui si volta a guardarla. Sta piangendo. No, non è vero. Le scende solo una lacrima.

È rabbia, è dolore, è quella vita di merda che le salta addosso, sono le pance dei clienti che le si agitano davanti alla faccia, quando lei è seduta sul letto e loro aprono i pantaloni, sono i cento euro di Carlo che scottano sul tavolo. E lei... lei non è Anna, coi vestiti firmati e la macchina scoperta. E c'è anche il fatto che sta invidiando tanto una morta ammazzata, e questo aumenta lo sconforto. E ha paura, è stufa, il momento migliore della sua giornata è quando si beve quel cappuccino. Se c'è un tesoro, lei lo vuole. Di più: è giusto che lo abbia, è suo diritto averlo. E poi arriva questo stronzo, questo pezzo di merda elegante, coi soldi, e le dice di non immaginarselo neanche di essere una principessa, i principi azzurri vanno dalle altre, e lei non vale nemmeno quei film che si fa.

«Vai via», dice ancora, più piano.

Lui apre la porta ed esce nel cortile. Anche se è nuvoloso e tutto grigio sembra ci sia il sole, lì fuori, da tanto era scuro dentro. Il vento gli dà uno schiaffo forte, il freddo gli punge la faccia. Va verso la macchina con le mani in tasca, se dovesse fare un'analisi di come si sente ora, non basterebbe un plotone di psichiatri. Si fa schifo, ecco, si detesta con tutte le sue forze, e la rabbia gli pulsa nella testa. Quando passa accanto alla Renault di Ghezzi non lo vede nemmeno, e quello non fa nulla per farsi vedere.

Sale in macchina e parte sgommando.

Carlo Monterossi, l'Uomo Che Umilia I Deboli.

Così, il vicesovrintendente Ghezzi vede Carlo andare via, con una faccia scura, o era solo fastidio per il vento gelato. Dovrebbe chiamarlo, forse, ma lascia perdere. Se qualcosa non è andato secondo i piani chiamerà lui. Ora non deve fare altro che aspettare. L'istinto gli dice che è questione di tempo, e che non succederà subito. Allora scende dalla macchina e torna in quel bar di prima:

«Un caffè».

Arriva subito. Ghezzi allunga una mano verso le bustine di zucchero, ma esita un secondo. È un'incertezza minuscola, un'increspatura, ma basta e avanza. Così invece dello zucchero prende una bustina di dolcificante e la strappa piano, pensando.

Beve il caffè con dentro quella roba che fa un dolce finto, artificiale, paramedico.

Guarda dove cazzo si va a infilare l'amore, pensa il vicesovrintendente Ghezzi. Roba da matti. La Rosa non ci crederebbe nemmeno se glielo spiegasse cento volte. Ma cosa vuoi spiegare a quella là, che sa già tutto!

Ora è di nuovo in macchina. Aspetta. Il freddo che ti viene a star fermo non è freddo e basta, è una specie di tenaglia che stringe piano. Ogni tanto accende il motore per dare una botta di riscaldamento all'abitacolo. Ma basta il gesto e subito qualcuno si ferma accanto e gli chiede con gli occhi, con le mani, con la voce:

«Esce?».

Lui scuote la testa e fa una faccia come per scusarsi. Non è il modo migliore per passare inosservati. Così preferisce tenersi il freddo e la tenaglia.

Intanto ha chiamato ancora la centrale. Chi c'è in zona, che pattuglie girano qua? La 26 e la 41, dove esattamente? Allora meglio la 26, che l'altra sta più su, via Novara e dintorni. Sacchetti e Finzi, la pattuglia, sì... no, non ha la radio, non è in servizio... il numero ce l'hanno?

Certo, Ghezzi.

Qualcosa che funziona c'è, pensa lui.

E dopo due minuti sta parlando con l'agente Sacchetti, di pattuglia con la volante 26. Lo conosce, è un anziano della polizia come lui, uno che sa stare in strada, uno che insegna il mestiere ai giovanotti, alle reclute. Non è un lavoro facile.

«Sacchetti?».

«Sì?».

«Ghezzi».

Convenevoli, saluti, anche alla signora. Poi Ghezzi gli spiega cosa vuole, se lo fa ripetere. Quello ha capito, ma ripete lo stesso, sa che è giusto farlo, procedura, non sbuffa. Si lasciano subito.

Poi finalmente succede.

La BMW bianca arriva e accosta come prima, seconda fila, doppie frecce. Ha un muso arrogante e aggressivo, anche se pare grande come un camion, vicino alle auto normali parcheggiate. Il tipo grosso scende e attraversa la strada, suona il citofono, entra nel portone grigio.

Ghezzi fa un sorriso che vale una stretta di mano a se stesso. Poi mette in moto, esce, fa manovra come per immettersi nel traffico. Ma invece di andare avanti mette la marcia indietro, si affianca alla BMW, va ancora un po' indietro tra i clacson che lo insultano. E non solo i clacson.

Ora è pronto: in doppia fila anche lui con il motore acceso, pochi metri dietro quel macchinone bianco.

Non ha più bisogno del retrovisore per guardare il portone grigio. Aspetta. Intanto schiaccia un tasto sul telefono, quello delle chiamate recenti.

«Siamo dietro l'angolo, Ghezzi».

«Quando ti do il via».

Ecco che il tipo grosso esce dal portone. Sembra abbia fretta, ora, non ha più l'aria arrogante di chi attraversa piano anche se ferma il traffico. Non corre, ma... sembra agitato, ecco.

«Ora», dice Ghezzi nel telefono, e mette giù.

Poi toglie il piede dalla frizione e parte, si muove un po' verso il centro della strada per evitare la grossa macchina bianca posteggiata in seconda fila... dà un piccolo colpo di gas e prende in pieno lo specchietto della BMW con il montante destro del parabrezza. L'ha calcolato per fare meno danno possibile alla Renault, ma non sa se c'è riuscito. Sa che il colpo è stato forte, che ha fatto un rumore di vetri e di metallo, non i vetri suoi, però.

Poi sente una bestemmia fortissima, e anche altri improperi, e insulti e altre bestemmie colorite, con voce alterata, urla belluine che hanno attraversato millenni e galassie, nebbie stellari, per esplodere poi in:

«La mia macchina, porca troia!».

Ghezzi si ferma pochi metri dopo, ancora in seconda fila, ma questa volta davanti al macchinone bianco. Vede l'uomo che afferra la maniglia della sua portiera e grida:

«Scendi, scendi, vecchio di merda!».

Beh, vecchio, che esagerazione... pensa Ghezzi.

Quello strepita come se gli avessero sparato nel culo. Ghezzi sa che uno specchietto di una macchina simile può costare quanto il suo divano nuovo, un pensiero che gli attraversa la mente così, come uno scherzo. Sa anche un'altra cosa: che ha bisogno di qualche secondo, che non scenderà dall'auto finché non vedrà... ah, eccola!

Una volante della polizia arriva in senso inverso, dà un colpo di sirena e si ferma in contromano, con il muso di fronte alla Renault. L'agente dalla parte del passeggero scende.

«Che succede qui? Oh, stia calmo», e questo l'agente Sacchetti lo dice a quello grosso con il giubbotto che sta scuotendo la portiera di Ghezzi tenendola per la maniglia. Il tipo vede una divisa e finge di calmarsi. Indica la sua macchina con lo specchietto che pende come un ferito della grande guerra mezzo dentro e mezzo fuori dalla trincea.

«Questa testa di cazzo...», comincia.

Ora Ghezzi può scendere. Lo fa allargando le braccia nel vento, come il Cristo Redentore di Rio de Janeiro, e dice:

«Mi dispiace, colpa mia... Beh, certo che una macchina così grossa in doppia fila...».

Ora c'è un capannello di passanti che si sono fermati a vedere lo spettacolo. Commentano, qualcuno ride. Viene da ridere anche a Ghezzi, ma si controlla, cerca di fare l'aria più contrita che può, non è facile. Quell'altro continua:

«Testa di cazzo, ma io ti...». Si blocca un attimo, la faccia di quel cretino che gli ha spappolato lo specchietto non gli è del tutto nuova... no, non è che l'ha già visto, ma gli ricorda qualcuno... Ma è un lampo, ora è più importante la rabbia. «Io ti spacco le ossa, pezzo di merda».

«Oh, calma, calma...», e questo è ancora l'agente Sacchetti, che aggiunge rivolto al Ghezzi: «Lei è in ordine con l'assicurazione, eh?».

Ora Ghezzi sa che tocca a lui, che deve provocare, che deve fare in modo che l'azione dei colleghi sia ovvia, non forzata, che tutto non sembri la combine che è.

«Ci mancherebbe che non sono a posto con l'assicurazione, ma qui è concorso di colpa, eh! Mica può lasciare un camion simile in mezzo alla strada!».

Centro pieno.

Ora quell'altro diventa paonazzo, le vene del collo sembrano la Salerno-Reggio Calabria, solo che queste sono finite. Allunga una mano verso il bavero del cappotto di Ghezzi, che quasi glielo offre: prego, si accomodi, agevoliamo la denuncia per minacce, percosse, aggressione aggravata da futili motivi.

Ma non ce ne sarà bisogno, perché Sacchetti stringe con una mano il polso dell'uomo e diventa severo:

«Basta! Giù le mani! Documenti!». E al Ghezzi: «Anche lei!».

Dopo dieci minuti l'equipaggio della volante 26 ha scritto i dati e sistemato la questione con la civiltà imposta dalla presenza di tutori dell'ordine armati e visibilmente seccati di doversi occupare di simili facezie urbane. Ora Ghezzi si finge mortificato, ma l'altro riprende i suoi documenti dalle mani degli agenti e sale in macchina, ancora rabbioso.

«Ehi, e la constatazione amichevole?», dice Ghezzi agitando i fogli colorati, gialli e blu, dell'assicurazione.

«Ma vaffanculo!», abbaia quell'altro, che sgomma via con un rombo.

Ha fatto un'aria truce da «non finisce qui», ma il Ghezzi è abituato a quegli sguardi, si può dire che raccoglierli è il suo lavoro.

«Ecco qua», gli dice Sacchetti strappando un foglio dal taccuino.

«Grazie, ottimo lavoro».

«Dovere... tra colleghi...». E poi aggiunge: «E complimenti per il caso al convento, pulito, silenzioso, da manuale, mi hanno detto...».

«Ma se mi ridono dietro tutti!», dice Ghezzi con un piccolo sconforto.

Sacchetti gli batte su una spalla una mano grande come una pagaia da kajak.

«Ma no, quelli bravi no», dice, e risale sulla volante dopo una stretta di mano da amici.

Ora Ghezzi può andare a casa. Studia il danno alla Renault, praticamente zero, un segno che si confonde con gli altri. Bene, se non altro per evitare l'interrogatorio della Rosa. E che quello non abbia voluto compilare i moduli è meglio ancora per due motivi: gli evita il calvario di altra burocrazia e soprattutto non ha il suo nome. Nel caso si rivelasse una pista buona per le indagini, meglio che non sappia che è stato un poliziotto a fargli lo scherzetto dell'incidente.

Ora guida piano nel traffico e guarda il biglietto:

Giuseppe Serperi, 26 aprile 1971, residente a Desio, via Tripoli 8, guardia giurata.

Eh sì, guardia giurata, come no. Una guardia giurata una macchina così non se la compra nemmeno in due vite, straordinari inclusi. Una guardia giurata che abita allo stesso indirizzo della finanziaria, o azienda, o ufficio, a cui è intestata la macchina. Ma questi pensano che siamo scemi. E si dice, vabbè, facciamo un controllino. E, sempre guidando, schiaccia un tasto del telefono.

«Sov», risponde Sannucci.

«Sannucci, un controllo».

«Lo so, capo, quello là, come si chiama... l'Amilcare Neroni, sì, non ho avuto tempo, oggi una giornata...».

«No, un'altra cosa, Sannucci, segnati 'sto nome...».

«Adesso no, sov... mi scusi, stiamo sentendo il nero... mo' gli molliamo pure resistenza all'arresto...».

«Come, resistenza?». È veramente stupido.

«Eh!... vabbè vado... dopo, sov».

«Chiama a qualunque ora, Sannucci, non fare il timido».

Ma quello ha già messo giù.

Ghezzi posteggia vicino a casa e sta per telefonare a Rosa, chiederle se serve qualcosa, se può prenderla lui, già che è fuori, così lei si evita il freddo. Poi scuote la testa e lascia perdere, capace che quella gli dice che lui non sa nemmeno comprare il pane.

C'è ancora il vento. Che follia, però, il vento a Milano.

25

Ora che hanno trovato la casa, che sanno il nome vero di Anna Galinda, che hanno visto le sue due vite, che hanno messo su un tavolo grande della questura tutto il materiale e l'hanno vagliato foglio dopo foglio, lettera dopo lettera, lei gli interessa un po' meno.

Ora cercano Enrico Sanna, o comunque si faccia chiamare il bastardo, perché il legame stabilito da quei ritagli di giornale è evidente come un razzo tracciante nella notte. Dunque sì, quel filo sottilissimo, quel capello che avevano trovato nelle prime pulizie sul caso, quel coinvolgimento del Serini, il venditore di macchine, nel sequestro Caprotti era reale. Il Sanna è tornato, cercava Angela, forse Serini gli ha dato qualche pista, forse no, comunque l'ha ucciso. Poi ha cercato lei, e siccome l'ha trovata nonostante tutte le precauzioni – non una, ma addirittura due identità false –, c'è da pensare che quello abbia parlato, che lei abbia commesso almeno un'imprudenza. Che senso ha nascondersi se vai in giro a dire chi sei nella tua nuova vita?

Carella pensa questo: che errore, Anna, che cazzata hai fatto!

Si rimette a leggere. Hanno buttato un'ora e mezza a cercare un traduttore dal tedesco, poi Selvi ha perso la pazienza e se n'è andato, dicendo che ci avrebbe pensato lui. È tornato un'ora dopo con gli articoli del giornale austriaco tradotti, più esaurienti delle poche righe del *Corriere*. Ha spiegato a Carella i passi sottolineati, il punto esclamativo accanto, nel margine ingiallito della pagina.

La foto scampata alle fiamme nel portafoglio, che era la foto di una ragazza. La catenina d'oro al collo del cadavere, un mezzo cuore con la lettera A, fusa con la pelle e la carne del morto abbrustolito, ma ancora leggibile. E l'altra metà di quel cuore, l'hanno trovata loro, in un cassetto là, in viale Montello, un'altra catenina, un altro ciondolo, con la lettera E.

Tutto si tiene in modo così banale, pensa Carella.

E poi, tra le sottolineature nervose di Anna su quegli articoli, un dettaglio che non torna: le scarpe ortopediche del morto nella BMW di Salisburgo. Il cadavere bruciato aveva una gamba leggermente più corta dell'altra, un piccolo difetto fisico, una cosa impossibile da mascherare. Questo non c'è nella scheda del Sanna, che pure qualche volta è stato dentro, fotografato, pesato, misurato per bene.

Era lì che Anna aveva capito?

Era da quel minuscolo dettaglio, incredibilmente riportato da un pignolo cronista austriaco, che aveva realizzato di essere in pericolo? E il Sanna aveva unto qualche ruota, allungato qualche mazzetta per coprire uno scambio di persona o era stato solo un colpo di culo?

E intanto, mentre aspettava la traduzione, Carella ha letto le lettere. Le ha messe in ordine di data e ha ricostruito quella storia d'amore, se si può dire così, che parola idiota.
La prima, pochi mesi dopo il sequestro e la fuga. Lui si scusa di non essersi fatto vivo, dice di essere stato un po' all'est, senza precisare. Poi le promette che tornerà, che staranno insieme. Ci sono vari accenni alla buona e sicura conservazione e protezione di «quella cosa che ti ho dato», dei «nascondili bene», dei «trova un posto sicuro, non a casa a Garbagnate». È una scrittura rozza, le parole sono le prime che verrebbero in testa a chiunque. Anche quando le dice che la ama, che vorrebbe stare con lei, è la banalità che comanda. Non scrive mai «ti amo», comunque, questo Carella lo nota, fa dei giri di parole maldestri per non dirlo mai. Ti voglio. Ti penso. Ti amo, mai. È il tipo convinto che non sia una frase da uomini, si dice Carella.
Più avanti c'è qualche accenno al lavoro di lei. Lui sapeva che lei occasionalmente frequentava uomini per denaro, e con buon guadagno, ma non sembra dispiacersene. Le dà anche qualche consiglio, le dice di tenere alto il target, non con queste parole, forse peggio: «Se devi darla via, almeno fallo con quelli che pagano bene», una frase spaventosa, pensa Carella, per uno che si firma «tuo Enrico».

E poi, lettera dopo lettera, passavano i mesi, gli anni, e il tono di lui si faceva minaccioso. Forse lei aveva smesso di rispondere, forse non aveva risposto come lui si aspettava. Le frasi diventavano brevi, ordini secchi: «Non devi toccarli per nessun motivo, sono nostri, sono per noi, dopo». E nelle lettere successive, che lei nemmeno aveva aperto – ma conservato sì, perché una donna che è stata innamorata è un blocchetto di plastico C4, anche quando non ama più – quel «nostri» era diventato «miei» e c'erano frasi che stillavano odio, come «solo una puttana» e «quando riuscirò a venire lì».

Minacce, insomma.

Su cosa avesse trascinato Anna, anzi Angela, in quell'amore malato per un delinquente con la proprietà di linguaggio di un teppista, lei che nella libreria di casa aveva il meglio della letteratura italiana, libri letti e riletti, pieni di post-it, di frasi sottolineate, di annotazioni, Carella non se lo chiede nemmeno. Sul comodino, nella casa che hanno scoperto oggi, aveva una copia di Fenoglio – *Una questione privata* – consumata da mille e mille letture, squadernata quasi. Elemento estraneo alle indagini, si dice Carella, ma sa che non è vero, sa che niente è estraneo alle indagini, sa che ogni sfumatura, piega, luce, ombra della vittima gli serve per renderle giustizia. Per cacciare i fantasmi da casa sua.

Poi basta. Di colpo, niente più lettere. L'ultima è datata 28 gennaio 2012, piena di insulti e rabbia, di impotenza. Dopo, solo i ritagli con la morte del Sanna, le sottolineature nervose sul testo tedesco – sapeva il tedesco, Anna? Se l'era fatto leggere da qualcuno? Controllare, si dice Carella. E dopo tre mesi lei aveva quei documenti falsi, costosi e perfetti. Dunque aveva capito subito, si era spaventata subito, aveva fatto due più due: ora che lo credono morto e non lo cercano più verrà lui a cercare me. Così aveva nascosto Angela, l'aveva seppellita in due cassetti in soggiorno, aveva appeso la sua laurea a un muro del cesso e aveva inventato Anna, l'identità da puttana, e Antonia, la signorina tanto studiosa e lavoratrice.

Bello e chiaro. Ma tutto da provare, da incastrare, da riscontrare. Un lavoraccio. Chiude la cartellina gialla con dentro le lettere. Sopra c'è scritto: A. G. Alza gli occhi verso Selvi che sta studiando altre carte e che lo guarda a sua volta.

«Ha abortito», dice. E allo sguardo interrogativo di Carella alza un foglio con l'intestazione di qualche ospedale, o clinica.

«Novembre 2009», legge sul foglio.

«Due mesi dopo il sequestro e la fuga di quello là».

«L'aveva pure messa incinta, lo stronzo». Scuote la testa.

Nelle lettere non c'è traccia di questo, pensa Carella, forse lei non gliel'ha detto, forse sì, ma a lui non interessava. Sospira.

«Andiamo dal nero».

Meseret era in cucina, quando ha sentito battere alla porta. Qui non viene mai nessuno, si era detto, e anche, ma chi può essere. Poi i colpi erano diventati più forti e una voce aveva detto:

«Teseroni, apri, polizia!».

Così lui aveva perso la testa ed era corso verso il bagno, dove c'è la finestra che dà sul cortile e il salto è di un metro e mezzo scarso. Perché? Non lo sa, non lo sapeva nemmeno quando lo faceva, quando si arrampicava sul davanzale, non sa dire dove cercava di andare, lo avrebbero preso lo stesso, ovvio, lo sapeva, questo, sì.

Poi quelli sono entrati, erano in due, e l'hanno bloccato, lui ha reagito, ha urlato, no, non ricorda cosa. Ma insomma, crede di averne colpito uno scalciando all'indietro, perché ha sentito un tonfo, delle imprecazioni, delle voci concitate, e le manette, messe strette, una gomitata su uno zigomo, forte, data quasi senza parere, un paio di calci quando era a terra.

«Cosa fai, scappi, figlio di puttana?».

E poi quella stanza dove sta da qualche ora, seduto, con un poliziotto giovane in divisa che ogni tanto mette dentro la testa.

E ora finalmente questi due.

«Sovrintendente Carella, lui è il vice Selvi», dice Carella sedendosi davanti a Meseret. Poi sta zitto. Lo guarda.

«Perché scappava?».

Meseret spiega: non lo sa, si è spaventato.

«Lo sa che anche solo per resistenza all'arresto può passare guai grossi?», chiede Carella.

Meseret abbassa gli occhi e non risponde.

Selvi gira attorno alla sedia di Meseret e gli toglie le manette, quello si massaggia i polsi. C'è un tavolo tra lui e Carella. Selvi prende un foglio da una cartellina e lo posa sul piano di legno consumato, sporco, sotto gli occhi del nero. È una foto del cadavere di Anna, forse ha scelto apposta la più brutta. Gli occhi sono aperti di terrore, il buco in testa è nero, le scottature sono ombre grigie su una pelle bianchissima.

«Sei stato tu?».

Lo sanno che non è stato lui, ma non è il momento di fare i sentimentali. Lo stronzo gli ha fatto perdere una settimana, potevano averlo già beccato, il Sanna, cazzo!

Parla ancora Carella:

«Dimmi cosa facevi ieri in viale Montello».

Meseret spiega. Dice che aveva capito da tempo che quella là, in via Borgonuovo, non era la casa vera della signorina. Che si era ricordato di essere stato con lei in un posto, ad aggiustare una tapparella, che lei gli aveva parlato della casa di un'amica. Lui non aveva dubitato, e perché mai?, era gentile, la signorina, per un'amica l'avrebbe fatto, certo. Ma poi ci aveva pensato, dopo il fatto, sì, dopo... dopo la morte della signorina Anna. Che quella lì che puliva lui non era... non poteva essere la casa vera, e lei d'altronde lo chiamava «lo studio»... Allora era andato a vedere se in quel posto c'era qualcuno, ma non era entrato nel portone, era stato lì fuori a... ad aspettare. Cosa? Non lo sapeva nemmeno lui. Forse se entrava qualcuno che avrebbe potuto collegare ad Anna, una faccia già vista, lui non li conosceva, i clienti della signorina, ma qualcuno l'aveva presente... No, non aveva spiegazioni migliori. Era stato lì un pomeriggio intero, incerto, indeciso su cosa fare, nervoso, ma anche incapace di andarsene. Come se quel posto – lì in viale Montello, e non lo studio sigillato dalla polizia in via Borgonuovo – fosse un legame con lei. Come se fosse un filo.

Selvi scuote la testa.
«Pensi che un giudice ci crederebbe?».
Meseret è troppo intelligente per dire ora frasi come «Io non ho fatto niente», cosa che accadrebbe in ogni film, in ogni romanzo noir e forse anche in ogni interrogatorio. Però lo dicono i suoi occhi e le sue mani.
«Andiamo avanti», dice Carella, «ti ci ha mandato qualcuno a far la guardia in viale Montello?».
«No, perché, come vi viene in mente?».
«Avevi una macchina... tu non ce l'hai la macchina, no?», dice Selvi.
Allora Meseret pensa che se lo seguivano sanno che è stato dal Monterossi, che ammettendo qualcosa non solo li farà contenti, ma non creerà troppi guai ai suoi amici. Parla del pranzo dopo il funerale, quando si erano conosciuti. E che l'amico del Monterossi... Oscar... non ricorda il cognome, aveva una Passat e che lui gliel'ha chiesta in prestito... Poi l'ha usata per stare là in viale Montello.
Carella impreca tra sé. Aveva chiesto a Manunzio di fare un controllo sulla targa, ma figurarsi, porca puttana! Altro tempo perso.

Ora tocca a Selvi:

«Vediamo se ho capito. Vai al funerale di una morta ammazzata che conoscevi bene, incontri persone che non hai mai visto, vai a pranzo a casa loro... vado bene?».

Meseret annuisce. Quello continua:

«Chiedi in prestito la macchina a uno che non hai mai visto né conosciuto, che non ti ha mai visto prima. Non gli dici a cosa ti serve, gliela chiedi e basta, giusto?».

«No, gliel'ho chiesta qualche giorno dopo».

«Così?».

«Così».

«E va bene, quello ti presta la macchina. Poi tu stai con la sua macchina tutto il giorno in un posto senza sapere nemmeno tu che cazzo stai facendo... giusto? Un posto che sai che noi stiamo cercando, tra l'altro... E poi metti in moto e vai a cena a casa di quel Monterossi, che è stato l'ultimo cliente della vittima, dove c'è anche il tizio che ti ha prestato la macchina? Dico bene?».

«Sì».

«E tu pensi che noi adesso ti diciamo, bene, signor Teseroni, ci ha convinto, può andare, scusi il disturbo? L'hai vista la foto? Hai visto chi cerchiamo? Cerchiamo uno che ha bruciato le dita di una donna, viva, legata, imbavagliata, che non poteva nemmeno urlare, che le ha bruciato il collo con un ferro da stiro, che le ha sparato in testa. Pensi che ci puoi fottere così?».

Selvi non ha nemmeno alzato la voce.

Carella si accende una sigaretta e parla:

«Che rapporti hai con 'sto Monterossi?».

Allora Meseret dice ancora del pranzo, del lavoro che quello gli ha offerto, della televisione, che sta cercando idee nuove e che pensa che lui possa essergli utile. Non saprebbe dire come, ma forse quell'altro lo sa, perché il contratto glielo hanno fatto subito, milleduecento euro al mese per sei mesi, poi si vede. Forse ricerche, forse piccoli servizi, non lo sa, perché per quel lavoro non ha ancora fatto niente, ma il Monterossi gli ha detto che qualcosa verrà fuori, che deve elaborare un'idea nuova per un programma e che lui gli sarà utile...

Carella e Selvi si guardano con gli occhi che si dicono la stessa cosa: siamo finiti in mezzo ai matti.

Poi Carella si alza e guarda Meseret.
«Stai qui ancora un po', ti lascio del tempo per pensarci, forse verrò dopo con un sostituto procuratore, deciderà lui se confermare il fermo. Se vuoi un consiglio pensa a cosa dire, non le cazzate che ci hai detto adesso, le cose vere, che secondo me le sai e non le dici, non so perché, ma le sai... Noi siamo poliziotti, se c'è in giro un assassino e uno ci nasconde le cose, pensiamo che sia suo amico».

«No!». Meseret ha quasi urlato. È la prima volta che qualcuno alza la voce in quella stanza. Loro non si voltano nemmeno a guardarlo.

Ora Carella è di nuovo nel suo ufficio. Il nero non c'entra niente, con l'omicidio. Ma perché quel comportamento assurdo? Ha mandato Selvi a Meda, a parlare coi carabinieri che si erano occupati del sequestro Caprotti, settembre 2009, a farsi dare e dire tutto su quel Sanna, ambienti, contatti, amicizie, case, parenti, tutto. Non ci diranno nemmeno la metà di quello che sanno, pensa, perché vogliono prenderlo loro.

Adesso è ovvio che dovrà sentire quei due, il Monterossi e il suo amico... Oscar, ha detto il nero? Sì, Oscar. Ma forse può beccarli più tardi... mettergli un po' di pressione, e pensa a come farlo. Sì, un modo ci sarebbe, anche se non gli piace... non è il suo stile, ecco.

Però, mentre rimette nella cartellina la foto di Anna nella sua posa di morte, alza le spalle. Stile, procedure, correttezza... che cazzo stai dicendo, si chiede. Stile? Ma vaffanculo, Carella. Cosa sei, una specie di artista? Priorità, invece. Urgenze, piuttosto. Prendere il figlio di puttana prima che si può, inchiodarlo, fotterlo per sempre. Buttare via la chiave. Magari averlo in mano qualche ora prima di darlo al carcere. Magari... E stai qui a menartela con lo stile e la correttezza? È furioso, adesso, è furioso con se stesso.

Prende in mano il telefono e cerca un numero nella rubrica.

«Pronto?», dice la voce dall'altra parte.

«Carella».

«Ah».

«Una cosa da dirti».

«Aspetta, sono dai grafici. Chiamami tra due minuti, ti prendo nella mia stanza su in redazione».

«Bene».

26

Da dove viene questo profumo di paradiso? Questo miscuglio di caffè e pane tostato, di lievi rumori di cucina, di aria di casa, di tepore rassicurante mentre fuori infuria la tempesta e comanda il gelo? Carlo Monterossi si sveglia così, con l'odore del caffè appena fatto che gli si infila dentro e gli dice, dai, alzati, poteva andare peggio, potevi essere un operaio a Vladivostok nel '38, un bracciante siciliano fucilato dai garibaldini, un professore di liceo.

Ma poi guarda l'orologio e trasecola: le nove? L'alba? Praticamente piena notte? Siamo impazziti? Però trova la forza di infilarsi nella doccia, e quando si presenta in cucina avvolto in una famiglia intera di asciugamani e accappatoi vede Katrina al lavoro e Oscar Falcone seduto al grande tavolo di marmo. Ora dovrà dire qualcosa di sensato, magari di spiritoso, magari di... ma gli viene solo:

«Beh?».

È appena sveglio, cercate di capire, siate umani, ogni tanto.

«Perdoni, signor Carlo, ma signor Oscar mi ha costretta a fare caffè», dice Katrina.

Quell'altro, intanto, sta mettendo del müesli nello yogurt, dove aggiunge anche un po' di miele. Ha la faccia di chi non dorme dalla firma del trattato di Yalta, e anche prima ha riposato male.

«Siediti», dice a Carlo.

«Per carità», risponde lui, «farò come se fossi a casa mia».

E mentre beve il primo sorso di caffè Oscar gli mette sotto il naso una pagina del *Corriere della Sera*, cronaca di Milano, titolo a cinque colonne:

SVOLTA NEL CASO DELLA PROSTITUTA UCCISA
LA POLIZIA FERMA E INTERROGA UN SOSPETTO

Sotto, c'è la foto segnaletica di Meseret, con la didascalia che spiega:

Meseret Teseroni, italiano di origine etiope, fermato per l'omicidio della prostituta di via Borgonuovo. Una svolta nelle indagini?

Carlo legge l'articolo con attenzione e foga. L'uomo era il domestico della donna uccisa. Ha nascosto informazioni agli inquirenti. Perché? Cosa sa veramente? È lui l'assassino? Protegge qualcuno? Farà rivelazioni che potrebbero sbrogliare la matassa di un caso così intricato? Gli omicidi della prostituta e del venditore d'auto Andrea Serini sono forse collegati? La Procura confermerà il fermo?

È un articolo fatto più di domande che di risposte, ma

la faccia di Meseret è un punto esclamativo. Eccolo. È lui, prendete e guardatelo tutti, stampatevelo bene in testa.

Anna, invece, non merita un nome. È «la prostituta di via Borgonuovo», e questa è una cosa schifosa, pensa Carlo, ma anche un po' ironica, perché Anna, che di nomi ne aveva tre, sul giornale non ne ha neanche uno.

Il commento nella colonna di destra invita a un prudente, peloso, garantismo: calma, nervi saldi, non è detto che sia lui «il killer della squillo», né che abbia «orribilmente torturato la vittima», né che abbia «oscenamente infierito sul cadavere», ma ora è «sotto torchio». Insomma, mentre si dice no, si dice sì, mentre si chiede di aspettare gli sviluppi dell'indagine, si cuce addosso a Meseret il vestito del sadico assassino. Un capolavoro.

Il taglio basso è l'immancabile intervista a Giampiero Devoluti, alfiere della moralità pubblica, fiero, inflessibile, volitivo, emana un intenso profumo di manganello e olio di ricino. Questa volta nella foto non sta sparando alle sagome di cartone o arringando le folle, ma compare in giacca e cravatta sullo sfondo di un mercato rionale. Perché è vicino alla gente, lui. «Li accogliamo nella nostra civiltà e loro fanno questo», dice. E anche «tolleranza zero», e «pene esemplari» e «ecco cosa succede quando si abbassa la guardia e si favorisce il degrado nella nostra società».

Parla del nero assassino, ovvio, ma anche della vittima puttana.

«Dobbiamo tirarlo fuori», dice Carlo.

«Mica facile», dice Oscar. E poi: «Lo sanno che non è stato lui, ma gli serve per far star zitti un po' questi qua...», indica con il mento il giornale squadernato tra le tazzine della colazione, «dopo due settimane senza una pista, Meseret gli serve come il pane, è il Signore che lo manda».

«Avrà bisogno di un avvocato».

«No, ne avremo bisogno noi».

Carlo lo guarda con un punto di domanda negli occhi e Oscar sbuffa, ma è proprio scemo, 'sto Monterossi. Allora spiega:

«Vorranno sentirci di sicuro, ovvio, ma se prima Meseret riuscisse a parlare con un avvocato sapremmo cosa ha detto finora... fino a che punto ha raccontato...».

Sì, chiaro, ora lo vede anche Carlo, che infatti si attacca al telefono.

Uno degli aspetti positivi di essere un cliente solvente, un uomo della tivù – fosse anche la Grande Fabbrica della Merda –, il detentore di un buon conto corrente e un nome che la gente conosce, è che il tuo avvocato ti risponde subito. La signorina non ti dice l'avvocato è occupato, o in tribunale, o ha una riunione importante, o sta cagando, o è a Londra. No. Invece scatta sull'attenti.

«Subito, dottor Monterossi».

Dopodiché, un'altra voce:

«Dimmi, Carlo».

Così lui spiega, a grandi linee, sottolinea l'urgenza, dice che quella faccia nera che avrà sicuramente visto sul *Corriere* non c'entra niente con l'omicidio, che l'uomo fermato non ha assistenza, che qualcuno dello studio deve andare là, subito, e capire come stanno le cose.

«Va bene, mando uno del penale», dice l'avvocato. E anche: «Ti faccio sapere, tu... meglio se non ti trovano per mezza giornata».

Così Carlo e Oscar escono prima che arrivi una volante a prelevarli per «chiarimenti», e ora sono davanti a un altro caffè, questa volta in un bar di via Vittorio Veneto, un vetro pulitissimo li separa dal vento gelato che c'è fuori e che muove i rami spogli che fanno da pensilina ai tram che passano.

Carlo è confuso e dispiaciuto, guarda il telefono in continuazione, come se l'avvocato fosse Superman e fosse volato in questura in un lampo saettante, abbia chiarito tutto, possa chiamarlo a minuti... no, a secondi, per fargli rapporto. Oscar invece è teso, si sente colpevole.

«Colpa mia. È stata una mossa cretina, mandarci Meseret».

Carlo non parla, ma sta pensando: beh, ci sta, una mossa cretina, non siamo forse due cretini, noi? Ehi, serve qualcuno che faccia una cazzata? Eccoci!

Insomma, non è un clima di festa, forse l'avete capito.

Poi tocca a Oscar:

«Povera Angela... Anna... brutta storia».

Carlo lo guarda. Non è una richiesta, è più un... se vuoi parlare parla, ma muoviti.

E allora Oscar fa rapporto su cosa ha trovato là, a Garbagnate, non solo a casa di Angela, dove ora abitano altri, ma accanto, di fianco, vicino. Dice che i genitori sono morti tutti e due, a due mesi di distanza, lui di cancro, faceva il meccanico, lei di... boh, di dolore, forse, di mancanza. È morta della morte di lui. E lei, la ragazza Angela, si è trovata sola, sola davvero, una laurea che valeva come il due di picche a briscola, nessun futuro credibile, niente soldi. Che pure era una specie di fulmine, al liceo, Angela, una che studiava duro, che all'Università aveva scelto Lettere e che le sue amiche le invidiavano quella passione sfrenata, quello studio denso, fremente, partecipato, critico.

E però non era una santa, no. Questo gliel'ha detto Caterina, la sua amica del cuore, la sua... ma sì, la sua confidente negli anni in cui stava ancora là. Che Angela era brava in tutto tranne che nelle cose di cuore, e la sbandata che aveva preso per il bandito bello era proprio una scemenza, e glielo dicevano tutte. Ma lei niente, Enrico, Enrico, Enrico, e c'era solo lui. Pure quando lo beccavano per le rapine ai benzinai, pure quella volta che si presentò a prenderla con una Maserati, a Garbagnate, figurati, che era rubata, naturalmente, ma lei ci era salita come una regina, ed erano sgommati via nella pianura come in un film, con le amiche che un po' le invidiavano la parte, ma si dispiacevano per lei.

Una passione letteraria? Una fascinazione classica, la bella e la bestia, l'intellettuale e il bandito? Io ti cambierò? Chi lo sa.

E poi le voci che giravano, che tra Meda e Giussano, e Carate Brianza, e Seregno, si diceva che aveva cominciato a fare un po' la vita, insomma, la si vedeva a cena nei ristorantoni di lusso con gli industrialotti della zona, o coi loro figli fuoriserie-muniti. E anche che quando lei le invitava in quei posti, le amiche, raramente ma capitava, aveva i soldi arrotolati nella borsetta come i gangster, i vestiti firmati e le scarpe costose, e si sapeva e si vedeva che tutto quel ben di Dio non veniva dalle Lettere o dalle ripetizioni, o dalle traduzioni dal tedesco. E che gli uomini a pranzo – tutti uomini, in quei posti da trenta-quaranta euro a insalatina e carpaccio di spada, uomini che chiamano per nome i camerieri e guardano le donne come lupi – si davano di gomito quando la vedevano entrare, e i titolari dei locali la conoscevano e le dicevano: signora.

A lei, all'Angela.

E poi che ci tornava sempre più di rado, al paese, e quasi sempre per una visita al cimitero, dai genitori, che aveva una fissa per i cimiteri, con la sua Audi scoperta – scoperta anche col freddo, basta che non piovesse –, ma che con loro era sempre la stessa, capace di parlare di tutto, ironica, simpatica, semplice a dispetto dei vestiti da ricca signora milanese, come ormai a loro sembrava, lontana, perduta.

Solo di quell'Enrico non parlava più, dato che era sparito, volatilizzato, e nessuno l'aveva più visto, dopo una storia di sospetti di cui si favoleggiava nei bar tra il caffè e la sambuca e le chiacchiere sul calcio. Un sequestro, addirittura... ma va', era un ladro di polli, un cacciatore di figa... però aveva il cannone in tasca, beh, sì, in effetti... eccetera, eccetera, sai i paesi...

E Oscar ripete il racconto di quella Caterina, ma anche di una certa Carla che è passata per qualche minuto mentre stavano parlando, parole che lo hanno colpito:

«È come se Angela fosse due persone».

Ecco.

Ma sola, sempre sola, come in attesa di qualcosa, di qualcuno, chissà, forse che tornasse il bandito che – le due lo hanno detto in coro – era bellissimo. Però aggiungendo subito: uno stronzo colossale, uno pericoloso, e intanto brillavano gli occhi a entrambe...

E poi, di quando Caterina l'aveva invitata al matrimonio, e lei, Angela, non era andata, ma aveva mandato un mazzo di fiori, il più grande, bellissimo, con un biglietto che diceva: «Sii felice almeno tu».

Letterario sì, pensa Carlo.

Clac.

E poi sente anche il telefono che gli suona in una tasca. L'avvocato, pensa, e risponde subito. Invece è una voce di donna. No, non di donna, di Katia Sironi.

«Vieni qui immediatamente».

«Ehi, che ti pren...», fa per dire Carlo, ma quella ha già messo giù. Così saluta Oscar, paga i caffè ed esce nel vento. Da via Vittorio Veneto a via Turati, allo studio della sua agente da una tonnellata, ci sono poche centinaia di metri. Carlo decide di attraversare i giardini e se ne pente subito. C'è un tappeto di foglie per terra, tutto è grigio e invernale, e senza la barriera dei palazzi il vento si muove libero come una muta di cani feroci, e lo azzanna, infatti. Poi via Turati, presa da piazza Cavour, poi due piani di scale, la porta, il grande salotto studio, Katia Sironi, un menhir nella brughiera, che non risponde nemmeno al suo saluto.

«Si può sapere cosa cazzo stai combinando?».

Ora la faccia di Carlo è il monumento al punto di domanda. Alle riunioni c'è andato, non ha fatto il disperso in Russia, qualche idea per i nuovi progetti gli verrà, non c'è fretta... che vuole la burbera guardiana del suo scontento?

Ma lei gli agita sotto il naso una copia del *Corriere*, arrotolata, la tieni come un manganello, la pagina con la faccia di Meseret, lo minaccia con quella, come si fa coi cani che pisciano in casa.

«Mi hanno chiamato, sai? E sai cosa mi hanno detto? Mi hanno detto: ma Monterossi ci ha fatto assumere un assassino di prostitute, per caso? Io come una scema a difenderti, a dire calma, il dottor Monterossi sa quello che fa... ma te lo chiedo di nuovo: che cazzo stai facendo?».

Ora Carlo si arrende. Non ha voglia, non ha forze. Si siede lì e si dice: investimi, dai, su, passami sopra con i cingoli, ma fai in fretta, in fretta che sono già morto, puoi solo infierire sul cadavere, se ti diverte non mi opporrò.

Lei è proprio furibonda.

«Assassini, puttane... ehi, Carlo, mica starai diventando come i tuoi programmi, eh! Guarda che te l'ho già detto, la vita è qui, quella là è solo la tivù!».

E allora Carlo fa una cosa che non ha mai fatto, che non pensava di poter fare mai. Non dice una parola. Si alza dalla sedia su cui si era lasciato cadere, col cappotto ancora chiuso, le mani in tasca, si alza e se ne va.

Non è offeso, non è arrabbiato con lei, suppone che abbia delle buone ragioni, suppone che là, al settimo piano della Grande Fabbrica della Merda, abbiano già chiamato gli avvocati, chiesto chiarimenti, e che Katia Sironi li voglia da lui. Da chi, se no?

Ma tutto questo passa e va, irrilevante, lontano. È solo la sua vita, dopotutto, Carlo non lo ritiene un argomento così interessante, al momento. Scende le scale piano, si butta nel vento ghiacciato che non sente nemmeno, non sente i rumori, le macchine, i tram che alzano polvere nella luce ghiacciata anche lei. Un innocente sbattuto sui giornali, forse impaurito. Una donna torturata. Un'altra che non sa cos'è la sua vita, solo un offrirsi stanco e sporco.

E lui? Lui sente ancora e solo quella rabbia che non se ne va. Così cammina, tagliando il vento, sfiorando i passanti, giù per via della Moscova, fino a corso Garibaldi, poi il Castello, il parco. Pensa a María che non torna e a lui che ci aveva creduto senza crederci, solo perché era bello crederci. E aveva creduto anche di poter cancellare quel clac, e si accorge che più sa qualcosa di Anna... no, Angela... insomma, più ne sa e più si sente male per quella notte.

Non fosse stato preso dall'alcol, dal suo commiserarsi, dalla vena sottile di eccitazione nel vedersi adescato, che cretino, forse avrebbe capito che lei voleva dirgli qualcosa. Invece lei disseminava bigliettini, nomi astrusi di gente che non esiste, numeri senza senso scritti accanto a due labbra rosse.

Non mangia a pranzo, non beve, non prende nemmeno un altro caffè. Fende Milano camminando come se fosse un grande spiazzo disabitato, non sente i rumori del traffico.

Carlo Monterossi fa i conti con la sua rabbia, mentre le ore gli scivolano addosso, mentre il tempo perde aderenza. Vede che comincia a fare buio, che le luci si accendono, che il vento smeriglia gli angoli e i vetri delle case, le insegne dei negozi, che lucida tutto, che fa pulizia.

È una storia di gente sola, pensa. Solo lui, che gira per la città intossicato dalla rabbia, sola quell'Anna che aveva per compagnia le altre sue vite e basta, sola quella Serena, spaventata. Dove cazzo sono finiti tutti? Ehi, c'è qualcuno? O siamo tutti qui a fare a botte da soli, e a prenderle, tra l'altro.

Quando gli suona il telefono, nella tasca del cappotto, sta per ignorarlo, ma pensa all'avvocato, a Meseret, a Oscar, e così risponde. È un numero che non conosce.
«Pronto?».
«Monterossi, venga qui», una pausa, «sono Carella, la questura».

Non è un ordine, non c'è ansia, non c'è la frustrazione del caso che non si sblocca, non c'è l'urgenza o l'imperio della legge. È una voce stanca e tirata, quasi un sussurro. Non è nemmeno una preghiera o una richiesta gentile. Sono solo parole: Monterossi, venga qui. Come se non fosse in discussione che lui ci andrà, ma al tempo stesso come se fosse irrilevante: venga, non venga, faccia il cazzo che vuole, non vede come siamo stanchi, come siamo spossati, delusi, come stiamo per andare in mille pezzi?

Allora Carlo cambia strada, prende via Pontaccio con i marciapiedi stretti, ora il vento gli soffia contro come per fargli cambiare idea, le macchine posteggiate hanno una patina di ghiaccio sui vetri, tutto pare congelato.

Idiot wind, blowing every time you move your teeth,
You're an idiot, babe.
It's a wonder that you still know how to breathe.*

Poi entra nel portone della questura, nessuno lo ferma. Sale le scale, va verso l'ufficio di Carella, la stanza dove è stato la prima volta, dov'è sbiancato, dove si è reso conto che quel clac della serratura di via Borgonuovo lo avrebbe perseguitato, svegliato di notte, deriso, calpestato, dilaniato con lame sottili. La porta è aperta, Carella è seduto alla sua scrivania, gli fa un

---

* Bob Dylan, *Idiot wind*: «Vento idiota che soffia ogni volta che muovi i denti / Sei un'idiota, baby / È un miracolo che tu ancora sappia come respirare».

cenno che indica una sedia e si appoggia allo schienale della sua. Ha una faccia ancora più stanca, se possibile, di quando si sono visti l'altra volta. Una smorfia cattiva.

«Chiuda la porta, Monterossi, si sieda», dice.

E poi:

«L'hanno trovato».

Ora Carlo lo guarda senza capire e il sovrintendente Carella abbassa gli occhi sul piano della scrivania e dice solo:

«Enrico Sanna. L'assassino di Anna».

E aggiunge:

«Morto».

27

Il vicesovrintendente di polizia Ghezzi Tarcisio, in temporanea licenza di convalescenza, guarda un sacchetto di plastica trasparente poggiato su una scrivania ordinatissima. Lo solleva e se lo rigira tra le mani. Tende un po' il cellophane per vedere meglio qualcosa sull'oggetto contenuto là dentro, protetto da polvere e impronte. È una pistola Beretta 92fs. Poi alza gli occhi verso il capitano Maredda, quel Vittorio De Sica azzimatissimo in uniforme perfetta, che ha negli occhi una domanda, e allora risponde:

«Sì, è la mia pistola».

Ed ecco che si chiude il cerchio, pensa Ghezzi.
Poi aspetta. Perché se è stato convocato lì, a Meda, accompagnato da un appuntato che lo è andato a prendere a casa e ha guidato in silenzio per quaranta minuti, se è stato accompagnato nell'ufficio del capitano, se ha bevuto il caffè della macchinetta della Benemerita, non è solo per dire: «Sì, è la mia pistola».

«Aveva ragione lei, Ghezzi», dice Maredda.

«Pare di sì, ma è un caso». Poi non resiste e chiede che venga interrotta quella conversazione monca, fatta di spezzoni, di frasi corte, di domande fatte con gli occhi.

Maredda apre una cartellina e gli mostra delle foto, stampe del genere brutto che Ghezzi ha visto molte volte. Un letto con sopra un corpo, la testa un po' piegata, un cuscino accanto sventrato dal colpo di pistola, sangue sulla parete dietro il letto e su un comodino alla sinistra del morto. Altra angolazione. Il morto è vestito, ha le scarpe. Altra angolazione, la stanza è un buco, c'è posto appena per il letto e una sedia. Dettagli. Al morto manca quasi mezza testa, dalla tempia destra in su. Dettagli. Una bottiglia quasi vuota, vodka, e un bicchiere sul comodino, anche loro striati di gocce scure. Dettagli... Basta. Ghezzi non guarda più. Invece guarda Maredda, che si decide a parlare.

«Ci ha chiamati l'albergatore, stamattina, da poco passate le nove».

Ghezzi sta per spazientirsi, quell'altro capisce e comincia a raccontare, ma essendo carabiniere da sempre non racconta veramente, fa una specie di rapporto.

Sono andati in questo agriturismo... no, più un bed & breakfast, sulla Barlassina, poco fuori Seveso. Non è zona di villeggiatura, quella, negli alberghi da poco vanno lavoratori di passaggio, tecnici per le aziende, manutentori di impianti che si fermano qualche giorno. Günther Reiter, di Traunstein, sembrava uno di quelli, e si era presentato così, ha pagato una settimana in contanti, in anticipo, l'unica cosa strana, perché di solito pagano le ditte, e hanno anche delle convenzioni... Il padrone dell'albergo non ci ha fatto troppo caso... Progettista di impianti per qualche fabbrica della zona, che impianti e che fabbrica non lo aveva detto, parlava italiano, forse bene, ma soprattutto poco, buongiorno e buonasera. Usciva raramente, e anche questo sembrava strano, ma sono cose che sembrano strane dopo. Le impronte digitali non lasciano dubbi. Era Enrico Sanna. Si è sparato con la pistola d'ordinanza di Ghezzi, mettendo un cuscino tra la bocca dell'arma e la tempia, per attutire lo sparo che infatti nessuno ha sentito, o forse erano tutti fuori... ora della morte, probabilmente la sera prima, aspettano gli esami. Dall'odore, escluso quello della cordite, si direbbe che aveva bevuto, la bottiglia di vodka confermerebbe, ma anche su questo aspettano il medico. In camera aveva pochissime cose, qualche vestito di ricambio, una giacca a vento, un cappotto, la foto di una ragazza...

Maredda sposta verso Ghezzi un altro involto trasparente che contiene una foto, un bel primo piano. È Anna, o Angela, o... più giovane, è una foto che avrà una decina d'anni. Non ride, non sorride, ma è viva e sta bene.

Ghezzi rispinge il piccolo rettangolo protetto dalla sua busta trasparente verso Maredda, e il capitano continua.

In una valigia hanno trovato seimila euro in contanti e la 7,65, una Browning. La balistica sta controllando, ma siamo sicuri che è quella che ha ammazzato il Serini e la Galinda. Il silenziatore stava in una tasca della stessa borsa, con una scatola di proiettili. Alla Beretta di Ghezzi invece manca un colpo solo, quello che è finito nel cuscino, poi nel cervello del morto, poi nello stipite in legno della finestra.

Ora si guardano. Ora la domanda negli occhi ce l'ha Ghezzi, che però non parla. Allora Maredda va avanti, è il momento delle procedure.

«Sono stati qui i suoi, il sovrintendente... Carella, mi pare».

«Sì».

«Con un sostituto procuratore che voleva solo fare in fretta».

«Sì, è uno nuovo».

«Il caso l'hanno preso loro, gli abbiamo passato tutto, anche quel che ci dirà il medico e la balistica passa a voi», intende voi della Polizia, lo dice come se parlasse di un'altra religione, «e dunque pare che il caso sia chiuso».

Chiuso un cazzo, pensa Ghezzi.

Poi guarda Maredda.

«Ma uno così, secondo lei, capitano, si spara in testa?».

«La gente si spara in testa di continuo, Ghezzi».

«Sì, lo so. Però uno così, un bandito di strada, uno che fa le rapine alle banche, che ammazza il suo socio e lo brucia in una macchina, che tortura una che è stata la sua donna... non me lo vedo a spararsi in testa... quelli lì preferiscono farsi ammazzare da noi che fare da soli».

«Sì, ci ho pensato anch'io. Però... che ne sappiamo? È venuto qui a cercare qualcosa, non l'ha trovata, ha ucciso due persone, che ne sappiamo cosa gli è scattato...».

Ghezzi pensa. Si trova stranamente a suo agio in quell'ufficio, non c'è bisogno di riempire i silenzi, sono due vecchi del mestiere e sanno che se uno tace sta pensando, e che quei pensieri lì non vanno interrotti. Poi dice:

«Se lei ha una pistola silenziata, una buona pistola, che conosce bene, il peso, il tocco... lo sa com'è con le pistole, sono oggetti... molto personali, ecco... ce l'ha lì, a portata di mano. Perché per ammazzarsi usa un'altra pistola che oltretutto fa un rumore del diavolo, e mette un cuscino per attutire lo sparo? Non è un po' assurdo?».

«Sì, è assurdo, ma lo sa com'è, Ghezzi, una volta accettato l'assurdo che uno si spara in testa, tutte le altre assurdità paiono secondarie... E poi la Browning era smontata, forse ha deciso in pochi minuti e ha scelto di spararsi con la Beretta...».

Ghezzi non parla. Sì, ci sta, tutto è possibile. Ma non è uno che molla.

«Segni di effrazione? Gente che andava e veniva, cose sospette?», insomma, si aggrappa.

«Niente. Il proprietario dell'albergo l'ha trovato e ci ha chiamato. L'ha trovato perché ha visto la finestra spalancata, con questo freddo, e ha pensato di andare a fargliela chiudere, la porta era chiusa a chiave, così quando nessuno rispondeva ha pensato che il tedesco fosse uscito lasciando la finestra aperta, è sceso a prendere la sua, di chiave, ed è entrato nella stanza. Ha visto il cadavere e ci ha chiamati, niente di sospetto».

«E a che piano, questa finestra aperta?», chiede Ghezzi.

Maredda sorride.

«Piano terra, Ghezzi. Non mi tratti come un dilettante, ci ho pensato anch'io. Ma vede, il Sanna era grande e grosso, era anche allenato, tonico, mica facile spargli in testa... certo, se il medico ci dice che aveva un ematoma, che è stato tramortito, che era svenuto... va bene, ma al primo esame non risulta».

«Sbronzo sì, però».

Maredda sorride di nuovo e questa volta guarda Ghezzi dritto negli occhi.

«Vicesovrintendente Ghezzi, sa qualcosa che io non so?».

Ghezzi tace. Sì, forse sa. Il terzo uomo, qualcuno che ha aiutato il Sanna a cercare il tesoro, e poi ha capito che era solo un peso... Possibile? Forse. Forse no. Più di un'intuizione, meno di un sospetto, e in ogni caso non lo direbbe alla concorrenza. Forse dovrebbe parlare con Carella, anzi, sicuro.

«Avete guardato il telefono?».

«Nessun telefono».

Ghezzi resta impassibile. Un assassino con un'identità falsa viene in Italia dopo anni per cercare i suoi soldi, o qualcos'altro, ammazza due persone, e non ha un telefono? Sa che ci ha pensato anche Maredda, ovvio, che infatti fa una faccia impassibile anche lui, come per accettare quella stranezza, come per sospendere il giudizio.

Ma del resto: è stato lì un sostituto procuratore, ha visto, ha firmato, ha detto che è tutto chiaro...

Così Ghezzi si alza e tende la mano al capitano.
«Grazie».
«Per la pistola ci vorranno i soliti tempi... Ma ora che l'abbiamo trovata gliene daranno un'altra più in fretta, Ghezzi, almeno questa qui non fa più danni».

Ghezzi annuisce, saluta di nuovo, esce nel gelo della Brianza, che è ancora più gelata di Milano, e si riempie i polmoni. Comincia a fare scuro, sono le quattro e mezza e tra mezz'ora sarà già notte. L'appuntato di prima lo aspetta accanto a un'Alfa lucida come se fosse uscita ora dalla fabbrica, gli apre la portiera dietro, ma Ghezzi scuote la testa e si siede davanti, accanto a lui.

«Di dove sei?».
«Cosenza».
«Grado?».
«Appuntato».
«Ti trovi bene qui?».
«Un po' freddo».
«C'eri anche tu quando hanno trovato il morto?».
«Sì».
«Che ne pensi?».
«Che è morto».
Niente male, pensa Ghezzi.

28

Ora Carlo Monterossi sente calare tutta quell'agitazione. I pensieri gli si fermano in testa, sente il corpo più pesante sulla sedia scomoda dove già si era seduto il primo giorno di tutta quella storia, quando Carella lo incalzava con le domande.
Ora no.
Il sovrintendente lo guarda senza vederlo.
«Il caso è chiuso, Monterossi», dice.
Poi gli spiega dei carabinieri di Meda, del suicidio del figlio di puttana, del vicequestore Gregori con la faccia di uno che stapperebbe lo champagne: l'assassino si toglie dai coglioni da solo, ci risparmia fatica e lavoro, il caso va nella colonna di quelli risolti e sono tutti contenti. Anna Galinda o comunque si facesse chiamare, è morta per niente, il venditore di macchine di lusso pure, nella morte del bandito, invece, c'è qualcosa che assomiglia alla giustizia, mah, se qualcuno vuole vedercela si accomodi. Il sostituto procuratore l'ha fatto mettendo due firme, sì, si è accomodato, pure molto in fretta. Le squadre sono state sciolte e destinate ad altri casi, Scipioni non ha combinato un cazzo ma già si vanta nei corridoi che il Sanna si è spa-

rato perché lui stava per prenderlo, anche se non gli crede nessuno, sta solo alimentando la sua fama di coglione conclamato.

«È contento?», chiede Carella.

Carlo non risponde. Contento? Che domanda del cazzo è?

Carella continua:

«Il suo amico Teseroni... il nero... l'abbiamo mandato via con tante scuse, è stato fatto un comunicato... ha collaborato, era un malinteso, eccetera eccetera, non serviva nemmeno l'avvocatone che ha mandato, Monterossi, ma ci ha aiutato a scrivere quelle due righe di completa riabilitazione da mandare ai giornali. È stato un errore mio metterlo in mezzo... come si dice nel calcio? Fallo di frustrazione, credo, non so, non me ne intendo... volevo metterla sotto pressione, perché lei, Monterossi, sa delle cose che non ci ha detto».

Ora Carlo fa per parlare, ma Carella lo ferma con un gesto della mano.

«No, non me le dica ora, Monterossi. Ora non serve più. Quello che ha trovato lei, qualsiasi cosa, è irrilevante. La vittima... Anna, si era fatta due identità false, ma non era capace di gestirle. Era andata a dire il suo nuovo nome al tizio delle macchine, un errore piuttosto cretino se vuoi sparire e hai paura di un morto che viene a cercarti. Mi sono fatto l'idea che non fosse una cima, sa? Ma poi, geni o non geni, cretini generici, puttane laureate in Lettere, belle donne o rottami, magri, grassi, gente per bene e bastardi...

vengono tutti a trovare me, cazzo, e finché non prendo chi gli ha fatto male restano lì come fantasmi».

Carlo ora lo guarda. Carella non è un bell'uomo, ha un'aria sciupata, ma mica come gli attori francesi. Allora decide che deve parlare anche lui:

«Perché mi ha chiamato, Carella?».

«Perché lei mi suona male, Monterossi, lei è uno che chi fa un'indagine non vorrebbe mai trovarsi in mezzo alle palle. Lei pensa, questo non va bene. Poi vuole fare giustizia, e questo è peggio. La giustizia non c'è, Monterossi, se lo vuole mettere in testa o no?».

«Mi ha chiamato per dirmi questo? Per una discussione filosofica tra uno che scrive puttanate per la tivù e un poliziotto cinico? Andiamo, Carella, non funzionerebbe nemmeno su Rai Uno».

Carella fa una risatina amara.

«No, Monterossi, l'ho chiamata qui per dirle tutta la storia. Il bandito che fa il colpo della vita, lui, un rapinatore di benzinai che fa il sequestro perfetto, lascia il malloppo alla sua innamorata e sparisce. Ma l'amore, sa Monterossi, lei che scrive quel programma là... l'amore non è una cosa che dura. Quella aveva dei soldi e uno che li rivoleva. Se lo vede il tarlo, vero? Vuole me o il malloppo? Io ho letto le lettere che riceveva dal suo bandito... Lui è tornato a prendere i soldi...».

«So tutto, Carella».

«No, lei non sa un cazzo, Monterossi! I morti parlano. Come è stata uccisa quella ragazza ci dice che lì l'amore non c'era stato mai, nemmeno prima. E che lei non ha parlato. Poteva dirgli, prendi i tuoi soldi e vai via, poteva dirgli dove sono nascosti... non l'ha fatto. Monterossi, lei ha una risposta?».

«No».

«Lo vede?».

Ora tacciono tutti e due. Carella accende una sigaretta e ne offre una a Carlo:

«Fuma?».

«No... bevo».

«È già qualcosa».

Lasciano che il silenzio si posi e riempia tutto. Poi parla Carlo, che ora non ha più voglia di andarsene, o meglio sa che un altro posto, anche i divani di casa sua, non sarebbe né meglio né peggio di quella sedia di legno.

«È davvero un suicidio?».

«Perché no?».

Carlo pensa. Eh! Per esempio: perché spararsi dopo che ho detto a Serena che so dov'è il tesoro? Se era per lui che la ragazza raccoglieva indizi e me li portava, se era lui quello che la picchiava in faccia... perché ammazzarsi quando le cose si muovono? O c'è qualcun altro? Un attore della commedia che ancora non è salito sul palco?

Non dice niente, però. Anzi, sì:

«Ancora non mi ha detto cosa ci faccio qui».

«Non ha capito, Monterossi?».

«No».

«Uffa, è proprio scemo come dice Gregori, allora. Io potevo farle passare dei guai, Monterossi, intralcio alla giustizia, ostacolo alle indagini, quelle cose lì. Non l'ho fatto per un motivo solo: lei era rabbioso. Come me. Lei ne ha fatto un caso personale. Dice che non se l'è nemmeno scopata, la Galinda, e va bene, ci credo. Ma lei era furente, Monterossi, era... rabbioso, sì. Come me. Per una che ha visto due ore, mezzo sbronzo, per una che non avrebbe mai più incontrato. Qui dentro pensano che io sia pazzo perché per me diventa una questione personale. Pensano che questo mi farà commettere degli errori, sbagliare delle valutazioni... ma vede, Monterossi, io sto in un punto delicato della catena... dopo che le disgrazie sono successe, e prima che diventino solo faldoni di fogli freddi, scritti male, burocratici. Io sono l'ultimo passaggio prima che una cosa umana... o disumana, veda lei... prima che una cosa umana diventi burocrazia, processi, deposizioni, avvocati, commi del codice, attenuanti, aggravanti... Io vedo il sangue, Monterossi. E mi incazzo. Ho visto che lei era incazzato alla stessa maniera, in qualche modo l'ho riconosciuta...».

Cos'è? Una ramanzina? Una confessione?
«E allora?», dice Carlo.
«E allora ho visto un altro con i fantasmi in casa, Monterossi. L'ho capito quando ha pensato alla serratura, alla porta che si è tirato dietro nello studio di quella là... ci pensa, vero?».
«Sì, sempre...».
«Le faccio un regalo, Monterossi. Non se lo merita, perché penso che sia un coglione fatto e finito. Ma glielo faccio lo stesso... diciamo per solidarietà tra... tra gente che la prende sul personale, ecco».

Carlo ora lo guarda negli occhi, che quello strizza per il fumo.

«Che regalo?».

«È entrato dalla finestra, Monterossi. Dal terrazzino sotto e poi dalla finestra del bagno che era accostata. Non è entrato dalla porta chiusa solo con lo scatto, non l'ha aiutato lei, il Sanna, non gli ha facilitato il compito. Forse aspettava sotto che lei se ne andasse. Forse è arrivato dopo. Ma ci sono dei segni, si è arrampicato, non è difficile, io l'ho fatto, ci sono riuscito, non ci vuole un acrobata del circo... Cancelli i suoi incubi, Monterossi, forse le tolgo un po' di letteratura, ma i suoi incubi sono infondati».

Carlo chiude gli occhi, sente ancora «clac», ma più attutito, più lontano. Basta questo, dunque? Basta una spiegazione... tecnica? Basta cambiare la scena e il furore se ne va? La rabbia? Tutto quanto?

«Poi ho un altro regalo, Monterossi».

Carlo è confuso, ora. Troppe cose insieme, troppe ondate di schifo e sollievo. Carella allunga sul tavolo che li divide un libro... no, un manoscritto, forse, rilegato in pelle color blu scuro. L'intestazione è in lettere d'oro:

Angela Galloni
Università Statale di Milano
Tesi di laurea in Letteratura italiana moderna e
contemporanea
febbraio 2006

MORTE E SEPOLCRI NELLA LETTERATURA
DELLA RESISTENZA ITALIANA

Carlo guarda senza capire, e fa la solita domanda con gli occhi.

Carella parla piano:

«La tesi di laurea di... Anna... Angela. L'ho letta, qui e là. Irrilevante per le indagini, l'ho presa solo perché avrebbe aumentato inutilmente il volume dei faldoni, perché lei aveva un libro sul comodino che piaceva molto anche a me. Insomma, la prenda, meglio in mano a lei che in un deposito del tribunale coi topi che se la mangiano...».

Carlo fa ancora quella faccia che chiede qualcosa che non saprebbe chiedere a parole.

«Vada, Monterossi, vada via, vada a casa, il fatto che un po' ci somigliamo non vuol dire che ci stiamo simpatici».

Non gli offre una mano da stringere, non lo saluta.

Carlo esce e si tuffa in strada, vuole sentire il freddo, vuole sentire le spine di ghiaccio nei polmoni, e in effetti le sente. Una puntura. Ma qualcosa non torna. Sì, ecco. Non c'è più il vento. Tutto è gelido e calmo e immobile, tranne Milano, ovvio, ma il vento non soffia più, i rami spogli dei giardini pubblici non si muovono, le foglie per terra non volano in giro. Fa solo il solito freddo di Milano, efficiente, produttivo, implacabile. Un freddo che non si distrae.

Carlo si siede su una panchina sotto un albero maestoso completamente nudo, uno scheletro di albero infreddolito anche lui. Tiene sotto il braccio quel manoscritto rilegato e le mani nelle tasche del cappotto. Si sente stanco, ma non è questo.

Fa ancora quella prova degli occhi. Li chiude e lascia che diventi tutto nero.

Clac.

Di nuovo.

Allora capisce, sorride e cammina verso casa.

Carlo Monterossi, l'Uomo Che Sa.

29

Un club di polo in Nuova Zelanda? Una consorteria di assessori regionali? Mafiosi russi nella sauna? Oppure uno di quei club per latifondisti della Virginia dove ti aspetti di veder passare Clark Gable da un momento all'altro? Cos'è questa riunione di uomini?

Macché, è il salotto grande di casa Monterossi in modalità funerale irlandese, incrociato con consiglio di guerra. Le luci sono basse, c'è un secchiello con il ghiaccio per l'acqua, bottiglie in giro, musica a volume minimo. Ghezzi ha finito il suo racconto, la trasferta a Meda. Carlo ha finito il suo, la lezione di vita di Carella.

Oscar aspetta il suo turno, ma insomma la situazione è questa: il caso è chiuso, Anna Galinda meritava una serata tra amici e questo sarebbe una specie di post funerale, una cerimonia che chiude la bara e il caso.

Ma le cose che hanno scoperto Ghezzi e Oscar Falcone la fanno virare verso la riunione operativa, le danno un altro tono. Sono le cinque del pomeriggio, fuori fa freddo, forse più freddo ancora da quando il vento se n'è andato altrove, lasciando la città stordita, orfana dell'aria violenta che la puliva così bene.

Ghezzi beve piano quel nettare di whisky che trova solo lì, Oscar fruga nel frigo finché ne emerge con guacamole e un vassoio di formaggi grande come una piattaforma petrolifera. Le patatine messicane le ha cavate da chissà dove... Carlo pensa che dovrebbe mettere dei lucchetti ai mobili della dispensa. Ognuno beve quel che vuole, ma a scanso di equivoci Oscar ha preparato una caraffa di margarita.

«Sono solo illazioni», dice Ghezzi, «non dico prove, ma non abbiamo nemmeno indizi significativi».

Insomma si parla di lui, Giuseppe Serperi, la bestia della BMW bianca, che risulta guardia giurata e fa il nababbo. Ghezzi ha ordinato a Sannucci, pena il solito gulag dell'antitaccheggio alla Rinascente, di trovargli qualcosa su quel nome, ma il cretino non risponde al telefono – licenza premio di due giorni per aver magistralmente fatto da elemento di sintesi nel caso Serini/Galinda – e quindi il vicesovrintendente ha dovuto fare quel che non voleva. Cioè ha richiamato il capitano dei caramba Maredda, a Meda, e gli ha chiesto se poteva informarsi un po' lui. Una cosa personale, non un'operazione interforze... ma sapendo di lasciare un inconfondibile odore di coda di paglia bruciata.

Così ora ha in mano due foglietti, e legge prima quello che contiene le informazioni standard in possesso all'arma, o almeno ciò che si sono degnati di dargli. Dunque: Giuseppe Serperi, quarantacinque anni, guardia giurata presso una cooperativa di gorilla e spaventapasseri vari, porto d'armi regolare, pistola dichiarata una Beretta PX4 Storm, roba buona, non si sa se ne ha altre. Incensurato. Titolare della DesioFin, finanziaria che offre prestiti di piccole-medie dimensioni (massimo accertato trentamila), ma si sospetta attività di strozzinaggio e forse anche riciclaggio.

Il riciclaggio ce lo mettono sempre, pensa Ghezzi, come l'aceto balsamico al ristorante.

La DesioFin è stata fondata nel gennaio 2010, begli uffici, belle macchine (due), due dipendenti, la segretaria e uno che sembrerebbe un galoppino, un uomo di fatica. Gli affari vanno bene, ma questo si sa solo perché quel Serperi continua a comprare appartamenti in zona Meda-Seveso-Desio, investimenti, assegni circolari solidi, di mattoni e con le finestre.

È poco ma è anche parecchio. Pensavate di avere una vita privata, voi? Beata innocenza!

Poi Ghezzi legge un altro foglio, scritto con una calligrafia impeccabile, probabilmente con una stilografica, forse anche con pennino e calamaio, pensa con un ghigno. Trovare qualcuno più antico di lui, mica è facile... È di pugno del capitano Maredda:

Ghezzi, questo qua è un rovina famiglie, gli presta due soldi e li strangola per anni. È piccolo, ma è uno che vorrebbe fare il salto. Qualunque cosa scopra, mi interessa, non faccia il poliziotto.
Firmato: cap. M.

Ora Oscar va nell'ingresso e torna con il suo iPad. Quando prende in mano quell'affare, Carlo si aspetta il peggio, perché non si sa mai quali segreti può conservare lì dentro, ma quello fa tutto con calma, si versa un altro margarita. Poi si decide, il maledetto.

«I caramba sono carini ma non ci dicono tutto».

Lui a Desio c'è stato nove ore. Dalla mattina alle sette, e si è fatto un'idea più precisa.

«'Sto Serperi è poco più di un animale. È del '71, ha fatto la guardia giurata, sì, e intanto un po' di recupero crediti in proprio. Gambe rotte, intimidazioni, minacce, mai stato preso, ma a Desio lo sanno tutti, e alcuni che lo sanno camminano col bastone. Nel gennaio del 2010 ha smesso di andare a lavorare. Cioè risulta assunto, stipendi, Inps e tutto, ma lui non c'è andato più. Dicono che ha comprato una quota della cooperativa in cambio del trattamento di favore. Sempre nel gennaio 2010 ha aperto la ditta. Buoni affari ma poche pratiche. Insomma, il Serperi preferisce i finanziamenti illegali, la finanziaria è una specie di copertura. Metodo, il solito: ti do trentamila, non preoccuparti, me li rendi mille al mese, ah, non ce la fai?, cazzo che peccato!, nessun problema, allunghiamo un po'... interessi, creste, interessi sugli interessi, insomma li rovina. Risulta un suicidio – il solito coglione che si divertiva con le macchinette e ha fatto i debiti – ma niente di accertato, voci. Fa lo stesso con le aziende, ma preferisce quote o appartamenti in pegno, o a saldo delle rate. Niente politica, niente che risulti, ma si dice lì che qualche amministratore, passato e presente, gli debba dei soldi, quindi...».

Carlo ascolta tutto, di Oscar non si stupisce più, è uno che puoi mandare in missione dietro le linee e ti torna con la fidanzata del generale nemico seminuda che lo adora. Ghezzi invece si preoccupa, perché uno così in giro... mah... è come un pescatore dilettante che fa strage di trote sotto gli occhi del professionista superaccessoriato. Irritante.

«Comunque», si inserisce il vicesovrintendente, «noi non abbiamo prove che fosse collegato col Sanna. Sappiamo che andava da quella là, Serena, e che ci è andato di corsa dopo la visita del Monterossi, qui, ma niente di più».

Oscar capisce il punto di vista, sa che un indizio, un collegamento bisognerebbe trovarlo.

«Vero, però... Desio, Meda, Seveso... la zona è quella. La ragazza Serena è un altro filo... niente di decisivo, ma...».

Carlo è stato zitto fino ad ora, ma non perché dorme. Stava pensando. E ora li dice, i suoi pensieri, è uno spirito libero, sapete.

«Dunque sentite un po'. Sequestro Caprotti, Meda, settembre 2009. Il Sanna sparisce subito. Questo qua invece, quattro mesi dopo compra praticamente l'azienda del suo datore di lavoro, apre uffici, acquista macchinoni, presta soldi a strozzo... dove li ha presi tutti 'sti soldi?».

«Illazione», dice Ghezzi, col tono dell'«obiezione, vostro onore». Ma in effetti, detta così...

Oscar storce il naso. Mica sono un tribunale, loro, si può pensare, no?

Carlo va avanti:

«Supponiamo che fosse il terzo del sequestro... quant'era il riscatto? Tre milioni e due? Ci sta...

un milione a testa, pulito, più le spese, o i soldi per il Serini che gli aveva indicato la vittima... Quando il Sanna torna a cercare i suoi soldi secondo voi da chi si fa aiutare? Dal complice a cui è andata meglio, da quello che ne è uscito bene. Lui è dovuto scappare, quell'altro deficiente è andato a ammazzare i parenti in Serbia... beh, sai i vecchi amici che tornano, no?».

«Affascinante», dice Ghezzi, «ma serve un legame col Sanna, se no è solo una teoria. Potremmo chiederlo a Serena, spaventarla un po', stavolta...».

Spaventare una che è già così spaventata, pensa Carlo, ma che modi!

Però ci ha provato a chiamarla, e quella non risponde. Da ieri. Lo dice.

Oscar e Ghezzi fanno la faccia allarmata.

«Come, non risponde?».

«Il numero. Il numero dell'annuncio... non risponde da ieri. Volevo... chiederle scusa, ecco».

Ghezzi lo guarda. Scusa? Perché? Chiedere scusa a una che forse è complice di uno strozzino che potrebbe essere l'assassino di un assassino?

Allora il telefono lo prende lui e dopo un minuto sta parlando:

«Sacchetti? Sempre in pattuglia lì? Me lo fai un altro piacere?».

Dopo venti minuti di silenzio e tensione, arriva la risposta. Sì, la volante 26 ha suonato il citofono e... niente. Ha chiesto a due condomini. La signorina –

hanno ammiccato i vicini intendendo: la zoccola del piano terra – non si vede da ieri.

Ora sono allarmati. Che sia andata via per un po'? Carlo lo spera, ma non sembrava il tipo da avere un buen retiro o cose del genere. Non può impedirsi di pensare al peggio.

Ghezzi ritelefona a Sacchetti e gli chiede di tornare là... si sentono odori strani? La porta è stata forzata? Segni?

Il capo della volante 26 chiama dopo un quarto d'ora: niente segni, niente effrazioni. Gli hanno detto che il padrone del bar lì davanti è il proprietario del monolocale e allora si è fatto aprire. Solito metodo: sfruttare la coda di paglia, intimorire, e chiedere gentilmente, in dosi uguali. Il buco è vuoto. Letto, un tavolo, niente. Soprattutto niente cadaveri, tutto ordinato, se se n'è andata lo ha fatto con le sue gambe, insomma.

Ora il consiglio di guerra accantona la questione di Serena-Bianca-Luna-preliminari-da-urlo e si concentra su quel legame che stanno cercando.

Come? Dove?

Una traccia che il Sanna e il Serperi si conoscevano è necessaria, altrimenti stanno costruendo la torre Eiffel con l'acqua delle olive. Che poi, seguendo l'ipotesi del Monterossi, che aiuto poteva dare il Serperi a un desperado come quell'altro? Lo pensa e lo chiede: è un'assemblea piuttosto liberal.

«Beh, se sei un duplice omicida, magari preferisci non andarci di persona, a fare le commissioni... tipo a

parlare con Serena, o a raccogliere indizi sul tuo tesoro...
O a perquisire la casa di un professore di latino che non c'entra niente...».

Sì, può anche starci. E poi? Poi quello si è preso gola che il tesoro c'era davvero e l'ha sistemato? Bell'aiuto.

Discutono di questo. Corrono troppo, dice Ghezzi. Se avesse il suo ufficio e non fosse in licenza di convalescenza per incidente di servizio sa cosa farebbe. Prenderebbe una macchina con la sirena e andrebbe a chiedere al Caprotti, il padre del sequestrato, il pagatore del riscatto, se ha mai sentito quel nome, se magari si era servito di lui per qualche servizio... insomma, cercherebbe un contatto lì. Però sa anche che quello lo rimbalzerebbe a un avvocato... No, strada chiusa.

Carlo porta un vassoio di tramezzini come nemmeno nel paradiso dei migliori bar di Roma, avvolti in tovaglioli umidi, sembrano appena fatti. Pensa che Katrina merita un aumento anche solo per la confezione.

Ghezzi approva: addenta un tramezzino con l'uovo sodo, il tonno, i pomodori e chissà cos'altro, e lo manda giù con quel whisky perfetto. Potrebbe diventare la sua cena preferita.

E poi gli suona il telefono.

«Sì, Ghezzi», risponde.

«Sannucci, sov».

«Aspetta, ti metto in vivavoce».

Ma invece di farlo porge a Carlo il suo telefono come se scottasse. Lo ha detto ma non sa farlo, ha paura di sbagliare, o che cada la linea. Oscar è più veloce di Carlo, guarda il telefono – incredibile con che baracche vanno in giro 'sti tutori dell'ordine – e schiaccia un tasto. Poi appoggia il telefono sul tavolino.

«Sov, c'è ancora?».

«Sì, Sannucci, sono qui, finita la licenza?».

«Bell'affare, sov, sono andato fino a Napoli per vedere quella Lisa che sa... forse gliel'ho detto, la tettona... e lei mica c'era...».

«Beh, mi chiami per questo? Se vuoi ti consolo, Sannucci, vuoi un gelato?».

«No, sov, con 'sto freddo... No, è che mi sono ricordato una cosa e mi viene da ridere».

«Fai ridere anche me, Sannucci, dai, fammi 'sto regalo, non tenermi sulle spine».

«Il nome che mi ha dato... 'spetti... Serperi Giuseppe...».

«Eh, hai cercato?».

«No, sov...».

«Sannucci, non farmi incazzare...».

«Sov, io sono tornato da un'ora, dalla stazione sono venuto direttamente qui in questura, anche se rientro in servizio domani... perché mi è venuta in mente una cosa...».

«Dai Sannucci, poi ti mettiamo un busto in cortile, ma adesso parla, cazzo!».

«Non ho avuto tempo di cercare niente, ma quel nome io l'ho già sentito, sov... poi una guardia giurata... Insomma, ho pensato».

Ghezzi tace, questa volta. Guarda Carlo e Oscar

come a dire: ma lo vedete, cazzo, con chi ho a che fare tutti i giorni?

«È lei, sov!».

«Lei chi?».

«Lei! La guardia giurata che l'ha salvata dall'assassino... là in via Inganni, davanti a quello delle macchine... quando era vestito da frate, si ricorda?».

«Spiega meglio, Sannucci». Ghezzi vede una luce. Vuole vederla meglio.

«Quello là, il Sanna, dopo che ha ammazzato il Serini... sì, il concessionario... l'ha stesa e stava per spararle, lo sa, no? E si è fermata una macchina con il Serperi che è sceso al volo e ha detto no, no, fermo!... Il Sanna le ha rubato la pistola ed è corso via».

Ora stanno tutti zitti, ognuno unisce i puntini per suo conto, e il disegno lo vedono tutti insieme...

«Sov? È lì?».

«Grazie, Sannucci», dice Ghezzi appena si è ripreso, «non serve che cerchi altro».

Cala il silenzio delle foreste pietrificate. Ghezzi ha mezzo tramezzino in una mano e beve un lungo sorso di whisky. Carlo dice:

«Oh, cazzo!».

Oscar è il più veloce.

«Ecco il legame. Era là! Faceva il palo, o l'autista... Insomma, c'era. Ha impedito al suo amico fuori di testa di sparare a un frate, buona mossa. Forse ha capito che lei era un poliziotto e ha realizzato al volo che ammazzare uno sbirro... E intanto ha fatto l'eroe a futura memoria: una specie di cittadino modello, uno che non ha paura di intervenire».

«Mi ero pure segnato di ringraziarlo per telefono, quando stavo in ospedale, poi mi è passato di testa», dice Ghezzi.

E aggiunge:

«La pistola me l'ha fregata lui... quell'altro è andato via come un lampo...».

Ora il salotto Monterossi è la centrale operativa di Quelli Che Hanno Capito.

Erano in due, dal Serini, uno sparava, uno stava fuori in macchina. Quando è successa la cosa più assurda del mondo... un frate che grida alt! a un assassino, hanno improvvisato e si sono divisi. Il cattivo di corsa e il buono a prendersi le pacche sulle spalle...

Carlo sa di aver già detto «oh, cazzo!» e allora dice: «Oh, cazzo!».

Ghezzi: «Vado da Carella».

Oscar: «No».

Carlo: «Oh, cazzo!»

Sì, lo so cosa pensate, ma di solito è un tipo sveglio.

Ora sono quasi le undici e Oscar ha spiegato bene cos'ha in mente. Come sa fare lui, prima a grandi linee, poi sempre più nei dettagli, infine anche con dei dettagli minuscoli, come se studiasse da mesi un piano che si è inventato lì per lì.

Ghezzi si è chiesto – e ha chiesto – per più di un'ora perché assecondare una follia simile, ma ha avuto buone risposte. Andare da Carella vuol dire convocare quello là, o andare a prenderlo. Con quale imputazione? Di aver salvato un frate? E poi, se hanno capito il tipo, lui arriverebbe con l'avvocato, metterebbe su un circo... Sarebbe fuori dopo due ore a cancellare prove.

«E magari a far male a Serena, perché se interrogata per bene anche lei potrebbe fornire un legame tra lui e il Sanna», dice Carlo.

Insomma, Carella lo prenderebbe, sì, ma forse non riuscirebbe a tenerlo, a questo devono pensarci loro.

Così mettono ancora qualche virgola e qualche punto. Vanno a capo e se lo rispiegano. Poi di nuovo da capo. Cosa può andare storto? Tutto, ovvio. Ma se va dritta...

Una cosa la deve fare Oscar, ora.

Una la dovrà fare Carlo, dopo.

Si lasciano che è mezzanotte passata di mercoledì, il che vuol dire che tecnicamente è già giovedì, come Oscar ha spiegato in tutte le salse, perché è un dettaglio che fa parte del piano.

Rimasto solo, Carlo rinuncia all'idea di riordinare, ma lascia un bigliettino a Katrina, attaccato al frigorifero, lo mette sotto la calamita della Madonna di Medjugorje: è lei o no, la celeste messaggera?

«Tramezzini fantastici!».

Poi si butta sotto la doccia, mette una bislacchissima versione di *Tangled up in blue* che ha trovato su un bootleg di Dylan, live in Rothbury, Michigan, 1999, con la ragazza che lavora in un topless bar che si china ad allacciargli una scarpa. Era un affresco della frontiera, è diventato una cantilena, un talkin' blues che ti snerva, bellissima, densa.

Si addormenta guardando i vetri ghiacciati.

Chiude gli occhi.

Clac.

30

Non c'è la messa, ora.

Qualcuno è seduto nel piccolo cortile, dalla scuola vicina vengono voci di ragazzini e l'odore della refezione. Meseret invece è seduto dentro, su una sedia, nella piccola cappella. Ogni angolo di muro è coperto da immagini sacre, soprattutto icone russe, madonne circondate da quell'oro, con un bambino in braccio, quel bambino che si sa, sì, proprio lui. Intorno sente parlare russo, ma ogni tanto si vede anche qualche donna vestita di bianco, il velo in testa, la piccola croce blu sulla fronte, slavata dagli anni. Vecchie che si affacciano nella chiesa buia prima di andare al lavoro, badanti, sguattere.

Meseret passa di lì ogni volta che può, perché quel posto gli dà sollievo. Se è mattina, se è digiuno, beve qualche goccia di acqua benedetta, poi si siede e guarda le madonne. Come ha detto a cena? Che la Madonna ha tante forme ma è sempre lei? Boh, vai a sapere.

Anche se fa molto freddo, non lì dentro, ma fuori, per la strada, lui ha solo una giacca e un maglione. E nella tasca della giacca dei ritagli di giornale. Il pezzo del *Corriere* con la sua foto, quello di quando l'hanno fermato. E anche due articoli usciti due giorni dopo, più piccoli, dove si dice che ha collaborato, che era un equivoco, che ha aiutato gli inquirenti eccetera eccetera. Niente foto, stavolta, meglio.

È stato quell'avvocato là, mandato dal Monterossi. Un mingherlino elegante e tignoso, che appena è comparso lui tutti sembravano più gentili e comprensivi. Al punto che quello ha preteso che scrivessero un comunicato su di lui, che era stato bravo, insomma, il buon cittadino Meseret Teseroni rispettoso della legge, e poi fuori. Una stretta di mano e via, dell'avvocato non sapeva nemmeno il nome.

È così che funziona, dunque. Due mondi, e anche due leggi, e anche due trattamenti diversi. Non aveva paura, là dentro, ma sapeva che poteva rimanerci impigliato. E invece si è trovato per una volta, incredibile, dalla parte di quelli che possono, ed è uscito quasi subito. Con tante scuse. A quanti capita?

Meseret non può sapere che la gentilezza, il rilascio immediato – fermo non confermato, può andare – non dipendevano dall'avvocato, ma dal caso che si chiudeva da solo con un colpo nella testa di Enrico Sanna e il suo cervello schizzato sul muro di una pensione da poco sulla Barlassina. È che anni e anni da italiano lo hanno convinto che le cose funzionano così, che se sei ricco, potente, o se hai amici ricchi e potenti, arriva un avvocato, strepita un po' e ti tira fuori, e ora ne ha la conferma, per una volta vista dalla parte di quelli che se la cavano. Dopo, il Monterossi l'ha chiamato più volte, ma lui non ha risposto. C'è tempo, non c'è fretta, risponderà quando l'alta marea che ha dentro si placherà un po', quando il livello dell'acqua scenderà scoprendogli un po' gli scogli della vita normale, che ancora non è tornata.

Sta lì e guarda le madonne. Appena uscito è andato all'istituto. Sua madre non l'ha riconosciuto, come al solito, nemmeno i piccoli sprazzi di lucidità che c'erano fino a qualche tempo fa. Lui le ha tenuto la mano ed è andato a parlare al medico, che ha scosso la testa più volte. Questione di giorni, ha detto, si faccia coraggio. Lo dicono da settimane e lui sente dentro dei rumori come di legno secco che si incrina. Così è tornato da lei, accanto al letto, le ha preso ancora la mano e le ha parlato a lungo, anche se lei non poteva sentire. Le ha detto della brutta fine della signorina Anna, che gli aveva promesso un po' del suo tesoro per tornare ad Addis Abeba, un posto che lui sente suo anche se l'ha visto solo da neonato, quindi mai. Che era brava, la signorina, che era gentile con lui come lui con lei. Che gli hanno mostrato una foto di come l'hanno conciata, e lui la vede sempre quando chiude gli occhi. Poi le ha detto che la aspetta, che aspetta che lei finisca il suo calvario, e dopo se ne andrà. Le ha detto della stanza in cui è rimasto con le manette, poi senza manette, poi fuori nel gelo, ma gli è piaciuto persino il freddo ed è tornato a casa a piedi, più di un'ora di strada, e stava bene. Le ha detto che adesso è tranquillo, che sa cosa vuole, finalmente, che quel lavoro misterioso per la tivù, per cui non deve fare niente, gli darà un po' di soldi, che se è bravo e non li spende – ma per cosa? perché? – tra qualche mese potrà permettersi il biglietto aereo, anche prima, forse, ha visto le tariffe, non sono così spaventose, se prenoti per tempo. Poi le ha lasciato la mano e se n'è andato.

Avvisiamo noi, gli ha detto il medico. E lui ha fatto sì con la testa.

Ora guarda quell'oro intorno alle madonne. Gli piace il fatto che icone preziose, antiche, realizzate con lamine di vero oro, stiano accanto a disegni più poveri, anche infantili. Che ci sia il profumo dell'incenso, e che lui possa sedersi lì senza che nessuno gli dica o gli chieda niente.

Non è il solo a farlo. Le poche sedie servono proprio a questo, a mettersi lì e fare due conti con la vita. Ora c'è una vecchia russa, seduta dietro a lui, e altre donne tra il cortile e l'altra cappella, in legno, anche quella tappezzata di madonne.

Poi Meseret si alza, lentamente, e cammina, esce nel piccolo cortile e quindi nel gelo della strada, via San Gregorio. Non ha visto la signora bionda seduta in un angolo della cappella, non ha guardato, non guarda mai chi sta lì, perché sa che c'è un'intimità che non si può violare.

Katrina l'ha visto, però.

L'ha guardato mentre lui era seduto e l'ha guardato uscire piano, come in punta di piedi per non disturbare gli altri. È rimasta seduta ancora un po' a fissare le madonne, a pensare che quando sarà tornata a casa dirà alla sua amica di Medjugorje, sai, oggi ho visto tutte le tue colleghe russe, somale, etiopi, e sa che quella le farà quel suo sorriso poderoso e disarmato.

Poi, quando Meseret è uscito da dieci minuti, si alza anche lei e si avvia verso casa, programma spese e lavatrici e sessioni di stireria e cucina. Pensa anche a quel nero così gentile, un uomo che parla di madonne, mah, mai visto. Non ci pensa tanto, lo mischia a tutto il resto. Sembrava tranquillo. Certo che signor Carlo è sempre una sorpresa.

31

Carlo Monterossi ha avvertito che non andrà alla riunione. Qualcuno lo spiegherà a Flora De Pisis prendendosi gli insulti che toccherebbero a lui, pazienza. Si fa informare sui pettegolezzi del programma per pura cortesia. Dopo l'apparizione in tivù, la carampana che ballava col palo al Las Vegas di Biandrate ha deciso di farsi suora e ha raccontato la sua vocazione a un settimanale popolare facendosi fotografare nuda. Questo l'ha fatta rimbalzare nelle colonnine a destra dei siti dei grandi quotidiani nazionali, appena sopra la strabiliante ricerca dell'Università di Tubinga («Gli zoppi ce l'hanno grosso»). È una specie di star, o come si dice, «un fenomeno mediatico», e «la rete si scatena» e... Tra poco la chiameranno a discutere di politica internazionale, o di delicate questioni etiche, la inviteranno nelle Università.

Carlo ascolta tutto questo come se venisse da un mondo lontano... e in effetti... Archivia mentalmente la signora Salmassi Franca, attempata lapdancer aspirante suora, nello scaffale «abbiamo creato un altro mostro».

Carlo Monterossi, l'Uomo Che Si Odia.

Katia Sironi l'ha chiamato e ha detto che fortunatamente là, alla Grande Fabbrica della Merda, si sono quietati un po'. Hanno visto che quel loro... dipendente a contratto... è stato rilasciato con tante scuse, anzi che ha aiutato la giustizia, e lei ne ha approfittato per far balenare l'idea che Carlo stia veramente lavorando a qualche nuovo misterioso progetto, un'idea molto forte, popolare ma sorprendente... insomma, la merda che vogliono loro. Non si è offesa per quel suo andarsene senza una parola, ma ora vorrebbe sapere come sta, e lui:

«Benissimo».

Lo tratta come le badanti pazienti e sbuffanti trattano i vecchi quando perdono colpi o fanno una cazzata, con affetto severo.

Ma lui?

Lui è ancora preso da Anna. Ha letto la sua tesi di laurea, interessante. Morte e sepolcri, mica roba allegra. L'impianto teorico, supportato da centinaia di esempi, citazioni, rimandi, virgolette, è che nella letteratura della Resistenza la morte non è quasi mai una cosa epica. Che lo diventa dopo, sulle lapidi, nei discorsi, nelle commemorazioni. Nei sepolcri, appunto... come hanno detto le sue amiche? «Era fissata coi cimiteri»... Ecco.

Invece, nelle parole di chi l'ha narrata, quella morte non era epica per niente. C'è un capitolo intero sulle lettere dei partigiani condannati a morte, un libro che Carlo ha letto e riletto da giovane. E le citazioni di tutti quei «Vado a morire contento», e «Tra mezz'ora mi fucilano», e «Quando leggerai questa mia, se ti arriva, sarò morto». Parole normali di gente normale che sapeva distinguere una pallottola nella schiena da una posa letteraria, o gloriosa, o atrocemente romantica, perché se cascavi a terra nel fango o nella neve e nel tuo sangue, la letteratura, sai dove... Al massimo l'invettiva: «Mi fucilano, 'sti maiali». Le parole nobili, spesso retoriche, compariranno dopo, sulle lapidi, sulle tombe, ma loro no, non le dicevano, non ci pensavano nemmeno. La semplicità di quegli addii è disarmante.

Poi la tesi fa una digressione strana: ammonisce in qualche modo di non sottovalutare la retorica. La retorica serve, la retorica aiuta quelli venuti dopo.

Ma è pur sempre una tesi di letteratura, e quel che cerca di dimostrare è che anche nei romanzi della Resistenza, la morte è descritta quasi sempre in modo secco e veloce. Le lunghe agonie della lirica – muoio, muoio... – non ci sono mai. Anche il Johnny di Fenoglio se ne va senza andarsene, in tre puntini di sospensione, così epico nella sua antiretorica per centinaia di pagine e poi... tre puntini, e chiusa lì.

Di Fenoglio, che evidentemente Anna amava più degli altri, è anche l'esergo della tesi, una piccola frase nella prima pagina bianca, dopo il titolo:

Sempre sulle lapidi, a me basterà il mio nome, le due date che sole contano, e la qualifica di scrittore e partigiano.

Questo a Carlo ha fatto venire un'idea assurda, un pensiero che ha preso forma piano, che si è insinuato come una perdita d'acqua tra le piastrelle, che ha scavato per piccoli smottamenti. Ma senza ansia, senza agitazione, un pensiero calmo e gentile.

Così ha fatto una piccola ricerca in rete ed è uscito di casa, con il cappotto lungo e le mani in tasca, un russo sulla Prospettiva Nevskij, la sciarpa girata due volte.

Voi sapete che quando si mette in testa un'idea arrivano i guai, vero? Questa volta, invece, Carlo sa cosa fare con una certa precisione, quindi si muove calmo e determinato come uno che ha deciso, e deve solo curare i dettagli. Con la macchina ha risalito silenzioso la rampa dei box e si è infilato nel traffico. Quando è arrivato a destinazione ha fatto un paio di giri dell'isolato perché non c'erano parcheggi, ovvio, e poi si è iscritto alla maggioranza silenziosa: seconda fila e doppie frecce. Abbiamo nutrito il pianeta, siamo un modello per il paese, su, lasciateci posteggiare come cazzo ci pare.

È entrato in un negozio di pompe funebri e ha spiegato il suo problema: vuole spostare una salma. Sì, già inumata, certo, mica ce l'ha in frigorifero. Sì, dal Cimitero Maggiore di Milano a quello di Garbagnate Milanese. È possibile? Costi? Tempi?
Il tipo del negozio, il beccamorto, ha smesso di fare la faccia contrita quando ha capito che non c'era un lutto di mezzo, ma solo una questione tecnica. È diventato veloce ed efficiente. È un parente? No? Questo complica un po'... Un amico? Si può fare, ma...

Carlo ha chiesto se serviva un acconto e ha firmato un assegno di cinquecento euro. Non ha messo fretta sui tempi, non è una cosa urgente, ha detto, ma bisogna farla. Sì. Quello ha detto le farò sapere. Poi Carlo ha chiesto come si fa con la lapide e il tizio gli ha dato un indirizzo... ma forse vuole farla fare là... a Garbagnate?

«Dove è più semplice», ha detto Carlo.

Che a Milano vuol dire: non si preoccupi del prezzo.

Con la macchina, è tornato a quel vialone davanti al cimitero, dove aveva caricato Serena per portarla a bere il suo cappuccino il giorno del funerale di Anna. È entrato in una specie di laboratorio officina, e qui c'era un altro uomo, con un grembiule blu sporco di polvere bianca, forse marmo appena tagliato, forse no. Gli ha spiegato cosa vuole, quello ha annuito, stupendosi appena che la lapide non fosse per quel cimitero lì, ma per un altro, fuori Milano, ma assicurando:

«Nessun problema».

Che a Milano vuol dire: costerà un po' caro.

Hanno concordato che gli manderà dei bozzetti, delle prove, e lui gli darà il via. Ha firmato un altro assegno.

Poi è tornato a casa, meno di due ore per fare tutto, basta muoversi, a volte. Anna, comunque... Una così attenta alle sfumature, alle parole dei libri, che faceva la puttana di lusso. Una che aveva amato Johnny e Milton e tutti quei ragazzi là con la mitraglia in spalla, e però era stata la donna di un bandito, e adescava ricchi nei bar per ricchi, e mostrava la sua conversazione brillante, ironica e colta e poi chiedeva:

«Allora, dimmi cosa ti piace» abbassando la lampo del vestito. Beh...

E ora, a casa Monterossi, c'è una nuova riunione. Ghezzi ha portato la signora Rosa, che dice di volersi «godere il suo Tarcisio, perché tra pochi giorni torna al lavoro e chi lo vede più», ma non fa in tempo a dire questo che è già da Katrina a chiacchierare fitto.

Oscar e Carlo guardano il vicesovrintendente per capire se la notte gli ha fatto cambiare idea, se, per così dire, ha prevalso il buonsenso. Ma quello niente, nemmeno una piega. Invece tira fuori da una tasca un cellulare e lo passa a Oscar.

«Questo è pulito e irrintracciabile, poi lo buttiamo». Tira fuori anche un foglietto sgualcito, si vede che l'ha letto e riletto mille volte, e stropicciandolo tra le mani parla: «Il Serperi ha quattro utenze, mi risulta, questi numeri qui... uno è il cellulare che c'è sul sito della ditta, lo escluderei, quello è per gli affari puliti. Su uno risultano solo nove chiamate nell'ultimo mese, tra fatte e ricevute, sarebbe interessante sapere da chi, ma non importa, escluderei anche quello. Gli altri due sono questi qui, e bisogna fare testa o croce».

Il problema è chiaro: se lo chiamano su un telefono che lui usa solo, boh, per le fidanzate, poniamo, rischiano di mandare tutto all'aria.

Ghezzi guarda Carlo come per fare una domanda. Carlo capisce e arriva un minuto dopo con un bicchiere con un dito di whisky, glielo porge, e lui lo alza come per brindare.

«Ha fatto i ravioli, oggi», dice indicando col mento la Rosa e facendo intendere che gliene servirebbe una damigiana.

Poi dice a Oscar di prepararsi una risposta credibile a certe frasi che potrebbe dire quell'altro: come ha questo numero? per esempio.

E il tempo scivola via in un gorgo veloce come il fiume verso la cascata, e ora sono le 15.

Oscar, Carlo e Ghezzi si rifugiano nel salottino piccolo e – cosa davvero inedita a casa Monterossi – chiudono la porta.

Oscar fa il numero e aspetta. Se avete un coltello speciale per tagliare la tensione, beh, è ora di tirarlo fuori.

«Pronto?». Una voce ruvida, come un comando.
«Serperi», dice Oscar. Ha tenuto lo stesso tono, quello non deve pensare che sia un questuante.
«Chi è?». È ancora ruvido ma guardingo.
«Un buon affare».
Quello si fa gelido.
«Non faccio affari con chi chiama con il numero oscurato, e non su questo telefono». E mette giù.

Si guardano tutti. Ghezzi sorride, Oscar questa volta è più lento a elaborare, ma ci arriva anche lui. A Carlo dovrebbe spiegarlo il Maestro Manzi, *Non è mai troppo tardi*, l'insegnante di sostegno, la suora col righello da battergli sulle nocche. È proprio tonto. O sta pensando ad altro... *Le due date che sole contano...*

«È una richiesta precisa», gli spiega Ghezzi.

«Sì, non quel numero, e col chiamante visibile», conferma Oscar, hanno capito.

Così lasciano passare altri dieci minuti.

Poi Oscar maneggia un po' il telefono e richiama l'altro numero.

«Pronto?». La stessa voce ruvida.

«Va bene così? Lo vede bene il numero?», dice Oscar.

«Sentiamo».

Ora comincia una conversazione serrata. Oscar non può mettere il vivavoce perché l'altro si insospettirebbe, allora ci sono tre orecchie tese verso la sua mano che regge il cellulare e lui lo porta alla bocca con scatti secchi per parlare.

«C'è uno che vuole dei soldi in prestito».

«Che novità».

«Questa è nuova, mi creda... è un tipo in vista, non vuole comparire, vuole sistemare dei debiti che ha in giro e affidarsi alla sua... finanziaria, diciamo».

«Cioè, presto i soldi a uno che non sa come pagare soldi presi in prestito?». Sarcastico. Pare stupido davvero.

«Si chiama ristrutturazione del debito, non li legge i giornali?».

«Ma sa che lei fa ridere? Quello sveglio quando chiama?».

Insomma, non se ne esce, cosa sarebbe, una matinée del teatro comico? E allora Oscar lancia la bomba:

«Naturalmente discuteremo di interessi, ragionevoli, ovvio... ma può essere che quella persona per rendere interessante il gioco possa farle anche un regalo...».

«Una cravatta?».

«No, informazioni su un tesoro che lei sta cercando, Serperi... magari prima che ci arrivi qualche altro stronzo... la polizia diamola per dispersa, questa è iniziativa privata...».

Dall'altra parte silenzio. Le parole di Oscar vengono vagliate, interpretate, valutate e pesate con la specialissima bilancia di precisione che è il cervello di un delinquente avido.

E quando lo capisce, Oscar mette giù.

Ghezzi lo guarda allarmato. Carlo trasecola anche lui. Oscar invece sorride e comincia a contare piano... uno, due, tre...

Ora sorride anche Ghezzi, che non chiede dov'è il bagno perché già lo sa, indica solo la porta con il dito ed esce dal salottino piccolo. Carlo va in studio a prendere il Mac. Quando si ritrovano tutti sono passati meno di due minuti. Oscar curiosa svogliatamente sugli scaffali della libreria, con la testa piegata per leggere titoli e autori, e sta dicendo:

«Centosei... centosette...».

E suona il telefono. Quello lì, il cellulare irrintracciabile che ha portato il Ghezzi. Oscar risponde schiacciando un tasto ma non dice niente.

«Così non basta». Sempre quella voce.

«Dunque interessa?».

«Dipende».

«Da cosa?».

«Da quanto è credibile il debitore e da quali informazioni può dare a garanzia del prestito, per esempio. E anche di che cifra parliamo».

«Centoventimila». Ancora silenzio dall'altra parte.

«Si rende conto che per tirare fuori centoventi devo sapere a chi li presto, vero?».

«Ma io sono qui per farglielo incontrare!». Innocente come un cucciolo di San Bernardo, Oscar fa una voce che insieme dice: ma cos'aveva capito? Ma ovvio! Certo, lo so. Uh, che sbadato... Poi aggiunge: «Solo...».

«Solo?».

«Solo, ci sarebbe già un posto e un'ora... Come le ho detto, la persona è molto nota e quindi molto prudente».

«Non è la procedura standard», dice Serperi. Carlo alza gli occhi al cielo. I brutti film peggiorano il mondo, pensa, e 'sto cretino li ha visti tutti.

«No, ma non è un cliente standard», dice Oscar.

«Quando sarebbe 'sto appuntamento già fissato prima di fissarlo?».

«Questa sera, ventitré e trenta».

«Troppo presto, non avrò i centoventi e se li avessi non sono così scemo da portarli a un appuntamento al buio, lo capisce, vero?».

Oscar fa la voce di prima, quella della verginella nel bosco che dice: «che vi prende, signore?» di fronte al satiro.

«Questa sera bastano un accordo e un acconto, il cliente non è disperato, sa?».

«E quelle informazioni?».

«Praticamente la porteranno al suo tesoro».

Sa che qui si gioca tutto, che quello può sentire odore di bruciato, che può ritrarsi come la testa della tartaruga.

Silenzio.

Poi parla ancora il Serperi:

«Mi faccia capire, se esiste un tesoro e lui sa dov'è, e ha bisogno di soldi, perché non va a prenderselo invece di telefonare a me?».

«Le do due elementi, Serperi... mi avevano detto che era uno veloce, ma vedo che... Primo, è un personaggio molto in vista e non vuole aver niente a che fare con omicidi e ferri da stiro...».

Oscar lascia che questa frase si depositi, che venga scandita parola per parola dal cervello di quell'altro. Poi aggiunge:

«... E, sempre perché è un personaggio in vista, sa cose che lei non sa... ha accesso, diciamo, a delle fonti...».

«E io come ci credo a tutto questo?».

È una frase interessante. Significa: io ci crederei anche, anzi, mi piace l'idea di crederci, ma come lo so che non è uno scherzo del cazzo?

Oscar sorride, ora. Ghezzi annuisce. Carlo pare distratto, invece, guarda lo schermo del Mac.

Ora Oscar si schiarisce la voce e parla nel telefono staccando bene le parole:

«Chi lo sa, magari conoscerà qualcuno stasera... se viene, magari saprà chi è Amilcare Neroni».

Quello dice:

«Dove?».

Oscar passa dal tono sarcastico all'operativo.

«Via Venini, c'è un elettrauto».

«Ce ne sono due».

«Sì, ma uno è speciale».

«La bisca del Cane? Non è un bel posto».

«Vero, fa schifo anche il bar. Però è un posto senza curiosi, nemmeno quelli con la luce blu sul tetto della macchina».

«Sono debiti di gioco, allora?».

«È un problema?».

«No».

«E altri problemi ce ne sono?».

«Ci sarà il signor Amilcare, anche?».

«Ogni cosa a suo tempo».

«E questo acconto?».

«Trentacinquemila».

«Ci penserò», dice Serperi.

«Ci ha già pensato», dice Oscar, e mette giù.

Ghezzi annuisce: più di così non si poteva. Non è mica una fidanzata, quello, che dice, sì certo caro, ci vediamo alle undici e mezza.

Anche Oscar pare soddisfatto. Carlo invece pensa che è tutto troppo aleatorio. E se lo stronzo cambia idea? Se non ci va? Loro cosa fanno?

Poi guarda lo schermo del Mac che tiene sulle ginocchia

363

e vede che è arrivata la mail che aspettava, quella del tipo del marmo e delle lapidi. Contiene tre fotografie, le apre, le guarda, risponde con una sola riga:

«La numero 2», e schiaccia il tasto invio.

Ora sono di nuovo nel salotto grande, Rosa sta illustrando al vicesovrintendente Ghezzi le meraviglie della congelazione e del microonde, è convinta che se scoppiasse la guerra mondiale, il dottor Monterossi, lì, avrebbe da mangiare come un buongustaio per mesi, e magari potrebbe ospitare e sfamare degli sfollati. Ora lo farà anche lei. Ghezzi alza gli occhi al cielo.

Ma la novità è un'altra. Meseret è seduto su un divano bianco, composto, silenzioso. Ha suonato il citofono mentre erano di là a tessere la loro tela, e Katrina l'ha fatto salire e accomodare, col suo modo slavo di essere gentile, come se ti strappasse un'unghia.

Carlo lo saluta e spera che quello non dica grazie.

Meseret non lo dice.

Ora Ghezzi guarda l'orologio, prende il telefono e si sposta di qualche metro dagli altri.

«Sannucci?».

«Dica sov... ma quando torna? Io sto con Scipioni, sa che palle!».

«A giorni, Sannucci... senti, com'è messo Carella?».

«Prima ho visto che stava nel suo ufficio, sarà alle prese con le carte del caso, le autopsie, la sua pistola, sov... insomma, culo di pietra».

«Ok, va bene».

«Che fa, sov, mi chiama per informarsi della salute di Carella o cosa?», chiede Sannucci.

«Hai ragione... è che forse devo chiamarlo e vorrei che fosse bello sveglio».

«E quando dorme, quello?».

Ora ricontano i minuti che passano, poi tornano nel salottino. Meseret resta lì, invece. Non è ostile, non è risentito, non è grato, aspetta di sapere se c'è bisogno di lui. E poi, a parte la chiesa ortodossa e casa sua, non ha un posto dove andare.

Questa volta il telefono lo prende Carlo. Il suo, non quello sicuro del Ghezzi. Fa il numero. Aspetta due soli squilli.

32

Il sovrintendente Carella ha il suo metodo. Pile ordinate di carte, troppe carte. Qui la balistica, lì la Scientifica, lì i referti medici. Poi altri fogli bianchi per scrivere quello che gli viene in mente.

La balistica è la cosa più semplice, anche se va incrociata con gli elementi raccolti dalla Scientifica. La 7,65 che ha sparato al Serini e alla Galinda era proprio quella lì, quella trovata nel piccolo bagaglio, su una sedia della pensione di Seveso. Non c'è dubbio che a sparare è stato il Sanna, che l'assassino è lui. Carella è andato giù a vedere le scarpe del morto, sono scarponi con la suola nera, perfetti per lasciare quei segni sul muro nella scalata al bagno della morta di via Borgonuovo. Insomma, qui niente dubbi.

La pistola con cui si è sparato è quella rubata al vicesovrintendente Ghezzi, anche questo si sapeva. Una stranezza che ci sta: pulitissima, nemmeno un'impronta se non quelle del Sanna suicida, ma solo sul calcio e sul grilletto. Tutto il resto, la canna, la parte superiore, che è dove si tocca una pistola prendendola per esempio da un tavolo, perfettamente lucido e senza ditate, nemmeno di striscio. Vabbè. Carella si ripete che non vuol dire niente.

Più strana la vodka. Dentro c'era del gamma-idrossibutirrato, che sarebbe un anestetico, più o meno, o, se di mestiere fate i titoli nei giornali, «la droga dello stupro». Una sostanza che ti intontisce, che ti rende una specie di zombie, sveglio ma non troppo. Non ce n'era molta, a dire il vero, forse nemmeno sufficiente per una ragazzina da molestare, ma insomma, se te lo fai con una bottiglia di vodka non è esattamente come bere il succo di frutta. Carella è costretto a dirsi che forse ci sta anche questo. Sei incazzato, depresso, stanco, vuoi farti saltare la testa, ti stordisci un po', si può capire. Ma di GHB, che sarebbe il nome d'arte del gamma-idrossibutirrato, non c'era traccia, tra le cose del Sanna, niente boccette, niente bustine.

Tutto il resto fila. L'autopsia dice che di quella cosa in corpo ne aveva davvero poca, che forse non l'avrebbero nemmeno trovata se non l'avessero riscontrata nel fondo della bottiglia. Alcol ce n'era, invece, sì, abbastanza da essere sbronzi duri. Tutto il resto, postura, angolazione del tiro, effetto dello sparo, dice suicidio senza discussioni. Niente traumi, niente colpi in testa. Una piccola scottatura tra il pollice e l'indice della mano destra, non recentissima. Il ferro da stiro, pensa Carella.

E poi, dettagli. Un biglietto aereo da Vienna a Milano, datato otto giorni prima dell'omicidio Serini, la ricevuta di un albergo vicino alla stazione, né bene né male, un due stelle per turisti. Poi un buco di tre giorni, e poi è sempre stato lì, nel bed & breakfast vicino a Seveso. Dove ha dormito in quei tre giorni?

È importante? Forse no, qui e là, e ha buttato il conto dell'albergo, la cosa più ovvia.

Su un foglietto – stava nella tasca dei jeans del morto, la tasca posteriore sinistra – qualche appunto scritto velocemente a penna e difficile da interpretare. Un nome:

Amilcare Netoni, o Neroni, non si capisce bene.

Due numeri:

14598
211264

Lo legge decine di volte ma non gli dice niente. Non si incastra in nessun modo.

Carella fuma vicino alla finestra, pensa al Sanna.

Spararsi, e perché? Ma anche: perché no? A casa sua, il fantasma di Anna ci abita ancora. Basta questo a non fargli mettere il timbro «chiuso» su un caso che per Gregori, il sostituto procuratore, i giornali e tutti quanti è già archiviato con grandi sorrisi? Può permettere ai suoi fantasmi di dirigerlo nelle indagini? No, non può. Selvi ha già scosso la testa, a quell'argomento, e se n'è andato a casa.

Ora sono quasi le nove e sta per andarsene anche lui.

E proprio in quel momento, non un minuto prima né un minuto dopo, suona il telefono.

Lo prende dalla tasca dei pantaloni stazzonati e risponde:

«Carella».

«Monterossi».

«Dica». Freddo, gelido come un numero verde: su, gentile cliente mi dica cosa vuole e si levi dai coglioni.

«Se la ricorda la rabbia, Carella?».

Silenzio. Così Carlo va avanti:

«O si ricorda di più "la giustizia non esiste"? Bella frase, Carella».

«Che cazzo vuole, Monterossi?». Si è svegliato.

«Questa sera alle 23.30, diciamo prima di mezzanotte, quello che ha ammazzato il Sanna va da un elettrauto in via Venini».

«Che ne sa lei, Monterossi?».

«So che ci va».

«E di elettrauto in via Venini che ne sa, invece? Si gioca lo stipendio in una bisca per disperati?».

«Mi dicono che non sono tutti disperati, ma comunque...».

«Bello scherzo, Monterossi, riprovi».

«No, riprovi lei, Carella, si legga i verbali, dal principio. Dall'inizio di tutta la storia. Lì c'è il nome dell'assassino del Sanna, ce l'ha sotto il naso, Carella. Io glielo faccio prendere. Ma se vuol farmi un'altra lezioncina su noi dilettanti, sono qui che ascolto, eh!».

«Ammesso che sia così coglione da darle retta, Monterossi, chi dovrei cercare? O entro nella bisca del Cane e dico fermi tutti, col rischio di trovare lì qualche assessore?».

«Gli assessori sono ovunque, Carella, escono dai fottuti muri!», dice Carlo con una risata, sembra che si diverta davvero.

369

«E quindi?».

«E quindi è uno che arriva alle undici e mezza con una BMW X6 bianca targata CZ 675 LP, o in subordine con un'Audi TT nera, la targa di questa non la so».

«E io lo fermo e gli dico, venga con me, mi ha detto un signore della televisione che lei è cattivo, giusto?».

«No, Carella, lei gli trova trentacinquemila euro in tasca e forse delle cose interessanti da qualche altra parte, magari in macchina».

«Forse?».

«Forse, Carella, sì, forse... com'è che si dice: se vuole la garanzia si compri un ventilatore...».

«Non posso fare una retata con due ore di preavviso, Monterossi, e se andassi là in forze... Troppo rischioso, la differenza tra un forse e una figura di merda è sottilissima».

«Non voglio rubarle il mestiere, Carella, è lei quello bravo».

«Vada affanculo, Monterossi, lei e i suoi giochetti del cazzo», e mette giù il telefono.

Ghezzi, che ha sentito tutto alla maniera di prima, accostando l'orecchio, annuisce. Se conosce Carella...

Carlo è sudato per lo sforzo. Oscar lo guarda e dice:

«Adesso bisogna muoversi. Soldi».

«Quanto ti serve?».

«Diciamo duemila».

Carlo sparisce per un attimo – va in camera da letto – e torna subito con un rotolo di banconote, che finiscono nella tasca della giacca a vento di Oscar, che quello ha già indossato.

Oscar indugia davanti alla porta d'ingresso e poi torna in salotto e si rivolge a Meseret:
«La sai usare una macchina fotografica?».
«Sì».
«Sicuro?».
«Sì».
«Andiamo».
Ed escono insieme.

33

Ora che il vento se n'è andato, Milano somiglia più a Milano e tutti sono meno nervosi. Piove svogliatamente, una specie di vaporizzazione d'acqua gelata che resta sospesa, forse è già un pulviscolo di neve, ma non abbastanza coraggioso da diventare bianco.

Via Venini sembra deserta, silenziosa, a parte le macchine che passano sollevando altra acqua, e invece è affollata come un chiringuito a Formentera prima del tramonto, affollata di gente invisibile.

Alle undici meno un quarto, la Passat di Oscar Falcone è scivolata lentamente davanti alla saracinesca dell'elettrauto, la bisca del Cane. Ha fatto un giro dell'isolato e ci è passata di nuovo, poi una terza volta e finalmente ha trovato un buon parcheggio: a cinquanta metri dal posto, si vede bene l'ingresso. L'uomo di guardia fa su e giù sul marciapiede, una giacca a vento nera con il cappuccio in testa, ogni tanto si ferma sotto una tettoia e fuma. Chi viene per giocare staziona un attimo davanti all'officina e aspetta, lui arriva, guarda chi è, solleva la serranda abbastanza per farli entrare e richiude. Non un rumore, tutto oliato a dovere.

Nella macchina di Oscar sono in tre. Oscar seduto al volante, Meseret di fianco. Ha una Nikon appoggiata sulle ginocchia, non parla, aspetta. Dietro sta seduto un tipo mingherlino con la barba malfatta e qualche crosta sul mento, l'aria da tossico ripulito da poco. Oscar è andato a recuperarlo in un bar del Giambellino, dopo una telefonata veloce piena di parole strane, un gergo. Si sono messi d'accordo per cinquecento euro. Poi è passato da un altro bar, dopo un'altra telefonata, e ha visto un altro tizio, uno con l'accento dell'est, anche se non era facile sentirlo, l'accento, perché quello ha detto solo: mille. E gli ha passato un piccolo involto. Oscar non ci ha nemmeno guardato dentro e se n'è andato subito.

E ora sono lì.

Giampiero Devoluti, lo sceriffo, il sogno della destra legalitaria, l'uomo della futura provvidenza, se mai la lasceranno arrivare, compare alle undici e dieci. Ha un impermeabile chiaro e un cappello floscio da pescatore. La guardia si affretta a farlo entrare, sembra che abbia un atteggiamento più deferente che con gli altri clienti, ma forse è un'impressione di Oscar. Non parla nessuno, non si vede nessuno. Oscar spera che Carella sia in zona e che sappia quel che deve fare.

Alle undici e quarantuno arriva un'Audi TT nera, lenta, guardinga come una pantera affamata in avanscoperta, silenziosa. Fa due giri dell'isolato anche lei, poi si ferma su un passo carraio e ne scende un tizio grosso, con un cappottone che gli arriva alle ginocchia, la testa scoperta, non è uno che ha paura di bagnarsi.

L'Audi si chiude con un piccolo scatto e le quattro frecce che ammiccano per un secondo, l'uomo attraversa la strada e si piazza davanti alla serranda dell'elettrauto. Sta lì in piedi fermo e imperioso, come se si aspettasse un tappeto rosso. La guardia accorre subito. Oscar guarda tutto questo da dietro il parabrezza pixelato da goccioline d'acqua. C'è un breve parlottio. La guardia, questo qui che vuole entrare non l'ha mai visto. Lui dice qualcosa, la sentinella ne dice un'altra. Quello risponde. Poi annuiscono tutti e due come se avessero trovato un accordo. La saracinesca si apre un po' e la guardia della bisca aspetta che l'uomo si chini per entrare, ma quello non si china per niente, non piega la schiena, sta lì dritto, alto e grosso com'è, e non fa un movimento. Allora la sentinella alza ancora un po' la serranda in modo che il nuovo cliente possa entrare come un padrone, senza inchinarsi sulla porta del tempio. La guardia entra con lui, forse deve accertarsi che il nuovo ospite sia valutato dal capo, che qualcuno decida se può sedersi a perdere dei soldi a poker o se va buttato fuori subito. La serranda si abbassa.

Di Carella, nessuna traccia.

«Ora», dice Oscar.

Scende dalla macchina insieme al tizio che stava sul sedile dietro, rapidi ma senza correre. Attraversano la strada. Oscar si appoggia al muro di un palazzo, l'altro tira fuori da una borsa a tracolla un piccolo aggeggio che sembra un joystick della PlayStation. Lo tiene allo stesso modo, con due mani. Passa un minuto e non succede niente. Due minuti. Poi l'Audi si sveglia e fa il solito numero delle quattro frecce che lampeggiano due volte. Oscar apre la portiera del passeggero, si china, guarda rapidamente e trova uno scomparto, forse quello per gli occhiali da sole. Ci infila il piccolo involto, si rialza e chiude la portiera. Poi fa un cenno a quell'altro, che è lì in piedi accanto alla macchina, che dà altri due colpetti al suo joystick finché l'Audi non lampeggia di nuovo e la serratura centralizzata scatta morbida, chiudendosi. Bella macchina, pensa Oscar.

Poi lui torna alla Passat, dove Meseret è immobile come prima, e l'altro se ne va a piedi, gira l'angolo di via Crespi e sparisce verso viale Monza, come se sapesse cosa fare da secoli, senza dire una parola, senza un saluto o un cenno.

Le undici e cinquantadue.

E ora aspettano di nuovo, finché il telefono di Oscar suona. È quello irrintracciabile che gli ha dato Ghezzi, e quindi a chiamare può essere una persona sola. Infatti:

«Qui non conoscono nessun Amilcare Neroni e nessuno si è fatto vivo. Tra cinque minuti esco e me ne vado», dice la voce del Serperi.

«C'è stato un cambiamento».

«Basta puttanate». La voce è nervosa, irritata, ma parla piano perché là dentro c'è gente e non vuole farsi sentire da tutti. È incazzato come un cobra.

«Richiami quando è in macchina, va tutto bene», dice Oscar. E mette giù.

Ora bisogna solo pregare che Carella...

Le undici e cinquantasei.

La serranda dell'elettrauto di via Venini si alza piano, silenziosa. Questa volta il Serperi si abbassa, per uscire più in fretta, non ha più bisogno di fare la gara a chi ce l'ha più lungo. Il tipo di guardia si avvicina ma lui non lo guarda nemmeno. Ha il cappotto aperto e va a passo veloce verso l'Audi, apre a distanza con le chiavi, le quattro frecce dicono: bentornato, padrone, fai di me quello che vuoi. Lui apre la portiera e sale al posto di guida. Oscar e Meseret guardano la scena, vedono le luci dell'Audi che si accendono, uno sbuffo di fumo dai tubi di scappamento.

Ora l'Audi fa un metro in retromarcia, per uscire in strada, per liberare il passo carraio dov'era posteggiata, mezza sul marciapiede. Frena perché sta arrivando una macchina, che infatti arriva, ma non passa, si ferma lì a ostruirle il passaggio. Una Fiat Punto azzurra, anonima come le facce della gente che prende il tram. Scendono due uomini, uno è Carella, l'altro Selvi, in borghese. Carella si avvicina al finestrino dell'Audi e si piega un po' per vedere chi c'è alla guida, Selvi fa il giro e va all'altra portiera. Intanto via Venini si colora di azzurro metallico, luminoso. Una volante arriva piano da via Oxilia, il lampeggiante acceso e niente sirena. Si mette col muso davanti alla Punto ferma che blocca l'Audi, un'altra volante, anche lei col lampeggiante, gira l'angolo di via Crespi e si mette dietro. Passa qualche macchina che rallenta, fa la gimcana per superare il piccolo ingorgo e se ne va, nessuno si ferma a vedere cosa succede. Il tizio di guardia alla bisca del Cane si precipita alla serranda, apre, si china, entra e richiude subito.

Accanto alla Audi ora stanno in piedi Carella, Selvi e il Serperi, che parla e gesticola, mentre gli altri tengono in mano i suoi documenti. Quelli delle volanti hanno lasciato il motore acceso e stanno in piedi vicino alle Alfa bianche e azzurre, immobili, vigili, guardano la scena anche loro.

«Stai pronto», dice Oscar a Meseret. Quello impugna la Nikon e aspetta, non cambia nemmeno espressione.

Poi si apre la serranda della bisca, la guardia mette fuori la testa e scruta a destra e a sinistra. I lampeggianti, l'Audi e quelle persone che parlano sono a un paio di centinaia di metri, sull'altro marciapiede. Allora la sentinella fa un gesto rapido e Giampiero Devoluti esce dall'officina, si avvia rasente il muro dalla parte opposta, la testa bassa, il passo veloce ma controllato. Si dirige proprio verso la Passat di Oscar. Meseret, con la Nikon, ha scattato veloce, in sequenza, quello che si affaccia dalla porta della bisca, che esce, che cammina. Ora scende dalla macchina e gli si piazza davanti, e questa volta usa il flash. Giampiero Devoluti si blocca, poi fa un passo rabbioso in avanti, tenta di aggredire Meseret, che fa in tempo a scattare ancora, sfugge alla presa nervosa di quell'altro, che forse è ancora accecato e sorpreso dal flash, e scappa via di corsa nella pioggia sottile. Tutto dura pochi secondi, ma Oscar, dalla macchina, si trova in prima fila, platea numerata, poltronissima. Vede il viso dell'uomo, rabbioso, accompagnato da un grugnito di bestia ferita. Vede i veloci passi all'indietro di Meseret, agile come un pugile, leggero come una libellula nera. Quando

Devoluti scatta in avanti puntando alla Nikon, Meseret compie una piccola giravolta elegante a sinistra, quasi un passo di danza, un volteggio da tanguero, e l'altro inciampa, forse scambia quella piroetta da torero per uno sgambetto, chissà. Poi Meseret sparisce nella notte, in una fuga leggera e per niente precipitosa, anzi, quasi garbata, e quell'altro, lo sceriffo, il guardiano della moralità pubblica, si sporca mani e impermeabile sul marciapiede bagnato.

Oscar non scende dalla macchina, si fa solo piccolo sul sedile di guida, si accuccia, si sdraia, quasi. Ora Devoluti si rialza. Gli è caduto il cappello ma non si ferma a raccoglierlo, sta per riprendere a camminare quando viene raggiunto da un agente in divisa, uno delle due volanti.

«Fermo! Documenti!».

Devoluti sembra agitatissimo ora. Risponde svelto:

«Non fare il coglione, agente, sono stato aggredito».

«Va bene, ora vediamo», intanto ha un collega di fianco, arrivato di corsa, «i documenti per favore».

Devoluti si agita ancora e parla:

«Che cazzo fate, pezzi di merda. Io vi faccio trasferire, stronzi».

I due poliziotti non perdono la calma nemmeno per un attimo, si vede che Carella ha convocato i migliori per la festicciola di via Venini.

«Attento, che questo è oltraggio a pubblico ufficiale».

«Allora, 'sti documenti?».

«Documenti un cazzo, idioti, fatemi parlare con uno che comanda... vi faccio fare un culo che...».

«Va bene, venga dal capo», dice uno dei due. Gli si mettono intorno e fanno dietrofront dirigendosi verso i lampeggianti.

Quando sono di spalle, Oscar si sporge sul sedile del passeggero, abbassa il vetro e scatta qualche foto con l'iPhone: un omone massiccio con un impermeabile chiaro in mezzo a due agenti. Sullo sfondo luci azzurre e un piccolo capannello di persone. Verranno malissimo, con il buio e l'acqua vaporizzata che scende dalle nuvole basse, ma meglio che niente.

Ora è tutto velocissimo e Oscar guarda attraverso il parabrezza.

Una volante se ne va con due agenti e Devoluti seduto dietro, un'altra con due agenti e il Serperi che ancora sbraita. Carella sale sulla Punto azzurra e Selvi prende l'Audi. Partono in corteo e finisce tutto in un minuto scarso.

Mezzanotte e ventidue.

34

E ora che sono quasi le due del mattino, a casa Monterossi c'è di nuovo l'assemblea generale. Oscar traffica con il Mac di Carlo e scarica le fotografie, prima dalla Nikon e poi dal suo iPhone. Quattro sono ottime – il Devoluti che esce dalla bisca, che si lancia sul fotografo –, quella che Oscar ha fatto con il cellulare è addirittura perfetta, un po' sgranata per il buio, due agenti che accompagnano un uomo con l'impermeabile verso il fuoco azzurro rotante delle volanti. Una sequenza magistrale. Ora scriverà qualche riga di spiegazione per quelle foto e le manderà a chi sa lui, gente che conosce nei giornali, le vedranno domattina, le porteranno in riunione dal direttore.

Meseret siede sul divano, composto, silenzioso. Carlo ha portato da bere per tutti. Ghezzi si versa un dito di Oban 14 e aspetta. Aspetta fino alle due e tredici minuti, quando suona il telefono di Carlo, che risponde senza nemmeno guardare sul display chi lo sta cercando. Non dice nemmeno pronto.

«Trentacinquemila euro in tasca e dieci grammi di coca in macchina. Mi aveva promesso un assassino, Monterossi, e mi dà un ladro di polli, sa cosa vuol dire?».

Carlo sta zitto. Guarda Oscar. La storia della coca in macchina gli giunge nuova. Oscar fa un sorriso che dice, beh, la prudenza non è mai troppa, no? Carlo continua a tacere, così Carella va avanti:

«...Vuol dire che tra cinque o sei ore arriva qui un avvocato e quello esce come se fosse stato una notte al night».

Ghezzi scuote la testa. Carlo si decide a parlare nel telefono.

«Gli chieda dov'era la notte della vile aggressione al frate in via Inganni, Carella. Gli dica che il suo nome è già nei vostri verbali... e questo lo collega al Serini morto ammazzato... si procuri il rapporto della volante 26 di un paio di giorni fa... se hanno controllato qualcuno davanti allo scannatoio di Serena... veda se...».

Non finisce la frase, perché Carella ha messo giù.

Ora Oscar si sdraia su un divano bianco e si addormenta in un secondo, semplicemente chiudendo gli occhi, come le bambole di una volta. Meseret se ne sta ancora immobile davanti alla sua aranciata. Ghezzi e Carlo parlano piano, di tutt'altro. Della Rosa che si è messa in testa di cucinare per un esercito e congelare tutto, di lui che tra tre giorni tornerà in servizio, finalmente, del divano che deve arrivare e che pare sarà annunciato da una cometa e dai Re Magi che portano doni, tanto è fremente l'attesa della signora Ghezzi.

Poi risuona il telefono, ancora Carella.

«Cazzo, Monterossi!».

«Eh, sì, cazzo, Carella», dice Carlo.

«Mi hanno dato un mandato ora... probabile che il sostituto di turno abbia firmato senza nemmeno svegliarsi... andiamo là, a Desio, lui lo interroghiamo domattina».

«Cerchi un telefono, Carella, il Serperi ne aveva quattro. Cerchi quello con poche chiamate nell'ultimo mese, il numero è questo», e detta le cifre piano, in modo che l'altro possa scrivere.

«Quante ne sa, eh, Monterossi?».

Ora Oscar guarda Carlo con un'aria da punto di domanda, e allora lui chiede:

«E lo sceriffo Devoluti, la speranza del fascio littorio, che fine ha fatto?».

«Rilasciato con tante scuse. C'è qui una denuncia per oltraggio e resistenza a pubblico ufficiale, il ragazzino non vuole ritirarla, è uno nuovo, in servizio da sei mesi, ancora non sa come va il mondo».

«La giustizia faccia il suo corso, Carella».

«Amen». E mette giù.

Ora c'è lo sciogliete le righe. Carlo vede Meseret stendersi su un altro divano, ma lo fa alzare e gli indica la stanza degli ospiti, dove c'è un letto comodo e un piccolo bagno. Quello annuisce, senza ringraziare. Carlo pensa che gli piace sempre di più. Oscar sa come fare, quando si sveglierà se ne andrà all'inglese come fa sempre lui. Ghezzi invece si mette il cappotto e la sciarpa e lo saluta nell'ingresso, prima di aprire la porta.

«Ci sentiamo, Monterossi». Poi ha una piccola esitazione. Mette una mano in tasca e ne trae un mazzo di chiavi, due Yale, una lunga e una piccola chiave nera che sembra antica, tutto tenuto insieme da un anellino con un ciondolo. Un coniglio giallo.

«Queste le tenga lei», dice Ghezzi. Esita. Poi aggiunge: «Quella nera, non è della cassetta della posta».

Carlo prende le chiavi e le appoggia sul mobile, in una ciotola svuotatasche dove ce ne sono altre.

«Ci sentiamo, Ghezzi».

Poi la porta la chiude lui, un gesto di cortesia inutile per uno che ormai è di casa. Ma non vuole sentire il clac della serratura, è diventato un tipo sensibile.

35

«Ghezzi, venga con me», dice Carlo al telefono.
«Sono in servizio, Monterossi, non sono più in vacanza, sa?».
È già qualche giorno che misura dai risolini nei corridoi la sua fama di frate ferito in servizio, ma questo non lo dice. Carlo insiste:
«Due ore, Ghezzi, non faccia il difficile, non deve nemmeno travestirsi».

Così è andato a prenderlo sotto la questura, l'ha fatto salire sul suo carrarmato, che ha ronfato piano in città e ruggito un po' più forte sulla statale. Baranzate, Bollate, le periferie, le fabbriche chiuse, i casermoni. Piove né forte né piano, piove come piove a Milano, che ti vuole dire qualcosa, che ti parla, che ti dice: non smetterò mai di piovere. Mai.
Carlo ha impostato il navigatore e si fa guidare da una voce morbida di donna tra le mille e mille rotonde della strada, la seconda uscita, la terza uscita, la seconda uscita... una via crucis di precedenze.
Poi arrivano.

Davanti al cimitero di Garbagnate Milanese c'è una fontana. Non c'è niente di più insulso di una fontana quando piove, sapete. Però a questa fanno la guardia sei cipressi dritti come soldati all'Altare della Patria, e allora assume una sua tristezza densa. Ghezzi non ha domandato dove stavano andando. Carlo gli ha chiesto di parlare e lui ha parlato.

Carella il telefono l'ha trovato subito.
Quello con poche chiamate, che non erano nemmeno chiamate, erano messaggi. Tutti dal Serperi a Bianca Luna... Serena... e una foto mandata da lei a lui su WhatsApp: la foto del biglietto da visita di Anna, quello coi numeri che le aveva portato lui.
Carlo ha chiuso gli occhi un secondo, anche se stava guidando. Ha rivisto la scena: posso tenerlo? No. Allora lo copio... Ma non pensa a questo, no. Pensa a come aveva respinto l'abbraccio di lei, a come si sentiva sporco dopo averla trattata così male, dopo averla umiliata in quel modo.
Così si collegavano i due omicidi: quello del venditore di macchine, il Serperi era là, e anche quello di Anna, il Serperi se ne interessava. Lui ha negato, ha parlato di coincidenze.
Il suo avvocato credeva di correre lì a difendere uno strozzino così scemo da tenere la cocaina in macchina – uso personale, ovvio – e quando ha sentito parlare di morti, con quegli indizi, poi, ha rimesso il mandato. Ne è arrivato un altro, quasi subito, ma intanto il Serperi ammetteva un po' qui e un po' là. Negava di

aver ammazzato il Sanna, diceva che della pistola del Ghezzi non sapeva niente, però ammetteva la caccia al tesoro.

I contatti con Bianca Luna? Ma sì, forse c'era stato una volta, siamo uomini, no?... proprio lei gli aveva detto di quel tesoro da cercare.

Così Carella ha passato una giornata a dannarsi l'anima per trovarla, Serena, e non l'ha trovata. E ha cominciato ad agitarsi. Poi ha scovato là, nella finanziaria di Desio, l'elenco degli immobili comprati dal Serperi, quasi tutte topaie di due stanze da affittare a stranieri, clandestini, disperati vari, una miniera d'oro per la buona e brava gente della Nazione.

È andato a ritroso dalle date d'acquisto e ha fatto centro al terzo colpo. Serena era in uno di quei buchi, il frigo pieno, divieto di uscire, guardata a vista da un uomo di mezza età risultato poi essere il tirapiedi del Serperi, che la teneva lì, curava che non scappasse e le dava una ripassata ogni tanto, così, per gradire.

E allora Carella aveva fatto la cosa più semplice del mondo. Aveva fatto portare in una stanza il Serperi, gli aveva parlato di un certo fantasma che abita a casa sua, che lui era stufo di vederlo e voleva mandarlo via. Poi gli aveva stampato sulla faccia una sberla a mano aperta, violento, cattivo. Più per umiliarlo che per fargli male. E gli aveva detto che la ragazza l'avevano trovata e che adesso al rosario della merda in cui era poteva aggiungere anche il grano speciale del sequestro di persona, che vuol dire buttare via la chiave e tanti saluti al cazzo.

Quello aveva chiesto di vedere l'avvocato e insieme avevano concordato che il sequestro era in realtà un gentile ospitare la signorina, che non c'erano prove, che era solo una puttana e che avrebbe confermato tutto pur di non passare guai, che nulla, ma proprio nulla, lo legava alla morte del Sanna. E allora Carella aveva sospirato ed era uscito dalla stanza per tornare subito dopo con una busta di cellophane, di quelle per le prove, con dentro una boccetta di liquido trasparente. L'aveva messa sotto il naso del Serperi e dell'avvocato dicendo:

«Lo riconosce? GHB, lo stesso che c'era nella bottiglia di vodka del Sanna. Era nell'appartamento dove... ospitava, giusto?... sì, dove ospitava la signorina Serena... tra l'altro il suo tirapiedi lo usava per scoparsela senza morsi e senza graffi... dice che gliel'ha data lei, Serperi... Sarà un cretino, il suo uomo, ma non vuole farsi l'ergastolo al posto suo, c'è da capirlo».

E così, anche se l'avvocato diceva no, no, pazzo, che fai!, quello si era sgonfiato come un canotto squarciato dallo squalo.

Ghezzi ha sospirato, a questo punto. Lui lo sa bene: il momento in cui cadono le difese, in cui uno dice, ma sì, vaffanculo, confesso, dico tutto, è un momento terribile e glorioso. È in quel momento che anche il peggior figlio di puttana del mondo sembra un uomo solo, come tutti noi, pupazzetti nel vento gelato.

Carlo non lo ha sollecitato, non gli ha fatto fretta. Ghezzi ha spostato le bocchette del climatizzatore in modo che non gli sparassero addosso, ora che la macchina era una tana calda, e ha continuato il suo rapporto.

Sì, il Serperi era crollato. Aveva detto che sì, porca puttana, andava tutto bene finché non si è rifatto vivo quello stronzo, il Sanna.
Che dopo il sequestro Caprotti del 2009, lui, il Sanna e quell'altro, Deki, il serbo, non dovevano più vedersi né cercarsi, la cosa era andata di lusso, liscia come l'olio, e ognuno per la sua strada. Se poi uno lasciava i suoi soldi in custodia a una puttana e finiva a fare il rapinatore in Austria e un altro marciva in galera chissà dove, erano cazzi loro, questioni private. Lui aveva investito bene, era rimasto in zona, si era sistemato e aveva usato il suo milione per avviare gli affari.
Ma poi, appunto, il Sanna era tornato. Era fuori di testa, era su un crinale, su una lama. Se trovava i suoi soldi – un milione, che aveva lasciato ad Angela prima di scappare – aveva una vita nuova, davanti: agevole, facile, pulita. Se non lo trovava, invece, ripiombava in un gorgo di merda, di mani in alto, e di questa è una rapina. E siccome era fuori di testa, aveva fatto quello che aveva fatto. Il Serini era un uomo debole, un fesso, poteva anche non ucciderlo. L'aveva accompagnato lui, in via Inganni, all'autosalone, pensava che Sanna volesse solo parlare, spaventarlo, farsi dire dov'era Angela. E invece quel coglione gli aveva sparato. Lui girava lì intorno con la macchina, lo aspettava, e aveva impedito al Sanna di ammazzare un frate, che poi era un poliziotto, roba da matti.

Anna, invece, quell'animale del Sanna l'aveva torturata per gusto, perché lei era la differenza tra una vita decente e il baratro che già conosceva, e si era stupito che lei non avesse parlato nemmeno con quelle scottature addosso, nemmeno con le dita appiattite e ustionate dal ferro da stiro. Gli aveva detto un nome, Amilcare Neroni, nient'altro. Dopo averla uccisa, aveva frugato nello studio di via Borgonuovo, aveva trovato un biglietto da visita con una frase misteriosa: «Terrazzo di Ponente», e un numero romano, che nessuno sa spiegarsi nemmeno ora.

Il vicesovrintendente Ghezzi parla piano, senza enfasi, e solo ogni tanto apre e chiude parentesi con quello che pensa lui, ma del resto la storia parla da sola. Solo, a un certo punto la confessione del Serperi si è fatta fluviale, senza più remore, senza più calcoli. Probabilmente vedeva davanti a sé il buco nero del suo futuro, la galera per sempre, e aveva quasi voglia di buttarcisi dentro il prima possibile.

Sì, con Anna il Sanna aveva fatto tutto da solo, e lui lo aveva saputo dopo, perché quello gli aveva raccontato tutto, anche i dettagli. Aveva capito che il Sanna, così impazzito, così incontrollabile, sarebbe stato un problema, un problema pericoloso. E allora gli aveva detto: tu stai buono, che hai due omicidi sul groppone e ti cercano, io vedo di trovare i tuoi soldi. Sì, certo, quello non ci aveva creduto del tutto, ma che alternative aveva? E poi il Serperi era stato convincente: in cambio di quel servizio avrebbe voluto solo un po' di soldi e che se ne andasse – per sempre, questa volta – e finita lì.

Ma poi, sapendo che qualcun altro cercava, o era della partita in qualche modo che non si capiva bene, cioè il Monterossi, aveva intuito che sì, in effetti, forse 'sto tesoro c'era veramente. E la puttana, là, Bianca Luna... Serena, glielo confermava, e si incaricava di far parlare questo misterioso Monterossi, di capire a che punto fosse la sua indagine. Così Serperi Giuseppe gli aveva mandato, tramite Serena, quei due indizi che lui non sapeva interpretare, il nome strappato ad Anna sotto tortura e il bigliettino, per vedere se trovava qualcosa.

Carlo ricorda che le aveva chiesto: come sai dove abito?, e lei aveva alzato le spalle.

Lui, intanto, il Serperi, chiedeva in giro, aveva persino perquisito la casa di un vecchio professore – Amilcare Neroni – che non c'entrava un cazzo, una caccia al tesoro alla cieca, ecco.

Ma poi, quando il Monterossi era andato da Serena a dirle che sapeva tutto, che aveva trovato la casa di Anna prima degli sbirri, che sapeva dov'era il tesoro – e tutte quelle balle per smuovere le acque – le cose erano effettivamente precipitate. Il Sanna, a quel punto, diventava un problema. Ma sì, certo, una volta trovato il tesoro poteva dividere con lui e mandarlo via, ma come ti fidi di un disperato simile? E poi, perché dividere? Così una sera il Serperi gli ha portato le buone notizie e una bottiglia di vodka. Tra qualche giorno avrai il tuo tesoro, su, beviamo, ma lui non aveva bevuto per niente e anche di quella cosa, la droga... il GHB, ne aveva messa poca, nella bottiglia, perché forse un sorso o due avrebbe dovuto mandarli giù, per non insospettirlo.

Poi era stato facile: quello era docile e calmo come un morto vivente e dopo poco era morto e basta. Aveva portato la Beretta del Ghezzi, fregargliela mentre era a terra vestito da frate, là in via Inganni, era stato un gesto istintivo e ora tornava utile. Al Sanna gli aveva sparato attraverso un cuscino, anzi, gli aveva sparato addirittura spingendo l'indice del Sanna sul grilletto, tanto quello era stordito.

Poi aveva affrontato il problema Serena.

Era andato là, dove batteva, e le aveva detto, ci siamo, dai, vieni con me, tra due giorni sarai ricca. E lei l'aveva seguito fino al bilocale di Desio dove lui l'aveva affidata a un aguzzino. Non sapeva che quello l'avrebbe drogata e... Ma è il suo mestiere, no? Quante storie...

Ghezzi racconta tutto questo mentre Carlo guida piano nella pioggia dell'hinterland, mentre aggira rotonde spartitraffico, mentre si ferma e riparte ai semafori con la macchina che sa di cuoio e dà piccoli strappi morbidi. Non parla, non dice, non interrompe. Si beve quella storia pensando a come ha fatto a finirci in mezzo.

Clac.

«Il passo successivo era lei, Monterossi», dice Ghezzi.

Cioè, il Serperi aveva deciso che ora era tutto sistemato e che bastava beccarlo da qualche parte per farlo parlare. Si era informato un po' su di lui. Un benestante borghese del cazzo che fa i soldi con la tivù, uno che non vuole certo morire per un milione nascosto da qualche parte, uno che se la canta subito, alla prima sberla, e tanti saluti.

Così quella telefonata misteriosa di un tizio che voleva dei soldi in prestito per pagare dei debiti gli era sembrata un dono del cielo. Un personaggio noto. Uno che non vuole scandali. Uno prudente. Uno che sapeva delle cose sul tesoro e voleva barattarle. Serperi aveva pensato subito al Monterossi, non sapeva che giocasse, che frequentasse le bische, ma perché no? Era lui di sicuro.

Era andato all'appuntamento certo di chiudere il cerchio. Il Sanna era archiviato come pazzo suicida, lo avevano scritto pure i giornali, e a cosa fare di quella Serena... boh, ci avrebbe pensato dopo, magari farla battere per lui, darle qualche soldo e mungerla come si deve...

Insomma una confessione piena, resa davanti a Carella che fumava una sigaretta dopo l'altra e con l'avvocato che scuoteva la testa.

I giornali avevano scritto poche righe, parlando di un misto di prestiti a strozzo e del rapimento di una prostituta per convincerla a battere sotto padrone, nessun accenno all'omicidio del Sanna.

Nemmeno una foto del Serperi, perché le pagine erano occupate da altre immagini: lo sceriffo Giampiero Devoluti, astro brillante della destra legalitaria, alfiere della lotta al lassismo che lascia agire indisturbato il crimine, denunciato per resistenza e oltraggio fuori da una bisca. Dove, avevano poi scoperto i cronisti più bravi, grazie alle soffiate di Oscar, aveva debiti per oltre quarantamila euro solo nell'ultimo mese, e tentava di ripianarli nel modo più cretino del mondo: mettendosi in mano agli strozzini e aspettando un full.
Imbecille.
I giornali della destra avevano lasciato correre e poi avevano un po' modificato la loro teoria sulla tolleranza zero: per il Devoluti, speranza littoria in città, di tolleranza ce n'era ancora, e si argomentava che se un privato e onesto cittadino vuole rovinarsi giocando a carte, insomma, sono cazzi suoi. Un sublime corsivo sullo «Stato moralista che interferisce nel nostro privato» aveva completato il quadro, e le numerose interviste del Devoluti, che spiegava e diceva «non è come sembra», avevano messo la ciliegina sulla torta.

Insomma, si tenevano stretto il loro Federale, ma il guaio era fatto, la gente rideva, la fama di duro e puro contro il crimine e il degrado del Devoluti era finita giù per la tazza del cesso, perché si perdona a tutti di farsi trovare coi calzoni calati, ma non a quelli che fanno una battaglia morale sul tenerli addosso e ben allacciati.

Carlo aveva letto e riso anche lui. Sull'altra storia, invece, pochi dettagli, lui non aveva voluto chiamare

Carella per sapere, e ora Ghezzi gli ha spiegato tutta quella banalità del male.

Così sono lì, davanti al cancello grigio del cimitero di Garbagnate Milanese, e restano in silenzio. Carlo vorrebbe chiedere, ma il guardiano non c'è, e poi basta un colpo d'occhio per vedere che è un cimitero piccolo, di paese. Così girano un po' per le tombe e vedono subito il lato delle sepolture recenti. Anna sta sotto un bell'albero che sembra ripararla un po' dalla pioggia. Ghezzi ha l'ombrello e se ne resta due passi indietro. Carlo si bagna e nemmeno se ne accorge. Si mette di fronte alla tomba come se controllasse un lavoro. La lapide è semplicissima, un rettangolo bianco e una scritta in nero, il carattere dei libri stampati:

Angela Gelloni – Anna
14 novembre 1979 – 29 gennaio 2016

Nient'altro.
Il nome e le due date che sole contano...

Carlo pensa che non è un brutto posto, per starci per sempre. Meglio di quel campo immenso dove l'avevano messa prima, con la scavatrice gialla sullo sfondo e i poliziotti al funerale. Che qui Anna può tornare a essere Angela, quella che studiava, che si innamorava di un bandito, che scemenza.

Ora è zuppo. L'acqua gli scende dai capelli sugli occhi e sulle guance. Si stupisce di non essere triste, né particolarmente pensieroso. Così torna alla macchina con il vicesovrintendente Ghezzi che lo segue a pochi passi riparato dall'ombrello. Salgono, lui mette in moto e si dirigono verso Milano guidando piano.

Piove. Pioverà per sempre, pensa Carlo, quando piove così non smette più.

Ghezzi invece riprende il discorso.

Non sanno bene cosa fare con Serena. È vero, è una vittima. Ma, insomma, a leggere i messaggi che si era scambiata con quel Serperi... si direbbe che è anche un po' complice.

Carlo non risponde, lo lascia parlare. Sta pensando a una cosa, un'idea... no... non ci pensa davvero, sente che si sta insinuando, che sta strisciando, e la lascia fare, pronto ad afferrarla se e quando avrà una forma afferrabile.

Ghezzi continua:

«Va bene, la ragazza potrà deporre sposando la tesi dell'accusa, sì, mi hanno costretta, sono stata rapita, sì, mi hanno picchiata, mi hanno violentata... ma la difesa tirerà fuori quei messaggini in cui diceva che lei era stato lì, Monterossi, che era lei quello da curare, da interrogare per bene... Sarà la parola di una puttana contro le evidenze indiziarie...».

Carlo non vuole farsi distrarre da quelle chiacchiere. Lo sa che Serena giocava solo per sé, voleva solo il tesoro... E allora?

Chi non vuole un tesoro? Chi non ne ha diritto, anzi? Serena aveva messo su un piatto della bilancia la vita da schiava che faceva, e sull'altro piatto il sogno di poterla cambiare con un po' di contante, la pentola sotto l'arcobaleno, il principe azzurro, e tutte quelle cazzate. Abituata alle sberle della vita, si era presa anche quelle del Serperi, magari condite con qualche lusinga e qualche promessa, che se l'avesse aiutato a trovare il tesoro ne avrebbe avuto almeno un pezzetto. Il tesoro di Anna, e Serena lo voleva, lo considerava una specie di risarcimento, il frutto della sua solitaria e disperata lotta di classe.

«Lasciatela in pace», dice Carlo, «non vedete che la sua condanna ce l'ha già addosso?».

«Non funziona così», dice Ghezzi, «i tribunali le condanne vogliono darle loro, non gli bastano quelle della vita».

È vero.

Il fatto è che Carlo pensa ad altro. Sta tendendo una trappola a quel pensiero che arriva piano, che si ritira quando lui tenta di precisarlo, che si ripresenta, un'idea che sguscia via e che pure sta lì, ammicca, sibila: vieni a prendermi, dai, ragiona, pensaci!

Poi tacciono. Ora sono a Milano città, e la pioggia sembra più cattiva, non gentile come era là, nell'angolino nuovo di Angela.

Ghezzi scende davanti al portone della questura, si salutano con un cenno del capo. Carlo riparte.

Quel pensiero... lo sente ma non lo prende. È una cosa che è arrivata là, davanti alla tomba di Angela, e si è messa a ronzargli in testa e...

E poi Carlo è come percorso dal fulmine.
Il nome e le due date che sole contano...
Ma certo! Cretino. Lo ha saputo per tutto il tempo. L'aveva in mano! È così ovvio ora... tutto si collega, tutto si tiene... Il nome e le date. *I Sepolcri...* Aveva una fissa per i cimiteri...
Il nome e le due date che sole contano...
Pensa a casa di Anna... Angela... al portone verde sulla ringhiera che dà sul cortile, in viale Montello. Senza nemmeno accorgersene guida fino a lì, sbuca in piazza Baiamonti e vede la risposta. Dalla casa di Angela saranno cinquecento metri, nemmeno una passeggiata.
Una risposta gigantesca, a righe bianche e nere orizzontali, maestosa.
Monumentale.
Appunto.

Carlo Monterossi lascia la macchina nel primo buco disponibile, con il muso un po' fuori perché il carrarmato non ci sta tutto in quel posto per utilitarie. Poi si avvia sotto la pioggia. Non si è ancora asciugato e si bagna di nuovo, l'impermeabile che gli pesa addosso, i capelli incollati alla fronte. Attraversa lo spiazzo ed entra dal cancello principale. Ci sono scritte per turisti, orari. Si fruga nella tasca della giacca che comincia ad essere zuppa anche lei, sotto l'impermeabile. Fa per andare in un ufficio indicato da una freccia. Informazioni, c'è scritto.
Però si ferma prima, perché fuori dall'ufficio c'è un grande cartello con la mappa del Cimitero Monumentale di Milano. Il Famedio, dove ci sono i milanesi impor-

tanti, il Manzoni e tutti gli altri che sono stati milanesi importanti dopo di lui. Poi viali e vialetti alberati che formano il disegno, la mappa del posto, i numeri romani, l'ossario centrale. Voi siete qui. E due vie più larghe che circondano e abbracciano tutte quelle lapidi e quelle tombe, e parti sopraelevate e...
Ecco: Terrazzo di Ponente.
Sì.

Allora Carlo si avvia piano, prendendo ogni goccia che cade senza nemmeno sentirla, strizzando gli occhi solo quando l'acqua gli finisce sulle ciglia. Non c'è nessuno, c'è un silenzio totale, a parte il rumore della pioggia che qui sembra silenzioso e rispettoso anche lui. Ci sono monumenti in gloria delle famiglie milanesi, targhe per i soldati, mogli inconsolabili finite accanto a mariti di buone sostanze e buon nome. Piramidi, addirittura. Obelischi. E madonne piangenti, angeli, sculture moderne o moderniste, fregi liberty, cognomi da consiglio d'amministrazione, frasi di conforto, e di sconforto, e marmi, e bronzi protesi in forma di ali, di mani, di rami, e nomi sulle cappelle più grandi, e fiori pochissimi, perché chi sta lì non ha parenti vivi che cambiano l'acqua, che trasportano vasi.

Ha la storia, il monumento, persino i turisti, ma lacrime no. Morti vecchi, un'arte senza quasi lutto.

Fa pochi gradini ed è su una piccola pedana scivolosa, il Terrazzo di Ponente. E ora? Carlo fa qualche metro, incurante della pioggia cattiva. Il signor Campari si è fatto un'ultima cena in bronzo, a grandezza naturale, i Falk hanno una piramide. Gente modesta. Carlo cerca qualcosa di più nascosto, di più gentile.

E ora vede un piccolo cartello con scritto: XVII. Si avvia come se sapesse dove andare, e un po' lo sa. Scende le scale ed eccolo in quel piccolo campo, dirimpetto al terrazzo. Solo, guarda più attentamente i nomi e le tombe, finché si ferma di colpo.

Amilcare Neroni
14.05.1898 – 21.12.1964
scultore e artigiano

Il nome e i numeri. Quei numeri.
Il nome e le due date che sole contano...
Brava Anna.

Eccoti qui, signor Amilcare, pensa Carlo.

Per essere nel monumento alla morte che sta nel centro di Milano, è una tomba semplice, quasi spartana. La lapide è di pietra, il nome e le date... le due date che sole contano... sono scolpiti e cominciano a perdere nitidezza. Come se tutti i mesi, gli anni, le piogge, i raggi di sole le avessero levigate un po', messe fuori fuoco. Il piano è di pietra anche lui, con una piccola scultura: un angelo dalla faccia non troppo contrita che guarda verso il cielo e allarga le ali come nel gesto di chi apre le braccia, impotente e rassegnato, sembra che dica: ma porc..., ma senza rabbia.

La tomba è leggermente sopraelevata, come se poggiasse su qualcosa. E in effetti alla base, dove starebbero i piedi del morto, c'è una grata, un cancelletto in ferro battuto con qualche piccolo fregio. Che stranezza. Come se fosse una specie di sgabuzzino, un ripostiglio che il signor Amilcare Neroni, scultore e artigiano, ha voluto tenere per sé. Un piccolo deposito per ceri votivi e vasi di metallo. Come se avesse voluto essere indipendente, autosufficiente anche dopo morto.

È per quel nascondiglio che Anna ha scelto il signor Amilcare?

Carlo si china a guardare, le falde dell'impermeabile che toccano terra, che si afflosciano nelle pozzanghere.

Ora mette una mano nella tasca della giacca e ne toglie un piccolo coniglio giallo con delle chiavi attaccate. Infila nella serratura che sta alla base della tomba la piccola chiave nera, che gira senza problemi. Ora quel minuscolo cancello, sarà alto venti centimetri e largo un metro, si spalanca con una piccola spinta, Carlo si china ancora e infila una mano. Niente. Allora si mette in ginocchio, in mezzo all'acqua, e infila tutto un braccio, fino al gomito, anche di più. E sente. Sente qualcosa, lo afferra, lo tira. Uno zaino. Uno zaino di quelli di una volta, una sacca per la precisione, impermeabile, con una scritta sopra, che lui non legge. La apre sempre stando lì, in ginocchio, zuppo, fradicio, sporco di fango. Dentro c'è qualcosa di lucido. Come mattonelle. Ne estrae una, per guardare, per vedere cos'ha trovato, anche se lo sa.

È un pacchetto di plastica lucida, una confezione sottovuoto, di banconote da cinquanta euro, spessa quattro o cinque centimetri. Ce ne sono altre nella sacca, ma non le conta. Rimette quella che ha in mano insieme alle altre, chiude il piccolo cancello e infila in tasca le chiavi. Si carica la sacca di tela impermeabile nera su una spalla, è leggera, e va verso l'uscita del cimitero.

Cammina piano, sente l'acqua nelle scarpe, sui pantaloni, ovunque.

Piove. Piove e non smetterà mai.

36

Carlo Monterossi ha un paio di jeans vecchi come le piramidi, una maglietta di Snoopy, un maglione girocollo blu di cachemire leggero, un paio di Adidas bianche e i capelli ancora umidi dalla doccia. Una doccia lunga, infinita, calda, morbida. Quando ci stava sotto ha chiuso gli occhi e li ha tenuti così, e ha cercato le differenze tra la pioggia di ora, che sgombera lo shampoo dai capelli, lo fa scappare in piccoli rivoli bianchi, e quella che sentiva nel cimitero di Garbagnate, e quell'altra, cattiva, che lo colpiva al cimitero di lusso, bello, famoso, Monumentale.

Chiude gli occhi e aspetta quel clac, che però non arriva.

Ora porta dalla cucina un bicchiere d'acqua ghiacciata e un altro bicchiere con il suo whisky, si siede su uno dei divani e guarda il tavolino davanti a sé. Ci sono sedici mazzette di banconote da cinquanta euro, ogni mazzetta quattrocento biglietti, in totale trecentoventimila euro.

Il tesoro di Anna.

Quello che rimane, quello che lei non ha speso, i

soldi per cui si è fatta ammazzare in quel modo atroce e schifoso.

Carlo fa due mucchietti: otto mazzette sottovuoto da una parte e otto dall'altra, anche se una l'ha aperta per contare i biglietti, due parallelepipedi da centosessantamila euro l'uno.

Va in studio e cerca della carta da pacchi. Ne aveva, se ricorda... sì.

Ora, insieme alle forbici, sul tavolino, ci sono due pacchetti marroni, anonimi, stretti con uno spago ruvido. Va a metterne uno nell'armadio e l'altro lo lascia lì. Poi fa una telefonata.

Meseret arriva dopo un'ora e mezza, dopo un altro whisky, anche due, dopo alcune canzoni che hanno riempito la casa, morbide, lente, e un sobbalzo del cuore quando Dylan ha detto:

Ah, but I was so much older then
*I'm younger than that now.**

Come al solito Meseret saluta appena, entra, si toglie la giacca e si siede su un divano bianco, composto, rigido.
«È morta, ieri», dice.
Carlo abbassa gli occhi.
«Mi dispiace».
«Sì».
«E ora?».

* Bob Dylan, *My back pages*: «Ah, ma ero molto più vecchio allora / Sono molto più giovane adesso».

«Ora me ne vado da qui».

«Sì... giusto».

Poi prende il pacco marrone legato con la corda e glielo porge. Meseret lo prende con solo un minuscolo accenno di sorpresa.

«Anna ti aveva promesso un po' del tesoro, vero?».

«Sì, ma la signorina scherzava».

«Magari non tanto», dice Carlo. E poi: «Vai».

Così Meseret si alza e va verso la porta. Prende la giacca, se la infila ed esce con il pacco sotto il braccio. Senza saluti, senza cerimonie e, pensa sollevato Carlo, senza ringraziare di nulla.

E ora sa che tocca a lui. Va in studio portandosi il bicchiere e apre il Mac.

Tenta prima con un sito, poi passa a un altro. Non prova né eccitazione né nausea, in realtà non si chiede cosa prova, sta solo cercando. Apre un terzo sito e la vede subito. C'è un primo piano, con quel broncio finto un po' ridicolo, quindi delle altre foto in cui è nuda, piuttosto oscena, innaturale. Il nome è diverso, però:

Anna Luna, appena arrivata in città, la più porca di Milano, quarta naturale, preliminari come vuoi tu, senza fretta, ambiente tranquillo e climatizzato. Con me puoi fare tutto, disponibile anche con amica...

Carlo segna il numero di telefono su un post-it giallo e fa per chiudere il Mac, ma ci ripensa, scorre il cursore sulla pagina e legge tutto. «Dorata» non ha l'apostrofo, così piega le labbra in un piccolo sorriso storto.

Si dice: a qualcosa servi, Carlo Monterossi.

«Ciao».
«Ciao, amore!».
«Posso venire?».
«Certo, se mi dici a che ora mi faccio bella».
«Tra un'ora?».
«Va benissimo, amore, sei già stato qui?».
«No».
«Allora, viale Sarca 204».
«C'è un citofono?».
«Chiamami quando sei qui e ti apro, amore».

Ecco, questo un po' di nausea gliel'ha data. Fa il duro, Carlo Monterossi, ma poi è un fesso come tanti.

Così arriva in viale Sarca che sta smettendo di piovere, si ferma in piedi davanti al portone e telefona ancora.
«Sono qui».
«Primo piano, amore».

Quando si apre la porta c'è di nuovo quella penombra buia, lei è dietro il battente, guarda chi è il tipo nuovo. Ma quando lo vede non lo abbraccia come l'altra volta. Fa un passo indietro, ha la faccia spaventata. Arretra verso il centro della stanza... no, perché al centro c'è il letto, ma insomma, fa qualche passo a ritroso.

«Cosa vuoi?», dice. Ha la voce un po' spezzata. «Non farmi male».

Ora Carlo è sorpreso:

«Io? Farti male?», sembra davvero stupito, uno stupore che può diventare quasi subito una faccia offesa. Invece sorride. «Ti ho portato una cosa», e le dà quell'involto marrone legato con lo spago, un collo da ufficio postale, da pacco per detenuti.

«Cos'è?». È ancora guardinga, ma ha capito che non prenderà botte, forse le basta questo.

«Cercavi un tesoro, no?».

Lei appoggia il pacco su un piccolo tavolo di plastica e si affanna con le dita per sciogliere i nodi dello spago. Ha una vestaglietta azzurra, ora che è chinata le si vede il culo. Niente biancheria, pronta all'uso, il cliente ha sempre ragione, ma facciamo in fretta.

Carlo la guarda, si siede sul letto, non si è tolto la giacca a vento azzurra, ha solo aperto la cerniera perché lì fa caldo.

Serena rinuncia a sciogliere il nodo e straccia la carta marrone con foga. Guarda incredula quei mattoncini di plastica sotto vuoto.

«Oddio...».

Poi va a sedersi di fianco a lui. Gli tocca la fronte con una mano, ha gli occhi lucidi.

«Perché?», chiede.

«Vuoi la risposta vera?».

«Sì».

«Non lo so... Credo... una faccenda di principesse e di principi azzurri, forse».

Le scende una lacrima, come l'altra volta, ma non è rabbia come allora. Si agita all'improvviso.
«Oddio, non ho niente da offrirti, cosa vuoi... se vuoi puoi scoparmi».
Carlo la guarda, parla pianissimo:
«Credi che voglia questo?».
Un'esitazione:
«... No, non credo».
Lui ride:
«È la prima cosa sensata che ti sento dire da quando ti conosco».
Ride anche lei, anche se non ha capito, forse.
Così Carlo si alza, le prende la faccia tra le mani e le dà un piccolo bacio sulla fronte, come uno sfioramento, come un sospiro leggerissimo.
«Stai attenta, Serena».
Poi fa due passi verso la porta ed esce.

Fuori sembra che ci sia un sole accecante, da quanto era buio là dentro. Invece il cielo è grigio, fa la gara con quel viale di periferia, e per ora pareggiano, ma è una bella partita.
E poi non piove più, almeno questo, anzi si è alzato il vento.
Carlo Monterossi si chiude la lampo della giacca e cammina verso la macchina.
Il vento, a Milano, maddai.

Indice

Di rabbia e di vento

1	11
2	17
3	28
4	32
5	49
6	62
7	76
8	85
9	99
10	112
11	121
12	131
13	147
14	157
15	171
16	182
17	195

18	212
19	215
20	220
21	241
22	256
23	269
24	278
25	295
26	306
27	319
28	326
29	334
30	347
31	352
32	366
33	372
34	380
35	384
36	402

Questo volume è stato stampato
su carta Arena Ivory Smooth
delle Cartiere Fedrigoni
nel mese di novembre 2021

Stampa: Officine Grafiche soc. coop., Palermo

Legatura: LE.I.MA. s.r.l., Palermo

La memoria

Ultimi volumi pubblicati

901 Colin Dexter. Niente vacanze per l'ispettore Morse
902 Francesco M. Cataluccio. L'ambaradan delle quisquiglie
903 Giuseppe Barbera. Conca d'oro
904 Andrea Camilleri. Una voce di notte
905 Giuseppe Scaraffia. I piaceri dei grandi
906 Sergio Valzania. La Bolla d'oro
907 Héctor Abad Faciolince. Trattato di culinaria per donne tristi
908 Mario Giorgianni. La forma della sorte
909 Marco Malvaldi. Milioni di milioni
910 Bill James. Il mattatore
911 Esmahan Aykol, Andrea Camilleri, Gian Mauro Costa, Marco Malvaldi, Antonio Manzini, Francesco Recami. Capodanno in giallo
912 Alicia Giménez-Bartlett. Gli onori di casa
913 Giuseppe Tornatore. La migliore offerta
914 Vincenzo Consolo. Esercizi di cronaca
915 Stanisław Lem. Solaris
916 Antonio Manzini. Pista nera
917 Xiao Bai. Intrigo a Shanghai
918 Ben Pastor. Il cielo di stagno
919 Andrea Camilleri. La rivoluzione della luna
920 Colin Dexter. L'ispettore Morse e le morti di Jericho
921 Paolo Di Stefano. Giallo d'Avola
922 Francesco M. Cataluccio. La memoria degli Uffizi
923 Alan Bradley. Aringhe rosse senza mostarda
924 Davide Enia. maggio '43
925 Andrea Molesini. La primavera del lupo
926 Eugenio Baroncelli. Pagine bianche. 55 libri che non ho scritto
927 Roberto Mazzucco. I sicari di Trastevere
928 Ignazio Buttitta. La peddi nova
929 Andrea Camilleri. Un covo di vipere
930 Lawrence Block. Un'altra notte a Brooklyn

931 Francesco Recami. Il segreto di Angela
932 Andrea Camilleri, Gian Mauro Costa, Alicia Giménez-Bartlett, Marco Malvaldi, Antonio Manzini, Francesco Recami. Ferragosto in giallo
933 Alicia Giménez-Bartlett. Segreta Penelope
934 Bill James. Tip Top
935 Davide Camarrone. L'ultima indagine del Commissario
936 Storie della Resistenza
937 John Glassco. Memorie di Montparnasse
938 Marco Malvaldi. Argento vivo
939 Andrea Camilleri. La banda Sacco
940 Ben Pastor. Luna bugiarda
941 Santo Piazzese. Blues di mezz'autunno
942 Alan Bradley. Il Natale di Flavia de Luce
943 Margaret Doody. Aristotele nel regno di Alessandro
944 Maurizio de Giovanni, Alicia Giménez-Bartlett, Bill James, Marco Malvaldi, Antonio Manzini, Francesco Recami. Regalo di Natale
945 Anthony Trollope. Orley Farm
946 Adriano Sofri. Machiavelli, Tupac e la Principessa
947 Antonio Manzini. La costola di Adamo
948 Lorenza Mazzetti. Diario londinese
949 Gian Mauro Costa, Alicia Giménez-Bartlett, Marco Malvaldi, Antonio Manzini, Francesco Recami. Carnevale in giallo
950 Marco Steiner. Il corvo di pietra
951 Colin Dexter. Il mistero del terzo miglio
952 Jennifer Worth. Chiamate la levatrice
953 Andrea Camilleri. Inseguendo un'ombra
954 Nicola Fantini, Laura Pariani. Nostra Signora degli scorpioni
955 Davide Camarrone. Lampaduza
956 José Roman. Chez Maxim's. Ricordi di un fattorino
957 Luciano Canfora. 1914
958 Alessandro Robecchi. Questa non è una canzone d'amore
959 Gian Mauro Costa. L'ultima scommessa
960 Giorgio Fontana. Morte di un uomo felice
961 Andrea Molesini. Presagio
962 La partita di pallone. Storie di calcio
963 Andrea Camilleri. La piramide di fango
964 Beda Romano. Il ragazzo di Erfurt
965 Anthony Trollope. Il Primo Ministro
966 Francesco Recami. Il caso Kakoiannis-Sforza
967 Alan Bradley. A spasso tra le tombe
968 Claudio Coletta. Amstel blues
969 Alicia Giménez-Bartlett, Marco Malvaldi, Antonio Manzini, Francesco Recami, Alessandro Robecchi, Gaetano Savatteri. Vacanze in giallo

970 Carlo Flamigni. La compagnia di Ramazzotto
971 Alicia Giménez-Bartlett. Dove nessuno ti troverà
972 Colin Dexter. Il segreto della camera 3
973 Adriano Sofri. Reagì Mauro Rostagno sorridendo
974 Augusto De Angelis. Il canotto insanguinato
975 Esmahan Aykol. Tango a Istanbul
976 Josefina Aldecoa. Storia di una maestra
977 Marco Malvaldi. Il telefono senza fili
978 Franco Lorenzoni. I bambini pensano grande
979 Eugenio Baroncelli. Gli incantevoli scarti. Cento romanzi di cento parole
980 Andrea Camilleri. Morte in mare aperto e altre indagini del giovane Montalbano
981 Ben Pastor. La strada per Itaca
982 Esmahan Aykol, Alan Bradley, Gian Mauro Costa, Maurizio de Giovanni, Nicola Fantini e Laura Pariani, Alicia Giménez-Bartlett, Francesco Recami. La scuola in giallo
983 Antonio Manzini. Non è stagione
984 Antoine de Saint-Exupéry. Il Piccolo Principe
985 Martin Suter. Allmen e le dalie
986 Piero Violante. Swinging Palermo
987 Marco Balzano, Francesco M. Cataluccio, Neige De Benedetti, Paolo Di Stefano, Giorgio Fontana, Helena Janeczek. Milano
988 Colin Dexter. La fanciulla è morta
989 Manuel Vázquez Montalbán. Galíndez
990 Federico Maria Sardelli. L'affare Vivaldi
991 Alessandro Robecchi. Dove sei stanotte
992 Nicola Fantini e Laura Pariani, Marco Malvaldi, Dominique Manotti, Antonio Manzini, Francesco Recami, Gaetano Savatteri. La crisi in giallo
993 Jennifer Worth. Tra le vite di Londra
994 Hai voluto la bicicletta. Il piacere della fatica
995 Alan Bradley. Un segreto per Flavia de Luce
996 Giampaolo Simi. Cosa resta di noi
997 Alessandro Barbero. Il divano di Istanbul
998 Scott Spencer. Un amore senza fine
999 Antonio Tabucchi. La nostalgia del possibile
1000 La memoria di Elvira
1001 Andrea Camilleri. La giostra degli scambi
1002 Enrico Deaglio. Storia vera e terribile tra Sicilia e America
1003 Francesco Recami. L'uomo con la valigia
1004 Fabio Stassi. Fumisteria
1005 Alicia Giménez-Bartlett, Marco Malvaldi, Antonio Manzini, Santo Piazzese, Francesco Recami, Gaetano Savatteri. Turisti in giallo
1006 Bill James. Un taglio radicale

1007 Alexander Langer. Il viaggiatore leggero. Scritti 1961-1995
1008 Antonio Manzini. Era di maggio
1009 Alicia Giménez-Bartlett. Sei casi per Petra Delicado
1010 Ben Pastor. Kaputt Mundi
1011 Nino Vetri. Il Michelangelo
1012 Andrea Camilleri. Le vichinghe volanti e altre storie d'amore a Vigàta
1013 Elvio Fassone. Fine pena: ora
1014 Dominique Manotti. Oro nero
1015 Marco Steiner. Oltremare
1016 Marco Malvaldi. Buchi nella sabbia
1017 Pamela Lyndon Travers. Zia Sass
1018 Giosuè Calaciura, Gianni Di Gregorio, Antonio Manzini, Fabio Stassi, Giordano Tedoldi, Chiara Valerio. Storie dalla città eterna
1019 Giuseppe Tornatore. La corrispondenza
1020 Rudi Assuntino, Wlodek Goldkorn. Il guardiano. Marek Edelman racconta
1021 Antonio Manzini. Cinque indagini romane per Rocco Schiavone
1022 Lodovico Festa. La provvidenza rossa
1023 Giuseppe Scaraffia. Il demone della frivolezza
1024 Colin Dexter. Il gioiello che era nostro